KB065107

조선후기 통신사 필담창화집 번역총서 26

善隣風雅·牛窓錄

선린풍아·우창록

조선후기 통신사 필담창화집 번역총서 26

善隣風雅 · 牛窓錄

선린풍아 · 우창록

강지희 역주

보고사

이 역서는 2008년도 정부재원(교육과학기술부 학술연구조성사업비)으로 한국연구재단의 지원을 받아 연구되었음(KRF-2008-322-A00073)

이 번역총서는 2012년도 연세대학교 정책연구비(2012-1-0332) 지원을 받아 편집되었음.

차례

◇ 우창록牛窓錄

◇ 영인자료 [우철]

일러두기

1. 통신사 필담창화집 번역총서는 제1차 사행(1607)부터 제12차 사행(1811)까지, 시대순으로 편집하였다.
2. 각권은 번역문, 원문, 영인자료(우철)의 순서로 편집하였다.
3. 300페이지 내외의 분량을 한 권으로 편집하였으며, 분량이 적은 필담창화집은 두 권을 합해서 편집하고, 방대한 분량의 필담창화집은 권을 나누어 편집하였다.
4. 번역문에서 일본 인명과 지명은 한국 한자음 그대로 표기하고, 처음 나오는 부분의 각주에 일본어 발음을 표기하였다. 그러나 번역자의 견해에 따라 본문에서 일본어 발음대로 표기를 한 경우도 있다.
5. 번역문에서 책명은 『 』, 작품명은 「 」로 표기하였다.
6. 원문은 표점 입력하였는데, 번역자의 의견에 따라 표기하는 것을 원칙으로 하였지만, 가능하면 한국고전번역원에서 정한 지침을 권장하였다. 이 경우에는 인명, 지명, 국명 같은 고유명사에 밑줄을 그어 독자들이 읽기 쉽게 하였다.
7. 각권은 1차 번역자의 이름으로 출판되었는데, 최종연구성과물에 책임연구원과 공동연구원의 이름이 반드시 들어가야 한다는 한국연구재단의 원칙에 따라 최종 교열책임자의 이름으로 출판되는 책도 있다.
8. 제1차 통신사부터 제12차 통신사에 이르기까지 필담 창화의 특성이 달라지므로, 각 시기 필담 창화의 특성을 밝힌 논문을 대표적인 필담창화집 뒤에 편집하였다.

선린풍아

善隣風雅

선린풍아(善隣風雅) 해제

1745년(영조 21) 9월, 막부의 8대 장군 도쿠가와 요시무네(德川吉宗)는 돌연 은거를 선언하고, 11월에 장남 도쿠가와 이에시게(德川家重)에게 장군직을 양위하였다. 장군 습직 소식을 들은 조선에서는 이를 축하하기 위해 통신사를 파견하기로 결정하였다.

조선은 숙종 때 이미 세 차례(1682, 1711, 1719)나 통신사를 파견하여 일본에 대한 적대감이 많이 완화된 상태였다. 뿐만 아니라 지난 사행의 제술관 신유한(申維翰)은 『해유록(海遊錄)』에서 요시무네 장군을 명군(名君)으로 평가하였고, 삼사(三使)도 그를 긍정적으로 보고하였다. 62세였던 요시무네가 여전히 건재한데도 갑자기 물러나고 35세 아들이 습직한 것은 이례적인 사건이었지만, 조선에서는 그런 상황에 대한 의구심이나 새로 습직하는 장군의 인물 됨됨이에 대한 어떠한 불안감도 갖지 않았다. 그만큼 조선 조정은 막부의 변화를 전혀 걱정하지 않게 되었고, 여러 차례의 통신사 파견으로 인해 일본과의 외교관계가 안정기에 접어든 것이다. 당시 조선은 왜란과 호란으로 국력이 피폐해지고, 지방에서는 민란과 전염병이 발생하는 등 내적으로는 매우 어수선한 분위기였다. 그러나 대외관계에서는 명분과 의리를 중시

하였기 때문에 장군습직 축하를 위해 통신사를 파견하자는 데는 별다른 이견이 없었다. 마침내 1747년 3월 통신사를 임명하였고, 이듬해 2월 16일 통신사 일행은 부산을 출발하여 에도(江戶)로 향했다.

『선린풍아(善隣風雅)』는 제10차 통신사행이 있던 1748년 5월과 6월에 간행된 책으로, 조선통신사와 이들을 맞이한 일본인 문사들이 창수한 시와 필담의 기록이다. 모두 2권 2책인데, 권1은 통신사가 쓰시마(對馬島) 부중(府中)에 머물던 3월 6일부터 이키시마(壹崎島)에 도착하여 비 때문에 열흘 이상을 머물러 있던 4월 2일까지의 기록이고, 권2는 이키시마를 출발하여 아이노시마(藍島) · 아카마세키(赤馬關) · 가미노세키(上關) · 가마가리(鎌刈) · 도모노우라(鞆浦) · 우시마도(牛窓) · 효고(兵庫) · 나니와(浪華) · 나고야(名護屋)에 도착하기까지 4월 2일부터 5월 7일까지의 기록이다. 이 책을 간행한 사람은 세오겐베이(瀨尾源兵衛)로, 그는 당시 막부(幕府)에 어용서적을 공급하던 헤이안(平安)의 서점 게이분칸(奎文館)의 주인이었다. 필담이 이루어진 시기와 『선린풍아』가 간행된 시기를 보면, 통신사와 일본 문사 간의 수창이 이루어지고 난 후 세오겐베이는 서둘러 그 기록들을 수집하여 책으로 출판했음을 알 수 있다. 이 책은 한국 국립중앙도서관에 소장되어 있다.

『선린풍아』 권1에 실려 있는 것은 대부분 일본승려 승견(承堅)이 우리나라 문사들과 주고받은 시들이다. 거마청현(據磨淸絢)이 쓴 서문 다음에는 500명에 가까운 통신사 일행의 좌목(座目)이 기록되어 있다. 그리고 이와 더불어 일본 측 외교승인 승견을 비롯하여 필담에 참여한 일본 문사들의 성명과 간단한 인적사항을 기록해 놓았다.

승견은 시를 수창할 때 자신의 호인 취암(翠巖)을 사용하였고, 조선 측 문사들은 그를 지림장로(芝林長老) 또는 홍애장로(洪崖長老)라고 호칭하였다. 취암은 우선 정사(正使) 홍계희(洪啓禧), 부사(副使) 남태기(南泰耆), 종사관(從事官) 조명채(曹命采)에게 시를 써서 주었는데, 삼사가 즉시 화답하지는 않았다. 훗날 화답시를 지어서 주었다고 세주에 기록되어 있지만, 『선린풍아』에는 실려 있지 않다. 그리고 이어서 제술관 박경행(朴敬行), 서기 이봉환(李鳳煥)·유후(柳逅)·이명계(李命啓) 등과 시를 주고받았다. 『선린풍아』 권1은 주로 취암과 조선의 박경행 및 3인의 서기들이 주고받은 시로 구성되어 있다. 모두 147수의 시가 실려 있고, 이 중 이들의 시가 142수이다. 나머지는 조선의 홍성구(洪聖龜), 김천수(金天壽), 현문구(玄文龜), 이사적(李士迪) 등이 취암의 시에 한두 편씩 화답시로 지은 것이다. 시의 형식으로 분류해 보면 5언 절구가 35수, 7언 절구가 61수, 5언 율시가 10수, 7언 율시가 31수, 5언 고시가 4수, 7언 고시가 6수이다. 7언 절구가 가장 많고, 다음으로 5언 절구, 7언 율시의 순이다. 작자와 작품수를 보면 취암이 47수, 박경행이 26수, 이봉환이 30수, 유후가 12수, 이명계가 27수를 지었다.

『선린풍아』 권2에는 모두 85수의 시가 실려 있다. 시 창수에 참여한 사람은, 조선 측에서는 제술관 박경행, 서기 이봉환·유후·이명계 등이었고, 일본 측에서는 취암, 쓰시마의 서기인 난암(蘭巖) 외에 나니와·나고야 등에서 만난 문사 사쿠라이 료오칸(櫻井良翰), 고바야시 슌(小林浚), 사야마 쓰가에이(狹山菅榮), 세오 이토쿠(瀨尾維德), 센 료오쥬(千良重), 이 토모아키(井知亮), 센 모로나리(千諸成) 등이 포함되었다. 시의 형식으로 분류해 보면 5언 절구가 11수, 7언 절구가 39수, 5언 율시가 19수, 7언 율시가 14수, 5언 고시 1수, 7언 고시 1수이다. 권1과

마찬가지로 7언 절구가 가장 많은 분량을 차지하고, 다음으로 5언 율시, 7언 율시, 5언 절구의 순이다. 작자와 작품수를 보면 취암이 20수, 박경행이 16수, 이봉환이 10수, 이명계가 9수, 유후가 3수를 지었고, 나머지 일본문사들이 각각 1수~6수 정도를 지었다.

『선린풍아』 권1과 권2에서 가장 선호되었던 형식은 7언 절구이며, 고시보다는 근체시가, 율시보다는 절구가 많이 지어졌음을 알 수 있다. 길지 않은 만남의 시간 동안 시를 창수해야 하고, 때로는 만남의 자리에서 즉흥적으로 시를 써서 주고받는 일도 있었기 때문에 길이가 짧은 절구 형식을 애용했을 것으로 생각된다. 또한 다섯 글자에 꽉 짜인 의경(意境)을 담아내야 하는 5언보다는 시어 선택에 좀 더 넓은 범위가 허용되는 7언을 선호했음도 알 수 있다. 작자와 작품수의 측면에서 보면 일본승려 취암이 67수, 제술관 박경행이 42수, 서기 이봉환이 40수, 유후가 15수, 이명계가 36수를 남겼다. 통신사의 접대를 담당한 취암이 가장 많은 시를 지어주고 창수를 기대한 것은 당연한 일이다. 서기 유후가 다른 사람에 비해 창화시가 적은 이유는 그가 고령(59세)이기도 했거니와 때때로 병이 나서 시를 창수하는 자리에 나가지 못했기 때문이다.

시의 내용을 보면 승려 취암은 통신사 일행의 성대한 위의에 감탄하고, 양국 간의 성신교린(誠信交隣)에 대한 기대를 내비치며, 조선 문사들의 뛰어난 작시 솜씨에 감탄을 금치 못한다. 아울러 에도로 가는 여정이 무사하기를 빌고, 그들의 객수를 위로하며 시를 창수할 수 있게 된 인연에 기뻐하고 감사한다. 조선 문사들은 일본 측의 성대한 환영에 고마운 마음을 전하고, 일본 땅에서 접하는 이국적인 풍광을 신선세계에 비유하며, 상대 시승(詩僧)의 풍모와 시작 솜씨에 찬사를 보낸다. 아울러 고향을 떠나 있는 나그네로서의 객수(客愁)를 토로하고 풍토병에 시달리는 괴로움을 말하기도 한다. 양측의 문사들은 시로써 신교(神交)할 수 있게 된 인연을 기뻐하고 이별할 날이 가까워짐을 아쉬워했으며, 때로는 부채나 과자, 붓과 먹 등을 선물로 주고받으며 감사의 표시를 하기도 하였다.

취암은 본인의 시집인 『지림약고(芝林畧稿)』를 박경행에게 보여주며 서문을 요청하였다. 이때 나눈 필담 가운데 당시풍(唐詩風)과 송시풍(宋詩風)에 대한 두 사람의 엇갈린 견해가 담겨 있다. 취암의 시를 칭찬하며 박경행은 그의 시가 당시(唐詩) 작가 중 누구를 표준으로 하고 있는지, 송(宋)의 여러 시인들을 참고한 듯한데 과연 그러한지를 묻는다. 이에 취암은 송나라 시인들의 시는 평소에 보지 않으며, 박경행의 시에서 이백(李白)의 풍조가 엿보인다고 찬사를 보낸다. 박경행은, 자신은 송나라 시인들을 본받고자 하며 이백의 호기(豪氣)는 자신과 어울리지 않는다고 말한 후, 일본 시단에서 오로지 당시만을 표준으로 삼고 노두(老杜) 이후부터 진사도(陳師道)·황정견(黃庭堅) 등의 시를 모두 비루하고 부박한 것으로 여겨 도외시하는 것은 지나치다고 지적한다. 당시만을 표준으로 삼게 되면 시의 기운이 얕고 이치가 얄팍해질 위험이 있음을 언급하였다. 취암은 이 같은 의견에 대해, 송나라 시인들은 오직 이치만을 주로 삼고 체제에 구속되지 않아 시의 본의를 말하는 데에 잘못을 범한다고 비판하였다. 그 자신은 성당(盛唐)·중당(中唐)의 시체를 본받으려 하지만 재주가 궁하고 마음이 꺾여 한탄할 뿐이라며 한 걸음 물러선다. 이로써 본다면 당시 조선 시단에서는 송풍(宋風)의 시가 흥성한 데 반해, 일본 시단에서는 송시를 좋아하는 소수의 사람들이 있긴 하였으나 대체로 당풍의 시를 선호하였음을 알 수 있다.

『선린풍아』 권1 권두에는 거마청현(據磨淸絢)이 쓴 서문이 있고, 권2 말미에는 세영(世英)이 쓴 「선린풍아후서(善隣風雅後序)」가 실려 있다. 내용을 보면 자국 치화(治化)의 융성함을 볼 수 있다 하였고, 또한 한객(韓客)과 일본 문사의 창화시는 그 우열을 가릴 수가 없다고 하였다. 조선통신사와 일본문사들이 시를 창수하고 필담을 나누는 것을 일본에서는 분명 성대한 행사로 여겼을 것이다. 이 같은 기록을 창수집으로 출간하는 것은 당연한 일이지만, 양국 간의 외교사를 기록한다는 목적 이외에도 일본이 조선에 뒤지지 않는 문화대국임을 천명하고자 하는 의도 또한 감지되는 부분이다.

선린풍아

연향(延享) 무진년(戊辰年, 1748) 여름 5월

『선린풍아(善隣風雅)』

평안(平安) 규문관(奎文館) 간행

선린풍아집서(善鄰風雅集序)

내가 『선린풍아집(善鄰風雅集)』에서 보건대 우리 대동(大東)[1]의 치화(治化)[2]의 융성함을 또한 볼 수 있었다. 이는 곧 천룡(天龍) 취암(翠巖) 화상(和尙) 및 도읍의 인사(人士)와 사방에서 온 사람들이 한객(韓客)과 서로 주고받은 시를 뇌씨(瀨氏)[3]가 모아서 판각한 것으로 내게 서문을 써줄 것을 청하였다. 또 내가 연릉계자(延陵季子)[4]의 일에 견주어 보건

1 대동(大東) : 일본을 지칭한다.

2 치화(治化) : 나라를 다스리고 백성을 교화한다는 뜻.

3 뇌씨(瀨氏) : 당시 막부(幕府)에 어용서적을 공급하던 출판사 규문관(奎文館, 게이분칸)의 주인 뇌미원병위(瀨尾源兵衛, 세오겐베이, 1691~1728)를 가리킨다. 그는 직접 전국 각 지역에서 발생한 필담 창화 원고들을 수집하여 『계림창화집(鷄林唱和集)』 16권과 『칠가창화집(七家唱和集)』 10권 등을 출판하였다.

4 연릉계자(延陵季子) : 춘추(春秋) 때 오(吳)의 계찰(季札). 오왕(吳王) 수몽(壽夢)의 막내아들로, 연릉(延陵)에 봉해졌으므로 '연릉계자'로 일컬어졌다. 지조(志操)가 높았으

대, 이 문집에서야말로 우리 대동의 치화의 융성함을 또한 더욱더 볼 수가 있었다.

대개 계자가 사신을 나갔을 때 숙손목자(叔孫穆子)[5] 같은 이가 있었고, 자산(子産)·안자(晏子)·숙향(叔向)[6]과 같은 이가 있었으며, 거원(蘧瑗)·사구(史狗)·사추(史鰌)·공자형(公子荊)·공자발(公叔發)·공자조(公子朝)[7] 같은 이가 있었고, 조문자(趙文子)·한선자(韓宣子)·위헌자(魏獻子)[8] 같은 이가 있었다. 여러 제후국의 몇 명의 군자들을 거론하면서 자기가 좋아하는 사람들이라고 하였다. 여러 군자들과 서로 사귀면서, 계자는 그들의 문장을 어떻게 생각했는가? 그 몇몇 군자들의 문장에 대해서 아름답게 여긴 것이 마치 노(魯) 나라의 음악을 본 것과 같았는가?[9] 과연 그런 일이 있었던가? 뒷사람들은 말하기를, '계자가

며 외교에 능하였다.

5 숙손목자(叔孫穆子) : 계찰이 노(魯)나라에 사신 갔을 때, 숙손목자를 보고 그를 마음에 들어 하며, "그대가 죽지 않을 수 있겠습니까? 선한 것을 좋아하되 사람을 가리지 않으시는군요. 그대가 노나라 종경(宗卿)이 되어 큰 정사를 맡고 있지만, 행동을 삼가지 않으니 화가 반드시 그대에게 미칠 것입니다.[子其不得死乎? 好善而不能擇人, 吾子爲魯宗卿, 任其大政, 而不愼擧, 禍必及子.]"라고 하였다.

6 자산(子産)·안자(晏子)·숙향(叔向) : 정(鄭)나라의 자산과 제(齊)나라의 안평중(晏平仲), 진(晉)나라의 숙향은 춘추시대의 현인(賢人)들로, 이웃나라에 빙문(聘問)하거나 주(周)나라 조정에 들어가서 조회할 때 외교적 발언과 담론에 능하였으며, 법도를 지키며 주선(周旋)을 잘하는 것으로 유명하였다.

7 거원(蘧瑗)……공자조(公子朝) : 계찰(季札)이 위(衛)나라에 갔을 때 이 여섯 사람을 보고 "위나라에는 군자가 많아서 근심이 없겠습니다.[衛多君子, 未有患也.]"라고 하였다.

8 조문자(趙文子)……위헌자(魏獻子) : 모두 춘추시대 진(晉)나라의 대부로, 계찰이 진나라에 갔을 때 이 세 사람을 보고 "진 나라는 이 세 집안에 다 모여 있군요![晉國其萃於三族乎!]"라고 하였다.

9 아름답게 여긴 것이……같았는가 : 계찰이 노(魯)나라로 사신을 갔을 때 주(周)나라를

몇몇 군자에 대해서 또한 노나라의 음악을 본 것과 같았겠는가? 몇몇 군자는 아니었다.'라고 이야기한다.

이미 "다 보았다."[10]고 하였으니, 어찌 그 소리를 금옥(金玉)이라 하면서 몇몇 군자가 불문(不文)하다고 했겠는가? 혹 『춘추(春秋)』를 짓기도 하고 혹 '박물군자(博物君子)'라 칭해지기도 했으며, 남은 사람들도 열국(列國)을 왕래하는 아름다운 공자(公子)와 이름난 경대부(卿大夫)로 불렸으니, 어찌 그들을 불문이라 하겠는가? 이미 "다 보았다."고 하였으니, 몇몇 군자들도 그 소리를 금옥으로 여긴 것이다. 때는 춘추 시대라, 군대의 위력을 과시하기에도 세월의 경황이 없을 것인데 그때 사신으로 간 사람들은 어떤 사람들이었겠는가? 몇몇 군자들만이 그 일을 할 수 있었을 것이니, 거칠고 속되다고 하는 건 무슨 말인가?

나는 삼한(三韓)에 대해 그 사람들이 이곳에 왔을 때 으레 승려로 인도하게 하였다. 이에 취암 화상을 보내니 선린의 예로 그 무리 사이에서 통역을 하였으며, 의(儀) 땅의 봉인(封人)[11]으로서 축하하였으니 그들이 여기에 왔을 때 이런 문집이 있게 된 것이다. 그렇다면 훗날 이 문집에 대해 말을 한다면 또한 계자가 노나라에서 음악을 본 것과 같지 않겠는가. 어디에 또 이런 일이 있겠는가. 우리 대동의 치화의

비롯한 각국의 음악을 청하여 듣고 아름답게 여기며 품평한 일이 있다.

10 다 보았다 : 계찰이 노나라에서 사대(四代)의 음악을 쓰는 것을 보고 "다 보았다.[觀止]"라고 감탄하였다.

11 의(儀) 땅의 봉인(封人) : 『논어』「팔일(八佾)」에 "의(儀) 땅의 봉인(封人)이 뵙기를 청하며 말하기를 '군자가 이곳에 이르면 내 일찍이 만나보지 않은 적이 없었다' 하였다.[儀封人, 請見曰, 君子之至於斯也, 吾未嘗不得見也.]"는 말이 있다. 여기서 '의'는 위(衛)나라 읍이며, 봉인은 국경을 관장하는 관원을 말한다.

융성함을 또한 더욱 볼 수 있으니 그렇지 아니한가? 이것으로 서문을 삼는다.

연향(延享) 무진(戊辰) 여름 6월

거마청현(據磨淸絢)이 쓰다.

통신사 일행 좌목(座目)

정사(正使) 통정대부이조참의지제교(通政大夫吏曹參議知製敎) 홍계희(洪啓禧) 자 순보(純甫) 호 담와(澹窩) 본관 남양(南陽) 나이 46세.

부사(副使) 통정대부행홍문관전한(通訓大夫行弘文館典翰) 지제교겸경연시독관(知製敎兼經筵侍讀官) 춘추관편수관(春秋館編修官) 남태기(南泰耆) 자 낙수(洛叟) 호 죽리(竹裏) 본관 의령(宜寧) 나이 50

종사관(從事官) 통정대부행홍문관교리(通訓大夫行弘文館校理) 지제교겸경연시독관(知製敎兼經筵侍讀官) 춘추관기주관(春秋館記注官) 조명채(曹命采) 자 주항(疇鄕) 호 난곡(蘭谷) 본관 창녕(昌寧) 나이 49

상상관(上上官) 3인

첨지(僉知) 박상순(朴尙淳) 자 자순(子淳) 호 죽창(竹窓) 나이 49

첨지(僉知) 현덕연(玄德淵) 자 계심(季深) 호 소와(疎窩) 나이 55

첨지(僉知) 홍성구(洪聖龜) 자 대년(大年) 호 수암(壽菴) 나이 51

상판사(上判事) 3인

첨지 정도행(鄭道行) 자 여일(汝一) 호 정암(靜菴) 나이 55

훈도(訓導) 이창기(李昌基) 자 대경(大卿) 호 광탄(廣灘) 나이 53

주부(主簿) 김홍철(金弘喆) 자 성수(聖叟) 호 보진제(葆眞齊) 나이 34

제술관(製述官)

전적(典籍) 박경행(朴敬行) 자 인칙(仁則) 호 구헌(矩軒) 나이 39

서기(書記) 3인

봉사(奉事) 이봉환(李鳳煥) 자 성장(聖章) 호 제암(濟菴) 나이 39

봉사(奉事) 유후(柳逅) 자 자상(子相) 호 취설(醉雪) 나이 59

진사(進士) 이명계(李命啓) 자 자문(子文) 호 해고(海皐) 나이 35

차상판사(次上判事) 2인

주부(主簿) 황대중(黃大中) 자 정숙(正叔) 호 창애(蒼崖) 나이 34

부사(副司) 맹현태형(猛玄泰衡) 자 치구(稺久)

압물판사(押物判事) 4인

판관(判官) 황후성(黃垕成) 자 대이(大而) 호 경암(敬菴) 나이 54

첨정(僉正) 최학령(崔鶴齡) 자 군성(君聲) 호 방호(芳滸) 나이 39

주부(主簿) 최수인(崔壽仁) 자 대래(大來) 호 미곡(美谷) 나이 40

판관(判官) 최숭제(崔嵩齊) 자 여고(汝高) 호 수암(水菴) 나이 59

양의(良醫) 1인

유학(幼學) 조숭수(趙崇壽) 자 숭재(崇哉) 호 활암(活菴) 나이 34

의원(醫員) 2인

주부(主簿) 조덕조(趙德祚) 자 성재(聖哉) 호 송제(松齊) 나이 40

주부(主簿) 김덕륜(金德崙) 자 자윤(子潤) 호 탐현(探玄) 나이 46

사자관(寫字官) 2인

동지(同知) 김천수(金天壽) 자 군실(君實) 호 자봉(紫峯) 나이 40

호군(護軍) 현문구(玄文龜) 자 기숙(耆叔) 호 동암(東巖) 나이 38

화원(畵員)

주부(主簿) 이성린(李聖麟) 자 덕후(德厚) 호 소재(蘇齋) 나이 31

정사군관(正使軍官) 7인

부사군관(副使軍官) 7인

종사군관(從使軍官) 7인

별파진(別破陣) 2인

마상재(馬上才) 2인

이마(理馬) 1인

전악(典樂) 2인

반상(伴倘) 3인

기선장(騎船將) 3인

이상 상상관(上上官)부터 상관(上官), 차관(次官)까지 52명

도훈도(都訓導) 3인

복강장(卜紅將) 3인

예단직(禮單直) 3인

청직(廳直) 3인

반전직(盤纏直) 3인

소통사(小通事) 10인

삼사신노자(三使臣奴子) 6인

일행노자(一行奴子) 46인

흡창(吸唱) 6인

사령(使令) 18인

취수(吹手) 18인

도척(刀尺) 6인

포수(炮手) 6인

둑봉지(纛奉持) 2인

형명기봉지(形名旗奉持) 2인

절월봉지(節鉞奉持) 4인

기수(旗手) 8인

이상 중관(中官) 163인

하관(下官) 262명 내

기복강사공(騎卜舡沙工) 24인은 각각 일제히 중관(中官)의 예에 의거하여 지공(支供)[12]의 일을 함.

승려 승견(承堅) 호 취암(翠巖) 별칭 홍애(洪崖) 또는 지림(芝林)이라고도 함. 현재 귀산(歸山) 천룡자원(天龍子院)의 주지(住持)이며 삼수(三秀)임.

12 지공(支供) : 음식을 이바지하는 것을 말한다.

앵정양한(櫻井良翰)[13] 자 자현(子顯) 단주(但州) 출석(出石) 사람.

소림준(小林浚)[14] 자 문천(文泉) 호 복포(福浦) 파마(播磨) 사람.

협산관영(狹山菅榮)[15] 낭화(浪華) 사람.

뇌미유덕(瀨尾維德)[16] 자 사공(士恭) 호 계헌(桂軒) 평안(平安) 사람.

천량중(千良重)[17] 자 정신(鼎臣) 호 몽택(夢澤) 미주(尾州) 명고옥(名古屋) 사람. 남정지량(男井知亮)의 글과 시가 부기(附記)되어 있음.

---

13 앵정양한(櫻井良翰, 사쿠라이 료오칸, 1717~1757) : 에도시대 중기 유학자. 사쿠라이 슈잔(櫻井舟山)이라고도 한다. 이름은 양한(良翰), 자는 자현(子顯), 통칭은 선장(善藏). 다지마(但馬, 현재의 효고현) 출신. 집안은 대대로 의업에 종사했다. 교토(京都)에서 이토 란구(伊藤蘭嵎)·우노 메이카(宇野明霞)에게 배웠고, 귀향하여 이즈시번(出石藩)의 유학자가 되었다. 번주(藩主) 센고쿠 마사토키(仙石政辰)의 명을 받아 지지(地誌)『단마고(但馬考)』를 편집했다. 저서로 『주산문집(舟山文集)』이 있다.

14 소림준(小林浚, 고바야시 슌, 1726~1792) : 에도시대 중기의 의원. 고바야시 호슈(小林方秀)라고도 한다. 본성(本姓)은 아카마쓰(赤松), 이름은 마사마쓰(政浚), 자는 문천(文泉). 하리마(播磨) 출신. 우노 메이카(宇野明霞)에게 유학(儒學)을, 야마와키 도요(山脇東洋)에게 고의방(古醫方)을 배워, 교토(京都)에서 개업하였다. 니조가(二條家)의 신뢰를 받아 호겐(法眼)이라는 승계(僧階)에 올랐다.

15 협산관영(狹山菅榮, 사야마 쓰가에이) : 생평이 자세하지 않다.

16 뇌미유덕(瀨尾維德, 세오 이토쿠) : 생평이 자세하지 않다.

17 천량중(千良重, 센 료오쥬, 1694~1773) : 에도시대 중기 유학자. 천촌몽택(千村夢澤, 치무라 보타쿠)·천몽택(千夢澤)·몽택노자(夢澤老子)·천촌노인(千村老人)이라고도 한다. 이름은 량중(良重), 자는 정신(鼎臣), 통칭은 감평(勘平). 치무라 가코(千村鵞湖)의 부친. 오와리(尾張, 현재의 아이치현) 나고야번(名古屋藩) 번사(藩士). 고이데 도사이(小出侗齋)의 제자. 우마마와리(馬廻, 기마무사)·후시미(伏見, 현재의 교토시) 야시키(屋敷, 무사의 저택)의 부교오(奉行, 행정·재판 사무 등을 담당하는 무사)·교토(京都) 가이모노 부교오(買物奉行) 등으로 일하였다. 1748년 무진사행 때 오와리주(尾張州)에서 제술관(製述官) 박경행(朴敬行)·서기 이명계(李命啓) 등과 필담을 나누고 시를 주고받았고, 1764년 갑신사행 때도 제술관 남옥(南玉)·서기 성대중(成大中) 등과 시문을 주고받았다. 편저(編著)로 『방구시선(防丘詩選)』 등이 있다.

선린풍아 권일[18]

소도주성(小徒周省)이 기록함.[19]

연향(延享) 5년 무진(戊辰)년 2월 기망(旣望)에 조선국 통신사가 부산포(釜山浦)에서 출발하여 당일 신시(申時)에 대마주(對馬州) 악포(鰐浦)에 이르러 닻을 내렸다. 같은 달 24일 배가 부성(府城)의 해안에 도착하였다. 태수와 나는 각자 누선(樓船)을 타고 호기(虎崎)[20]로 나가 맞이하였다. 3월 5일 나는 태수와 함께 처음으로 삼사(三使)[21]의 빈관(賓館)을 방문하여, 접대를 가장 융숭하게 하고 영송(迎送)할 때에 음악을 연주하였다. 그 다음날 수치인신(羞緇仞申)[22]이 사례할 때에 삼사와 학사(學士) 등에게 내가 지은 시들을 드렸다.

---

18 영인본에는 '善隣風雅第一集'으로 되어 있다.

19 소도주성(小徒周省, 코도 슈우세이) : 생평이 자세하지 않다

20 호기(虎崎, 도라사키) : 대마도(對馬島) 남동쪽에 위치한 해안도시.

21 삼사(三使) : 통신사의 정사(正使), 부사(副使), 종사관(從事官)을 말한다.

22 수치인신(羞緇仞申, 슈우지 잉신) : 생평이 자세하지 않다.

정사 대인 각하께 받들어 드리니 웃으며 첨삭해 주시길
奉呈正使大人閣下莞削

취암(翠巖)

두 나라 모두 아름답고 화창한 봄날	兩邦齊是泰和春
사신들 당당하니 절로 선린 이뤄지네	使節堂堂自善隣
기자(箕子)의 유풍이 의표에 성대하고	箕聖遺風儀表盛
단군의 대업을 규범에서 따르네	檀君大業典形遵
상서로운 구름에 비치는 깃발의 그림자 아름답고	旌旗影映卿雲美
상서로운 햇살 머금은 관개[23]의 빛 새롭도다	冠蓋輝含瑞日新
성대한 모임에서 고상한 태도를 어찌하면 접할까	勝會何圖接高範
빈연(賓筵)[24]의 그 모습들 웃음 속에 친밀하네	賓筵氣色笑相親

부사 대인 각하께 받들어 드리니 웃으며 바로잡아 주시길
奉呈副使大人閣下笑正

위와 같음

천리길 왕정(王程)[25] 나라의 소식 통하니	千里王程國信通
햇살이 맑게 동쪽 부상[26]에서 솟아오르네	日華晴上搏桑東
비단 돛이 물결 따라 나루터로 들어오매	錦帆隨浪入津口

23 관개(冠蓋) : 관복(冠服)과 수레라는 의미로 사신의 행차를 뜻한다.

24 빈연(賓筵) : 손님을 대접하는 자리.

25 왕정(王程) : 왕사(王事)를 위하여 떠나는 여정(旅程).

26 부상(扶桑) : 신화에서 동해에 있다는 신목(神木). 그 밑에서 해가 떠오른다 하여, 해가 뜨는 곳이나 해를 가리키는데, 여기서는 일본을 말한다.

수놓은 깃발[27] 노을과 어우러져 부중에 빛난다 繡節和霞輝府中
바다 평안하니 지금 전례(典禮)를 닦고 海晏祗今修典禮
이웃과 사귀는 것 예부터 성의를 다하였네 隣交振古共誠衷
이역에서 청운객(靑雲客)[28]을 맞이하니 逢迎異域靑雲客
문물과 제도 본래부터 같았음을 비로소 알겠구나 迺識車書本自同

종사 대인 각하께 받들어 드리니 웃으며 바로잡아 주시길
奉呈從事大人閣下莞正

위와 같음

명을 받든 수레 한양을 나오니 奉命輶車出漢城
엄숙한 그 위의(威儀) 조정의 영광일세 威儀濟濟一朝榮
평온한 바다 물결에 돛대 그림자 비치고 大溟波穩帆檣影
이월의 미풍 속에 피리 소리 울린다 二月風微管籥聲
풍채를 보니 그대 본래 뛰어난 품격을 알겠는데 標致知君元逸格
보잘것없는 것 드리며[29] 동맹 맺으려니 부끄럽네 瓜投愧我欲同盟
청주[30]엔 산수가 아름다운 곳이 자못 많으니 蜻洲山水頗多勝
도처에서 휘호하면 경치를 쓰게 되리라 到處揮毫寫景情

27 수놓은 깃발 : 원문의 '절(節)'은 사신에게 하사하던, 부신(符信)인 기치를 이른다.

28 청운객(靑雲客) : 벼슬길에서 현달한 사람을 가리킨다.

29 보잘것없는 것 드리며 : 원문의 '과투(瓜投)'는 '투과(投瓜)'의 뜻이다. '투과(投瓜)'는 모과를 던져 준다는 말로, 보잘것없는 물건을 준다는 뜻으로 쓰인다.

30 청주(蜻洲) : 일본을 가리킨다.

세 명의 사신은 화답하지 않았는데, 훗날 화답하여 보여줄 만한 글이 있었다.

제술관 박 사백[31]에게 주다

贈製述官朴詞伯

위와 같음

기자(箕子) 나라의 사객(詞客) 무리에서 빼어나	箕邦詞客特超倫
문채 나는 깃발 펄럭이며 이 나라 물가로 오네	文旆翩來桑域濱
꽃나무의 향기로운 바람 비단 자리에 불어오고	花木風香供綺席
버들가지 따뜻한 연기 푸른 봄을 차지했네	柳條煙煖占靑春
술잔 앞에서 흥이 나니 마음은 해이해지고	樽前發興襟期解
붓 아래서 재주 뽐내니 시상(詩想)이 새롭구나	筆下抽才藻思新
큰 전례는 본래 성신의 돈독함에서 나오는 것	大禮元由誠信篤
이 좋은 날이 은근히 함께 축하해 주네	殷勤同賀是良辰

홍애 장로께서 주신 운에 받들어 화답하다

奉和洪崖長老惠贈韻奉寄

구헌(矩軒) 박인칙(朴仁則)

소리 높여 웃던 여산 혜원의 무리[32]	高笑廬山慧遠倫

31 사백(詞伯) : 글을 잘 짓는 대가(大家), 시문의 대가를 지칭하는 말이다.

32 소리 높여……혜원의 무리 : 진(晉)의 승려 혜원(慧遠)이 동림사(東林寺)에 있을 때, 호계(虎溪)를 건너면서까지 손님을 전송하는 일이 없었는데, 하루는 도잠(陶潛)과 육수

어느 해에 해 뜨는 물가로 배 타고 건너려나　何年盃渡日生濱
만리의 정을 이어주는 것 물결 속의 배요　情通萬里波中棹
시는 온갖 꽃 담고 있으니 개인 날 봄이로다　詩帶千花霽後春
풍악 소리 이어지고 맑은 경쇠소리 가까운데　鼓吹聲連淸磬近
가사 빛 비치는 비단 자리 새롭다　袈裟色照錦筵新
왕정은 아득하여 끝날 때가 없으니　王程渺渺無時了
남극성 밝을 때 도리어 북극성을 바라보네　南極明還望北辰

구헌 사백에게 다시 화답하다 2수

再酬矩軒詞伯二首

취암

멀리서 사절을 따라온 무리 얼마나 되나　遙隨使節幾同倫
흰 새 내려앉는 물가에 책과 검이 머무네　書劍淹留白鳥濱
재주 민첩하니 그 명예 북극성 남두성에 닿을 듯　才敏名譽衝極斗
시 완성되니 그 격조 따뜻한 봄날과 같네　詩成格調類陽春
호기에 파도 잔잔하니 바람과 안개 아름답고　虎崎波靜風煙美
학령에 비 지나니 복사꽃 오얏꽃이 신선하다　鶴嶺雨過桃李新
술을 대함은 다만 나그네 설움 없애고자 함이니　對酒只當消客況
고향[33]이 삼성(參星)[34]에 막혀 있다 말하지 마소　勿言枌里阻參辰

정(陸修靜)의 내방을 받고 나누는 이야기에 빠져 저도 모르는 사이에 호계를 건너서 전송하자, 그때 호랑이가 울부짖어 세 사람이 크게 웃고 헤어졌다는 고사가 있다.

33 고향 : 원문의 '분리(枌里)'는 '분읍(枌邑)', 즉 한 고조(漢高祖)의 고향으로, 인신하여

재주 있는 선비 풍정이 무리에서 뛰어난데 才士風情絶等倫
난간에 기대어 바닷가를 둘러보네 倚欄遊目大溟濱
날리는 꽃 적적하니 빗속에 색을 띠고 飛花寂寂雨中色
꽃다운 풀 푸르르니 야외의 봄이로구나 芳草青青野外春
이웃끼리 화목하니 통신한 지 오래됨을 알겠는데 隣睦已知通信久
오랜 인연에 새로운 사귐이 또 기쁘구나 夙緣且喜結交新
모름지기 사관[35]을 시켜 분명히 기록할지니 須勞彤管分明記
성대한 행사 있는 올해는 무진년일세 盛事今年在戊辰

홍애 장로가 두 번 첩운한 것에 받들어 화답하다 2수
奉和洪崖長老再疊韻 二首

구헌 박인칙

절에서도 천륜을 버리지 않으려 하니 空門不肯舍天倫
왕사(王事)로 인하여 바닷가에 머무네 王事關身住海濱
멀리 범패 소리[36] 봉래도의 빗속에 들려오는데 梵唄遠穿蓬島雨
부들자리[37]에 앉아 관장하니 귤 숲은 봄이로구나 蒲團坐管橘林春

'고향'이라는 의미로 쓰인다.

34 삼성(參星) : 서쪽에 있는 별의 이름. 여기서는 조선이 서쪽에 있는 것을 지칭한 것이다.

35 사관 : 원문의 '동관(彤管)'은 붉게 칠한 붓대를 말한다. 옛날 여사(女史)가 궁중의 일을 기록하는데 썼다. 한(漢)나라 때는 상서승(尚書丞)과 상서랑(尚書郎)에게 달마다 내려주던 한 쌍의 붉은 큰 붓을 지칭하였다.

36 범패 소리 : '범패(梵唄)'는 불교의 의식 음악, 또는 여래(如來)의 공덕을 찬송하는 노랫소리를 이른다.

꽃 처음으로 지는 남포를 배회하자니	低回南浦花初落
서쪽 봉우리에 새 달 뜨는 것이 슬프다	怊悵西峯月欲新
부질없이 시심(詩心) 붙잡고 계절을 머물게 하니	謾把詩愁淹節序
감히 말하겠노라 행색이 성신을 감동시켰다고	敢言行色動星辰

방장산에서 그 누가 예에 차례 있다 하였는가	方丈誰言禮有倫
큰 바닷가에서 내 몸조차 잊고자 하네	形骸欲忘大瀛濱
단향목 연기 솔가지 밥은 옛 그대로인데	檀煙松飯舊無劫
측백나무 언덕 종려나무 울타리엔 다른 봄이라	柏岸椶籬別有春
창해에 눈길 다한 곳에 천계[38]가 환상적이요	滄海眼窮千界幻
동풍 따라 시 이르는 곳에 십주[39]가 새롭도다	東風詩到十洲新
나그네 수심 옹이져 없애기 어려운데	羈愁兀兀難消泊
또 이역을 지나온 지 백오일이 되었네	又過殊方百五辰

37 부들자리 : '포단(蒲團)'은 부들로 만든 둥근 방석. 승려가 좌선할 때나 절할 때 쓴다.

38 천계(千界) : 불교에서 말하는 '삼천세계(三千世界)'를 지칭하는 것으로 보인다. 삼천세계란 3천 개나 되는 세계(世界)라는 뜻으로 넓은 세계(世界) 또는 세상(世上)을 가리키는 말. 수미산(須彌山)을 중심으로 한 광대한 범위를 한 세계로 하고, 이것의 천 배를 소천세계, 그 천 배를 중천세계, 그 천 배를 대천세계 또는 삼천대천세계라고 한다.

39 십주(十洲): 신선이 산다는 열 개의 섬. 곧, 조주(祖洲) · 영주(瀛洲) · 현주(玄洲) · 염주(炎洲) · 장주(長洲) · 원주(元洲) · 유주(流洲) · 생주(生洲) · 봉린주(鳳麟洲) · 취굴주(聚窟洲)를 말한다.

기실[40]인 제암 이 사백에게 줌
贈記室濟菴李詞伯

취암

사행길 천리를 바람 몰아 오니 星槎千里御風來
바다 물결 잔잔하고 맑게 갠 하늘빛 환하구나 海面潮平晴色開
오늘 계림의 문물 성한 것을 보니 今看雞林文物盛
신들린 듯한 서기의 솜씨 불군의 재주로다 翩翩書記不群才

지림 노사께서 주신 운에 받들어 화답하다
奉和芝林老師惠贈韻

제암(濟菴) 이성장(李聖漳)

춘산의 범종 소리 조수에 실려 오는데 春山梵響海潮來
새벽부터 시작된 구름 종이[41] 몇 폭이나 펼쳐졌나 曉起雲箋幾幅開
유수 낙화엔 색계[42]가 없으니 流水落花無色界
원공[43]의 선취에 낭선[44]의 재주로다 遠公禪趣浪仙才

40 기실(記室) : 조선조 때 기록에 관한 사무를 맡은 사람.

41 구름 종이 : '운전(雲箋)'은 구름과 꽃무늬가 있는 종이로, 여기서는 시를 쓰는 종이를 뜻한다.

42 색계(色界) : 불교에서 말하는 삼계(三界)의 하나로, 탐욕에서는 벗어났으나 아직 형상에 얽매여 있는 세계를 말한다.

43 원공(遠公) : 진(晉)의 고승 혜원(慧遠)이 여산(廬山) 동림사(東林寺)에 살았는데, 세인들이 그를 '원공(遠公)'이라 불렀다.

44 낭선(浪仙) : 당(唐)나라 시인인 가도(賈島)의 자(字).

봄의 사신들 은하수 건너 비단 돛 걸고 오는데　銀浦春星錦颿來
복사꽃 처음 떨어진 곳에 은혜로운 구름 열리네　桃花初落惠雲開
창해에 응당 삼소도(三笑圖)[45]를 더해야 하리니　滄海應添三笑畫
채색 붓은 팔차[46]의 재주를 가득 얻었네　綵毫贏得八叉才

동쪽 누각의 새벽 종소리[47] 때때로 들리니　東樓曉磬有時來
설법 펼쳐지는 봄 숲에 바위들 널려 있네　說法春林亂石開
치자 꽃 속에 이 몸은 이르지 않았으니　薝蔔花中身未到
파란 구름이 먼저 혜휴[48]의 재주에 감탄하리　碧雲先歎惠休才

45 삼소도(三笑圖) : '호계삼소도(虎溪三笑圖)'를 말한다. '호계(虎溪)'는 여산(廬山) 동림사(東林寺) 앞에 있는 시내이다. 진(晉)의 승려 혜원(慧遠)이 동림사에 거처할 당시 나그네를 전송할 때 이 시내를 건너지 않는 것이 보통이었는데, 하루는 도잠(陶潛)과 도사(道士) 육수정(陸修靜)이 방문하여 서로 이야기하다보니 마음이 잘 맞아, 그들을 전송하는데 자신도 모르는 사이 호계를 건넜다. 그때 호랑이가 우는 소리가 들려 세 사람은 크게 웃고 헤어졌다. 후대인들이 이곳에 삼소정(三笑亭)을 지었다. 이 광경을 그린 '호계삼소도(虎溪三笑圖)'는 대개 이 전설에 의거한 것이다.

46 팔차(八叉) : 당(唐)나라의 시인 온정균(溫庭筠)의 별호(別號).

47 새벽 종소리 : '경(磬)'은 절에서 쓰는 타악기로, 스님을 불러 모으거나 독경 또는 예불을 할 때 친다.

48 혜휴(惠休) : 남조(南朝) 송(宋)나라의 승려. 속성(俗性)은 '탕(湯)'이다. 시를 잘 지었는데 송 세조(世祖)가 그에게 환속하도록 명하였다고 한다.

제암 사백에게 다시 화답하다
再酬濟菴詞伯

취암

새 시가 때때로 떨어져 책상 곁으로 오매　新詩時落案邊來
손 씻고 향 사른 후 문득 펼쳐 보네　浣手焚香忽展開
옥이 쇠를 울리는 소리 그 격조가 특별하니　玉振金聲風調別
비로소 알겠구나 당 이후에 뛰어난 재주 있음을　初知唐後有奇才

훌륭하다는 평판 드날리며 일본 땅에 오니　聲價方馳日域來
빛나는 시어들 비단 위에 모여 홀연히 펼쳐지네　詞華蔟錦勃然開
어찌 비단의 힘으로 대적할 수 있으리오　豈將錦力堪相敵
오늘날 수호[49]의 재주라 말할 만하다　可謂今時繡虎才

이방의 나그네 은근히 시를 부쳐 오니　異客慇懃寄字來
청안[50]이 몇 번이나 뜨였는지 모른다오　不知青眼幾時開
우리들 비록 풍월을 업신여기지만　吾曹縱是傲風月
원래 나의 재주 아름답지 않았음이 부끄럽구나　堪愧元非休己才

---

49 수호(繡虎) : 『유설(類說)』 권4에서 「옥상잡기(玉箱雜記)」를 인용하여 말하길, "조식이 일곱 걸음 만에 시를 지으니, '수호'라고 호하였다[曹植七步成章, 號繡虎.]"라고 하였다. '수(繡)'는 그 시어의 아름다움을, '호(虎)'는 그 재주의 뛰어남을 말하는바, 훗날 수호(繡虎)는 시문에 능하고 시어가 화려한 것을 지칭하는 말이 되었다.

50 청안(青眼) : '백안(白眼)'의 반대로, 마음에 맞는 벗을 만났을 때의 반가운 눈빛이다.

지림 장로께서 주신 운에 받들어 화답하다
奉和芝林長老惠贈韻

제암 이성장

맑은 물 위의 부용화 비를 데리고 오는데	淸水芙蓉雨帶來
나그네 시름 봄이라 물리치고 향불을 피웠네	客愁春逐佛香開
돌샘과 괴화[51]는 한식을 지났구나	石泉槐火經寒食
꿈에서 깨어 언덕을 보며 변재[52]를 기억하네	夢起臨臯憶辨才

인어의 비단 짜는 소리 밤중에 들려오는데	鮫人錦杼夜聲來
남국의 봄 구름 비를 뿌리지 않네	南國春雲雨不開
거울 속의 꽃 한 송이 집어 드니	拈起鏡中花一朶
드높은 불골에 신선의 재주 간직하였구나	崚嶒佛骨貯僊才

몸은 외론 구름처럼 바다를 건너왔으니	身似孤雲渡海來
동림사에서 어느 때에나 찡그린 눈썹 펴볼까	東林何日攢眉開
목서[53]의 향기 아래선 응당 숨김이 없으리라	木犀香下應無隱
삼라만상 중에 팔두재[54]를 지녔으니	萬象森羅八斗才

51 괴화(槐火) : 홰나무를 가져다 불을 때는 것을 말한다. 옛날에는 계절에 따라 각각 다른 나무를 태워서 시역(時疫)을 막곤 하였는데, 겨울에는 홰나무에 불을 붙여 사용하였다.

52 변재(辨才) : 불교용어로, 막힘없이 자유자재로 불법을 설하는 재능이나 지혜를 뜻한다.

53 목서(木犀) : 용담목 물푸레나무과 상록수교목. 높이는 3~6m이며 중국이 원산지이다. 정원수로서 가을에 꽃이 피고 좋은 향기를 낸다. '계화(桂花)'라고도 한다.

54 팔두재(八斗才) : 뛰어난 재주를 뜻한다. 송(宋)나라 무명씨(無名氏)가 지은 『석상담(釋常談)』「팔두지재(八斗之才)」에 다음과 같은 기록이 있다. "문장이 많은 것을 8말의 재주라고 한다. 사영운이 일찍이 말하기를, '천하에 재주가 한 섬이 있는데, 조자건이

하늘의 꽃[55] 종일토록 암자 주위에서 내리는데	天花終日遶菴來
깨끗한 물 버들가지 속에서 불경[56]을 펼치네	淨水楊枝貝葉開
텅 빈 마음 지혜로운 앎이 영롱한 곳에	虛心惠識玲瓏處
그 풍도 분명 재주를 구속하지 않으리라	風氣分明不囿才

부상과 교린(交隣)한 지 백년 이래로	扶桑隣誼百年來
깊은 우의[57] 속에 신교[58] 맺고 시문을 펼치네	縞紵神交翰墨開
기공의 초가[59] 아래 이르지도 않았는데	未到己公茅屋下

8말을 차지하였고 내가 한 말을 가졌으며, 나머지 한 말은 천하가 나누어 가졌다'고 하였다.[文章多, 謂之八斗之才. 謝靈運嘗曰, 天下才有一石, 曹子建獨占八斗, 我得一斗, 天下共分一斗.]"

55 하늘의 꽃 : '천화(天花)'는 '천화(天華)'라고도 하는데, 천계(天界)의 선화(仙花)를 불교에서 이르는 말이다. 『유마경(維摩經)』「관중생품(觀衆生品)」에 다음과 같은 기록이 있다. "그때 유마힐(維摩詰)의 방에 한 천녀(天女)가 있었다……여러 대인(大人)들이 설법(說法)을 듣는 것을 보고서 문득 현신(現身)하여 곧 천화(天華)로서 여러 보살(菩薩)과 대제자(大弟子) 위로 흩어져 떨어졌다.[時維摩詰室有一天女……見諸大人聞所說法, 便現其身, 卽以天華, 散諸菩薩大弟子上.]" 여기서는 흩날리는 매화의 꽃잎을 가리킨다.

56 불경 : 원문의 '패엽(貝葉)'은 '불경(佛經)'을 뜻한다. 고대 인도에서 경문(經文)을 나뭇잎에 썼으므로 이렇게 부른다.

57 깊은 우의 : 원문의 '호저(縞紵)'는 『좌전(左傳)』「양공(襄公)」 29년 조에, "오(吳)나라 계차(季箚)가 정(鄭)나라에 사신 갔는데, 자산(子産)을 보고 마치 오래 전부터 알고 있는 친구처럼 여겨 그에게 흰 명주로 된 허리띠를 주었고, 자산은 계차에게 모시옷을 주었다.[吳季箚聘於鄭, 見子産, 如舊相識, 與之縞帶, 子産獻紵衣焉.]"는 기록이 있다. 훗날 '호저(縞紵)'는 두터운 우의(友誼) 또는 친구 간에 서로 선물을 주는 것을 가리키는 말로 쓰였다.

58 신교(神交) : 의기투합하여 망형지교(忘形之交)를 맺는 것을 말한다.

59 기공(己公)의 초가 : 기공(己公)은 당(唐)의 승려 제기(齊己)를 가리킨다. 그는 승려이면서 서한(書翰)에 마음을 쓰고, 또 시 읊기를 좋아하여 강릉(江陵) 용흥사(龍興寺)에 있으면서 정곡(鄭谷)과 자주 창수(唱酬)하였으며 차(茶)에 대해서도 일가견이 있었다. 두보의 시에 '기상인모재(己上人茅齋)'라는 구절이 있다.

객과 나누는 차 숲의 침상이 모두 시재로다　客茶林枕摠詩才

마음이 통하니 이름을 각자 잊었는데　神融名字各忘來
뜻이 이르자 형체가 또 펼쳐지네　意到形骸亦撥開
세속의 예절로는 남국 북국을 묻지 않으나　俗禮休論南北國
천기[60]로는 또한 한당의 재주를 물으리라　天機且問漢唐才

기실인 취설 유 사백에게 주다
贈記室醉雪柳詞伯

취암

기자(箕子)의 땅 영재는 시 짓는 솜씨 뛰어나　箕域英才詩賦雄
성대한 붓의 기운 구름 속 무지개를 스친다　駸駸筆勢拂煙虹
지금 사신을 따라와 두 나라 사이 화목하게 하니　今隨星使來修睦
천년의 교린이 이 안에 있구나　千載隣交在此中

지림 선백의 방장에 화답하여 드리다
和呈芝林禪伯方丈

취설(醉雪) 유자상(柳子相)

시 절로 높고 뛰어나며 필세 절로 웅장하니　詩自高奇筆自雄

60 천기(天機) : 타고난 천성 또는 천부의 기지(機知).

햇살 머금은 꽃에서 무지개가 생기는 듯　華函照日欲生虹
동쪽 하늘에서 웃으며 길 없는 허공을 가리키고　東天笑指虛無路
삼도[61]의 연하 속에서 득의양양 휘파람을 부네　三島煙霞嘯傲中

취설 사백에게 다시 화답하다
再酬醉雪詞伯

취암

마주(馬州)의 승경(勝景) 땅의 모습 웅장한데　馬州勝槩地形雄
멀리서 배 타고 오시니 그 기운 무지개를 만드네　遠客乘槎氣作虹
이로부터 동쪽으로 가면 응당 끝까지 보게 되리니　從此東行宜極目
연꽃 같은 설색이 중천(中天)에 있으리라　芙蓉雪色半天中

지림 선백의 방장에 화답하여 드리다
和呈芝林禪伯方丈

취설 유자상

죽순과 소채 쓸어 없앤 듯 시구가 웅장하니　掃却筍蔬句語雄
하늘 가르는 모든 길에서 맑은 무지개 보는 듯　橫空百道看晴虹
시가에서 빼고 생략하는 것 일상사이나　詩家脫略元常事

61 삼도(三島) : 전설상에 신선이 산다는 바다 위의 섬으로, 봉래(蓬萊)·방장(方丈)·영주(瀛洲)의 선산(仙山)을 가리킨다.

혹시 선옹께서는 은연중에 알고 계실지 倘在禪翁默識中

기실인 해고 이 사백에 주다
贈記室海皐李詞伯

취암

발해[62]의 봄 물결 새벽을 쫓아 일어나니 渤澥春潮逐曉生
바람 안은 돛은 하루에 천리를 건너네 風帆一日度千程
이웃나라의 고상한 손님 이곳에서 만나니 隣封雅客此相會
시 짓는 자리에서 태평함을 누리네 翰墨場中樂泰平

지림 노사께서 주신 운에 받들어 화답하다
奉和芝林老師惠贈韻

해고(海皐) 이자문(李子文)

언덕 저편 봄 밤 속에 멀리 경쇠소리 울리는데 隔岸春宵遠磬生
빗속의 고관(高官)[63]은 왕정을 지체하네 雨中冠珮滯王程
호계삼소(虎溪三笑)로 창해를 내려다보니 虎溪三笑臨滄海
꽃다운 풀 우거지고 바다는 잔잔해지려 하네 芳草萋萋望欲平

62 발해(渤澥) : 황해의 일부로, 산동반도와 요동반도에 둘러싸인 바다를 말한다.
63 고관(高官) : 원문의 '관패(冠珮)'는 관패(冠佩)와 같다. 관(冠)과 패옥(佩玉), 또는 관을 쓰고 패옥을 찬 높은 벼슬아치를 뜻한다.

차 연기 부상(扶桑)의 햇빛 누대에 가득한데 茶煙桑旭滿樓生
바람에 석장(錫杖) 날리며 와 뱃길을 물으시네 飛錫天風問水程
봄날 절집에 시 전해오니 푸른 산 안개 축축한데 春院詩來嵐翠濕
그림 그려진 종 울린 후 먼 물결 잔잔해진다 畫鐘鳴後遠潮平

해고 사백에게 다시 화답하다
再酬海皐詞伯

취암

동쪽 구름 흩어지고 햇빛 비추는데 東方雲散日華生
몇 겹의 관산[64]이 노정 너머에 있나 幾疊關山隔道程
기쁘게 이웃나라와 사귀며 대례를 닦으니 喜得隣交修大禮
봄바람 부는 그 어디도 화평하지 않은 곳 없네 春風無處不和平

나그네 길에서 때때로 시흥 이는데 客裡有時詩興生
고개 돌려 고국을 보니 흰 구름 가득한 길 回頭故國白雲程
꽃 사이에 꾀꼬리 요란하니 봄은 한창이라 鶯花撩亂春强半
어느 날에나 서로 만나 회포를 풀을까나 何日相逢襟宇平

64 관산(關山) : 관소(關所)와 그 주변의 산봉우리.

홍애 장로께서 주신 운에 받들어 화답하다
奉和洪崖長老惠贈韻

해고 이자문

항사[65]의 천겁에서 무생[66]을 깨달으니　恒沙千刧了無生
시주와 참선에 어찌 정해진 길 있으리오　詩酒參禪豈有程
시 짓는 이들은 저편의 봄비를 알지 못하고　翰墨不知春雨隔
낭랑히 읊조리며 바라보니 무성한 풀 편편하네　朗唫相望綠蕪平

너른 바다 구슬 밝은 곳에 따뜻한 놀 이는데　滄海珠明暖靄生
숲 너머에선 연일 시의 전범(典範) 짓누나　隔林連日作詩程
빈산 꽃잎 떠가는 물에서 선시(禪詩)를 들으니　空山花水聞禪韻
깃발과 북[67]으로 여기 온 우리 진영 평정되었네　旗鼓東來我壘平

비단 자리에서 서로 보니 도운[68]이 생기는데　錦席相看道韻生
그림배에서 높이 읍하며 사행의 여정 기록하네　畫船高揖記槎程
꽃 사이를 뚫고 금석의 소리들 쟁쟁하게 들려와　穿花金石聲聲到
다투어 나그네 위로하지만 한은 없어지지 않네　爭慰羈人恨未平

---

65 항사(恒沙) : 항하사(恒河沙), 즉 항하(恒河)의 모래알처럼 셀 수 없을 정도의 많은 수량을 뜻한다.

66 무생(無生) : 모든 현상은 변화하는 여러 요소들이 인연에 따라 일시적으로 모였다가 흩어지고, 나타났다가 사라지는 데 불과할 뿐 생기는 것이 없다는 뜻이다.

67 깃발과 북 : '기고(旗鼓)'는 전장에서 군대를 지휘하는 데 쓰는 기와 북이다. 여기서는 사신 일행의 깃발과 풍악소리를 가리킨다.

68 도운(道韻) : 기운(氣韻)이나 기질(氣質), 또는 도가류(道家流)의 정서를 뜻한다.

옥과 모과로 주고받은 것[69]이 벌써 반평생　投報瓊瓜已半生
시인들은 상도(常道)가 있음을 잘 알고 있네　詩家款識有常程
문자에선 제각기 국속을 보존해야 하지만　文字各應存國俗
우아한 사귐에 끝내 불평은 없으리라　雅交終不有難平

또 율시 한 수로 화답을 구하다

又以一律要和

경림[70]의 우뚝한 석장[71]에 전생(前生)이 아득한데　瓊林卓錫杳前身
비단 가사 빛나는 관에 잠시 손님 엄숙해지네　錦衲華冠暫肅賓
시 절로 가고 옴에 한식의 비 내리고　詩自去來寒食雨
사람은 지금 이방의 봄을 슬퍼하노라　人今惆悵異方春
전단향[72]의 불이 식은 것 꽃이 먼저 알고　梅檀火冷花先悟

---

69 옥과 모과로 주고받은 것 : '투보(投報)'는 상대방에게 물건을 받고 그에게 보답한다는 뜻이며, '경과(瓊瓜)'는 귀한 보배와 하찮은 물건을 말한다. 『시경(詩經)·위풍(衛風)』「목과(木瓜)」에 "나에게 모과를 던져줌에 옥으로써 보답하였네. 보답했노라고 여기지 않음은 길이 우호를 맺고자 함일세.[投我以木瓜, 報之以瓊琚. 匪報也, 永以爲好也.]"라고 하였다. 여기서는 교린하는 가운데 시문을 주고받는 것을 뜻한다.

70 경림(瓊林) : 경수(瓊樹)의 숲. '경수'는 전설에 옥이 열린다는 나무로, 인격이 고결한 사람을 비유할 때 쓰이기도 한다. 여기서 '경림'은 사찰을 지칭하는 것으로 보인다.

71 탁석(卓錫) : 똑바로 세워진 석장(錫杖). 승려가 외출할 때 사용하는 것인데, 인신하여 승려가 머무는 것을 '탁석'이라고 한다.

72 전단향(梅檀香) : '전단(梅檀)'은 남인도의 서해안에 뻗어 있는 서(西)고츠 산맥에서 많이 자라는 상록 교목으로, 끝이 뾰족한 타원형의 잎이 마주나고 꽃은 주머니 모양이다. 나무에서 향기가 나며 조각물의 재료로 쓰인다. '전단향'은 전단의 목재나 뿌리를 분말로 해서 만든 향이다.

용상[73] 앞에 불경 펼치니 돌도 이미 신령스럽네　龍象經橫石已神
재를 알리는 종소리만 때때로 산을 넘어오는데　秖許齋鐘時度岍
구름 낀 둑 너머 안개 바닷가 견딜 수 없구나　不堪雲塢隔煙濱

해고 기실이 주신 운에 화답하여 드리다
和呈海皐記室贈韻

취암

성 안의 사우[74]에게 일찍이 몸을 맡기더니　四友城中曾委身
수레 따라와 지금은 훌륭한 손이 되었네　隨軺今作大方賓
창 아래서 옷 젖으니 빗소리에 수심스럽고　衣沾窓底愁聽雨
바람 앞에 꽃 지니 봄이 가는 것 애석하다　花落風前惜減春
금빛 갈매기 그 이름을 뛰게 한 것 이미 알았고　已識金鷗躍名字
예부터 오색 붓[75]이 정신을 드러냄을 보았네　故看綵筆著精神
갈매기와 친해지는 것 날마다 점점 익숙해지리니　鷗盟日日漸當熟
여관이 바닷가 가까이 있어서라네　旅館近憑滄海濱

73 용상(龍象) : 용과 코끼리. 인신하여, 불가에서 수행이 가장 뛰어난 아라한(阿羅漢)을 비유하거나 고승을 이른다. 여기서는 나한상(羅漢像)을 지칭하는 것으로 보인다.

74 사우(四友) : 주 문왕(周文王)이 친애하고 신뢰하였던 네 명의 대신, 즉 남궁괄(南宮括), 산의생(散宜生), 굉옥(閎夭), 태진(太顚)을 말하기도 하고, 또는 공자의 제자 네 사람, 즉 안연(顔淵), 자공(子貢), 자장(子張), 자로(子路)를 지칭하기도 한다.

75 오색 붓 : '채필(綵筆)'은 훌륭한 문재(文才)를 비유한다. 강엄(江淹)이 오색의 붓을 돌려주는 꿈을 꾼 후 좋은 시를 쓰지 못했다는 고사가 있다.

첨지 수암 홍 사백에게 주다

贈僉知壽菴洪詞伯

위와 같음

해를 이어 이방인과 해후하매	連年解逅異邦人
웃음이 눈썹에 맺히니 정이 친근하구나	笑結眉毛情最親
공적인 여정에 아무 탈 없음을 축하드리니	爲賀公程總無恙
천산만수에 온통 봄이로구나	千山萬水一船春

지림 노사께서 주신 운에 삼가 차운하다

謹次芝林老師惠贈韻

수암(壽菴) 홍대년(洪大年)

올해 온 사람이 작년에 온 그 사람이라	今年人是去年人
구름 같은 파도 다시 건너니 마음 더욱 친밀하네	再涉雲波意更親
왕사의 관심을 문묵에만 두었더니	王事關心文墨裡
비바람에 벌써 봄이 저무는지도 알지 못했네	不知風雨已殘春

수암 사백에게 다시 화답하다

再酬壽菴詞伯

취암

방외의 시맹을 맺은 이 사람 있으니	方外詩盟有此人
소리를 환히 이해함에 서로 친할 만하구나	聲音通解足相親

길고 짧은 여정의 동관으로 오는 길 長亭短堠東關路
도처에서 읊조리며 저무는 봄 감상했으리 到處吟哦賞晩春

사자관인 김·현 두 사인에게 주다
贈寫字官金玄二士

취암

계림에서 오묘한 솜씨 간직하더니 雞林存妙手
해외까지 그 큰 이름 전해졌구나 海外大名傳
백영[76]의 육필을 나누어 가졌고 分得伯英肉
장욱[77]의 머리털을 모방한 듯하네 擬來張旭顚
붓 끝에선 기상이 씩씩하고 筆端雄氣象
종이 위엔 구름과 연기 일어난다 紙上起雲煙
지금 한 쌍의 아름다운 옥을 보나니 今見一雙璧
일국(日國)의 하늘에 그 빛이 뻗쳐오르네 騰輝日國天

76 백영(伯英) : 동한(東漢)의 서법가(書法家)인 장지(張芝)의 자. 남조(南朝) 제(齊)나라 소자량(蕭子良)의 『왕승건에게 답하는 글(答王僧虔書)』에 "백영의 필법은 정신과 뜻을 다 드러내었다.[伯英之筆, 窮神盡意.]"라고 하였다.

77 장욱(張旭) : 당나라 때 서법가로 자는 백고(伯高). 초서에 뛰어났다. 술을 좋아했고 기괴한 행동을 많이 했는데, 머리칼에 먹물을 묻혀 글씨를 썼으므로 세상에서 그를 '장전(張顚)'이라 불렀다. '초성(草聖)'이라고도 불렸다.

정암 장로의 도안에 화답하여 드리다
和呈酊菴長老道案

김천수(金天壽) 군실(君實)

문 닫힌 산집에 비 내리는데 閉門山館雨
아름다운 시편 문득 전해져 왔네 佳什忽來傳
공이 어찌 수척한 낭선(浪仙)이리오 公豈浪僊瘦
바다와 산처럼 높은 그 모습에 나는 부끄러울 뿐 吾慚海岳顚
동쪽에서 사신으로 지내는 세월 東槎間日月
남국엔 바람과 안개가 좋구나 南國好風煙
나그네 되어 봄이 저무는 것에 놀라는데 爲客驚春晚
꾀꼬리와 꽃들은 저마다의 하늘에서 늙어가네 鶯花老各天

정암 장로의 도안에 화답하여 드리다
和呈酊菴長老道案

현문구(玄文龜) 기숙(耆叔)

구름 밖에서 암자를 바라보니 菴從雲外望
빗속으로부터 시가 전해지네 詩自雨中傳
필력에 있어서는 회소[78]를 보겠고 筆力觀懷素
선기[79]에 있어서는 대전[80]임을 깨닫는다 禪機悟大顚

---

78 회소(懷素) : 당나라 때의 고승(高僧). 자는 장진(藏眞)이며, 현장(玄奘)의 제자였다. 초서(草書)에 뛰어났으며, 저서에 『초서천자문(草書千字文)』이 있다.

79 선기(禪機) : 선가(禪家)에서 스님이 선법(禪法)을 말할 때에, 진리의 요체를 알려주는

온갖 꽃들 한식날 새벽에 피었는데 千花寒食曉
돛단배 한 척 십주의 연기 속에 떠 있구나 一帆十洲煙
옛 사람의 비녀[81] 없는 것 부끄러우니 愧乏古釵脚
뒤섞인 빛들이 하늘의 형상이로다 交輝色相天

삼사께 바치는 시 소인
呈三使詩 小引

취암

얼마 전에 모였던 자리에서 그대들의 위의(威儀) 있는 모습을 다시 대하니, 그 정성과 사랑에 배부르고 흠뻑 젖어, 완연히 한 덩어리의 화사한 기운 가운데 있으면서 백지(白芷)와 난초, 혜초(蕙草)의 진한 향기에 닿은 듯 했습니다. 분수에 넘치는 지극한 행운을 얻었으니 더 이상 바랄 것이 없습니다. 저는 숲속의 도올(檮杌)[82]이며 인간세상의 혹과 같은 존재로서 나라의 명을 외람되이 받들 것은 생각도 못하였는

말이나 동작, 사물을 이용하여 교의(教義)를 암시해서 사람들로 하여금 그 기미를 알아차려 깨달음을 얻게 하는 것을 말한다.

80 대전(大顚) : 당나라의 승려. 성은 양씨(楊氏). 처음엔 나부산(羅浮山)에 살다가 훗날 조양(潮陽)의 영산(靈山)에 살았다. 한유(韓愈)와 교유하였다. 한유의 「맹 상서에게 주는 편지(與孟尙書書)」에 "조주에 당시 한 노승이 있었는데, 호를 '대전'이라 하였으며 자못 총명하여 도리를 알았다.[潮州, 時有一老僧, 號大顚, 頗聰明識道理.]"라는 기록이 있다.

81 옛 사람의 비녀 : '고차각(古釵脚)'은 '고차(古釵)'라고도 쓰며, 서법(書法)의 필력이 씩씩하고 굳센 것을 비유한다.

82 도올(檮杌) : 전설에 나오는 흉수(凶獸)의 이름.

데, 이웃나라와 친교하는 천재일우(千載一遇)의 훌륭한 모임에 참여하게 되었습니다. 너무나 기쁜 나머지 그 자리에서 시를 지었고 물러나 그것을 손질하여, 누추함을 생각지도 않은 채 애오라지 삼사(三使) 대인 각하께 받들어 드리니 아무쪼록 밝히 살펴주시기를 바라오며, 아울러 웃으며 바로잡아 주셨으면 합니다.

이웃나라와 친교하며 소식 전하는 태평한 세월　善隣通信太平年
세 봉황이 나란히 날아 비단 자리에 이르렀네　三鳳齊飛臨綺筵
온 나라에 춘풍 부니 좋은 징조 많은데　闔國春風多美瑞
생황과 노래가 온갖 꽃 앞에서 천천히 일어난다　笙歌緩沸百花前

세 명의 사신은 화답하지 않았는데, 훗날 화답하여 보여줄 만한 글이 있었다.

홍애 장로의 방장[83]에 받들어 드리다
奉呈洪崖長老方丈

구헌 박인칙

달빛과 샘물소리 빙 두른 상방[84]　月色泉聲繞上方
가사 입은 스님 홀로 지키니 숲 가득 향기로다　袈裟獨擁滿林香
우뚝한 선탑[85] 창해를 내려다보니　嵬嵬禪榻臨滄海
그 높이 종산의 태수당과 나란하구나　高並鐘山太守堂

83 방장(方丈) : 고승(高僧)이나 주지(住持)의 거처.
84 상방(上方) : 산 위의 절, 산사(山寺)를 가리킨다.
85 선탑(禪榻) : 참선하는 자리, 선상(禪牀)을 말한다.

꽃 지고 구름 나는 것 그냥 절로 알 뿐이요 　花落雲飛秖自知
솔잎차 한 잔 마시는 사이 경쇠 소리 더디네 　松茶一碗磬聲遲
귀의한 마음은 못 속의 달을 새기지 않으니 　歸心不印方池月
공은 선종이요 색은 시이기 때문이지 　空是禪宗色是詩

구헌 학사께서 주신 운에 화답하여 드리다
和呈矩軒學士惠韻

취암

검을 차고서 봄을 저버린 이방의 나그네 　劍佩棄春客異邦
객정(客亭)에 꽃 졌어도 그 향기 남아 있네 　旅亭花落有殘香
나의 시엔 방언[86]과 같은 말 많으니 　吾詩多似侏離語
한 번만 봐도 그대들 크게 웃을 것일세[87] 　一見知君發哄堂

안개와 노을에 싸인 법계[88] 알 듯 모를 듯 　法界煙霞知不知
텅 빈 창에 홀로 앉았노라니 해는 더디기만 하다 　虛窓獨坐日遲遲
분명 조물이란 원래부터 끝없는 것이니 　分明造物元無盡
좌선(坐禪) 끝에 한 편의 시를 쓰노라 　寫作禪餘一片詩

86 방언 : '주리(侏離)'는 방언(方言), 소수민족의 언어를 뜻한다. 외국어가 괴이하고 이해하기 힘듦을 형용한 것이다.

87 크게 웃을 것일세 : '홍당(哄堂)'은 한자리에 모인 여러 사람이 일제히 떠들썩하게 웃는 것을 뜻한다.

88 법계(法界) : 각종 사물의 현상과 그 본질.

지림 노사의 방장에 받들어 드리다
奉呈芝林老師方丈

제암 이성장

푸른 종려나무 자줏빛 대나무 종소리를 숨기고	青棕紫竹隱鐘聲
한식을 맞은 누대 위엔 제비들이 가벼이 난다	寒食樓臺燕子輕
삼신산의 안개 노을 속으로 서불[89]은 멀리 갔는데	三島煙霞徐市遠
구승[90]의 채소와 죽순에 교연[91]의 모습 맑구나	九僧蔬筍皎然淸
바리때의 용이 비를 토하니[92] 부슬부슬 내리는데	鉢龍噓雨濛濛積
벼랑 바위에서 듣는 불경소리 점점이 흩어진다	崖石聞經點點橫
복사꽃을 다 보고도 한 마디 말 없으니	看盡桃花無一語
불연과 시도 두 가지가 모두 이루어졌네	佛緣詩道兩圓成

---

89 서불(徐市) : 진(秦)나라의 방사(方士). 진시황(秦始皇)에게 바다 속에 삼신산(三神山)과 신선이 있다고 글을 올려, 진시황의 명령으로 어린 남녀 수천 명을 데리고 불사약을 구하러 바다로 떠난 뒤 돌아오지 않았다.

90 구승(九僧) : 송(宋)나라 초(初)의 혜숭(惠崇) 등 아홉 명의 승려를 가리킨다. 그들이 시(詩)로써 세상에 이름을 날려, 당시에 그들을 '구승(九僧)'이라 불렀다.

91 교연(皎然) : 당(唐)나라의 승려. 사영운(謝靈運)의 10세손. 이름은 주(晝). 호주(湖州)의 저산(杼山)에 살았으며, 중년에 심지법문(心地法門)을 끝냈다. 문장이 수려하였으며, 저서에 『유석교유전(儒釋交遊傳)』『내전유취(內典類聚)』『호노자(號呶子)』 등이 있다.

92 바리때의 용이 비를 토하니 : 남조(南朝) 때 양(梁)나라의 혜교(慧皎)가 쓴 『고승전(高僧傳)』의 「신이하(神異下)·섭공(涉公)」편에 다음과 같은 기록이 있다. "섭공은 서역인이었다. 부견(符堅)이 다스리던 건원 12년에 장안에 왔는데, 비밀스런 주문을 외워서 신룡을 내려오게 할 수 있었다. 가뭄이 들 때마다 부견은 그에게 용을 불러줄 것을 청하였고, 주문을 외면 잠시 후에 용이 바리때 안으로 내려오고 하늘에선 문득 큰비가 쏟아졌다. 부견과 신하들이 직접 바리때로 가서 그 안을 들여다보고, 그 신이함에 모두 감탄하였다.[涉公者, 西域人也……以符堅建元十二年至長安, 能以祕呪呪下神龍. 每旱, 堅常請之呪龍, 俄而龍下鉢中, 天輒大雨. 堅及群臣親就鉢中觀之, 咸歎其異.]"

제암 기실이 준 시에 화운하여 드리다
和呈濟菴記室贈韻

취암

뭇 새들 찍찍 짹짹 친구를 찾는 소리	衆鳥喃喃求友聲
산들바람 가득한 절엔 반쯤 내린 주렴이 가볍다	微風滿院半簾輕
늙어갈수록 유달리 시 생각 고갈됨을 느끼나니	老來偏覺詩脾渴
잠 깬 후엔 그저 맑은 차 향기만이 달구나	睡後只甘茶氣清
불당에 조용히 앉아 있으니 푸른빛이 자욱한데	靜坐佛樓空翠藹
객관 자주 바라보니 저녁 구름 걸려 있네	頻望賓館暮雲橫
시 적은 한 폭의 채색 종이 보내주시니	彩牋一幅投吾去
구격이 자연스러워 당시(唐詩)의 풍미 이루었구나	句格天然唐味成

바다를 건너며 즉흥시를 지어 구헌 학사 및 세 분 기실께 드리다
超溟即事 贈呈矩軒學士及三記室

취암

큰 바다 이제 건너기 좋으니	大溟今利涉
바람이 마침내 온 하늘에 그쳤구나	風須一天晴
안개 끝에는 신기루가 용솟음치고	煙際蜃樓湧
파도 사이에서 악어 울음소리 들린다	波間鼉鼓鳴
구주는 아직도 아득히 먼데	九州還杳渺
우리 섬은 점점 분명해지네	吾島漸分明
지금까지 오백 리를 지나와	經歷半千里
돛을 내리니 해 그림자 기울어 있구나	下帆日影傾

지림 화상께서 부쳐주신 운에 받들어 화답하다
奉和芝林和尙惠寄韻

구헌 박인칙

제왕의 위덕(威德) 만 리에 퍼졌는데	王靈通萬里
맑은 하늘에 여섯 개의 돛대 우뚝하다	落落六帆晴
고래 같은 포말 뱃머리 멀리에서 일어나고	鯨沫欄頭逈
교룡의 움직임 머리맡에서 소리를 울리네	鮫機枕上鳴
푸른 하늘에 꽃 섬이 솟아 있고	青天花嶼出
남방[93]에는 그림 그려진 깃발이 밝게 빛난다	南紀畫旗明
옛 절에는 봄이 아직도 있는데	古寺春猶在
줄에 묶인 배는 또 조금 기울어졌구나	維舟且細傾

지림 장로께서 주신 운에 받들어 화답하다
奉和芝林長老惠贈韻

제암 이성장

만 리에 푸른 비단 펼쳐 있는 듯	萬里鋪青縠
하느님이 때마침 날을 개이게 하셨네	天公會事晴
마음도 가볍게 새벽에 닻줄 풀고 떠났는데	飄然曉纜去
정박한 곳에 정오의 종소리 울리네	泊處午鐘鳴
교룡과 이무기에 구름 잇닿아 검고	蛟蜃雲連黑

93 남방 : 『시(詩)·소아(小雅)』「사월(四月)」에 "도도한 강한, 남국의 강기(綱紀)로다. [滔滔江漢, 南國之紀.]"라는 구절이 있다.

산호에 햇빛 쏘여 밝게 빛나네　珊瑚日射明
온갖 꽃 만발한 봄이 객을 머물게 하니　千花春佇客
돛은 밖으로 반쯤 기울어졌네　帆外半攲傾

지림 장로께서 주신 운에 받들어 화답하다
奉和芝林長老惠贈韻

취설 유자상

신선의 배 뭇배들과 나란히 나오니　僊舟齊榜出
높은 하늘은 온통 맑게 개었네　雲日十分晴
드넓은 바다 바람과 물결은 고요한데　浩浩風波靜
떠들썩하니 북과 피리 울리는구나　嘈嘈鼓笛鳴
봉래 밖의 푸른 산 아낄 만하고　山憐蓬外翠
뱃전의 환한 하늘에 날아가는 갈매기 사랑스럽네　鷗愛棹前明
한 번 부르매 다시 세 번 찬탄하니　一唱還三歎
시가 올 때마다 마음이 매양 기울어진다　詩來意每傾

지림 장로께서 주신 운에 받들어 화답하다
奉和芝林長老惠贈韻

이자문

오래도록 내리는 봄비 언제 그치나 했는데　何限淹春雨
돛을 펴니 바다가 맑게 개었네　開颿積水晴

산집이 고요한 줄도 모르겠으니 不知山館靜
아직도 조타실에서 소리가 울리는 것 같구나 猶似柁樓鳴
조수가 빠지니 마을이 멀리 있는 듯하고 潮落村如逈
꽃이 날리니 언덕은 밝은 빛을 잃었네 花飄岸失明
고향 그리는 마음 날마다 멀리 가니 鄕心日以遠
물에 비낀 아침노을 바라보며 읊조릴 뿐 吟望曙河傾

일기도(壹岐島)에 비가 내리는 가운데 난암과 함께 당시에서 운을 따다

岐島雨中共蘭菴拈唐詩

구헌

바람 속에 홀로 서매 물가엔 부평초 가득한데 獨立天風滿渚蘋
큰 파도 오히려 내게 오건[94]을 빌려 주었네 洪濤猶貸一烏巾
남은 편지는 삼신산의 꿈을 이어줄 만하고 殘書可續三山夢
백주는 만 리길 떠난 사람 알아주누나 白酒能知萬里人
마을에 배를 대노라니 비탈엔 봄비[95]가 내리고 舟楫千家陂麥雨
의관 갖추고 열흘을 머무니 섬의 꽃들은 봄이로다 衣冠十日島花春
온갖 신령들이 벌써 사신들을 기쁘게 맞아주니 百靈已喜迎行李
양쪽 경계 지금은 한 점의 티끌도 볼 수 없네 兩境今無報點塵

94 오건(烏巾) : 은사(隱士)가 쓰는 검은 색의 두건.
95 봄비 : '맥우(麥雨)'는 보리가 익을 무렵에 내리는 비를 말한다.

또 첩운하여 쓰다
又疊

위와 같음

앞마을 연기는 섬의 부평초를 둘러 싸고	前村煙氣幕洲蘋
이역의 동풍은 죽관(竹冠)에 가득하네	異域東風滿竹巾
봉래산의 요화[96]가 사절단을 맞이하고	蓬島瑤花迎使節
살주의 상검[97]이 시인을 비추네	薩州霜劍映詩人
깊은 대숲 옛 절엔 빗소리 길게 울리는데	幽篁古寺長鳴雨
남쪽 하늘의 작은 배에선 봄이 빨리도 가네	短棹南天不記春
동문으로 길이 우호 맺음이 얼마나 다행인지	何幸同文成永好
반도[98] 먹으며 늙으려 하나 바다에 먼지만 이네	蟠桃欲老海生塵

같은 제목으로 쓰다
同

제암

남쪽으로 가는 배 멀리 부평초 위로 오르는데	南征舟楫渺登蘋
외론 섬 찌는 듯한 노을에 복건이 축축하다	孤島蒸霞浥幅巾
구름 끝 누대엔 사신 깃발이 머물고	雲際樓臺淹使節

96 요화(瑤花) : '요화(瑤華)'와 같은 말로, 시문의 아름다움을 비유. 남의 글을 기리는 말로 쓰인다.

97 상검(霜劍) : 날이 시퍼런 날카로운 검.

98 반도(蟠桃) : 전설상 선경(仙境)에서 3천년 만에 한 번 열매를 맺는다는 복숭아나무. 또는 그 열매.

빗속 차와 술에 시인을 얻었구나	雨中茶酒得詩人
바람과 안개 참으로 아름다우나 나의 땅 아니요	風煙信美非吾土
꽃과 나무 무정하니 벌써 늦봄이라네	花樹無情已晚春
낙포의 신선 자취 부질없이 부러워하니	洛浦僊蹤空入羨
물결을 밟는 비단버선에 먼지도 일지 않네	凌波羅襪不生塵

또 쓰다
又

위와 같음

철썩이는 조수 넘실넘실 푸른 부평초도 없는데	鳴潮滾滾沒青蘋
자욱한 장기(瘴氣)[99]가 각건에 가득하네	宿瘴依依滿角巾
비 오는 뜰에 머물며 연일 이야기 하지만	雨院留成連日語
구름 파도 타고 돌아가면 각자 세상 살 테지	雲波歸作各天人
내 꿈속에서 낙엽 지는 이곳도 가련하겠지만	憐吾夢落葉州岸
대마도의 봄에 그대 슬픔도 유장하리라	知子愁長馬島春
반형[100]하는 천고의 뜻을 알고자	欲識班荊千古意
티끌 한 점 없이 깨끗한 그대 얼굴 기쁘게 보네	喜看芝宇淨無塵

99 장기(瘴氣) : 축축하고 더운 땅에서 생기는 독기(毒氣).

100 반형(班荊) : 친구끼리 서로 만나 자리에 앉아서 마음을 터놓고 이야기하는 것을 말한다.

같은 제목으로 쓰다
同

해고

바람 머금은 조수 꽃다운 부평초를 때리는데	風潮一任打芳蘋
하늘 끝에서 병들어 두건도 바로하지 않네	病起天涯不整巾
몇 개의 화려한 들보엔 제비가 드나들고	多少雕梁通燕子
심상하게 아롱진 안개가 인어를 숨겨 놓았네	尋常綵霧隱鮫人
풀향기 나는 봉래섬에 비로소 닻을 내렸는데	草香蓬島初移纜
도원에 꽃 떨어져 봄소식 새어 나왔네	花落桃源偶洩春
시인들 삼매경에 빠졌는가 웃으며 묻노니	笑問詩家三昧境
고운 대나무 눈 비비고 보니 안개에 먼지 없구나	金菌刮眼煙無塵

또 쓰다
又

위와 같음

강가에 바람이 많으니 부평초 흔들리는데	浦溆多風不定蘋
꽃 지는 깊은 뜰엔 의건이 가득하다	落花深院滿衣巾
차와 외가 마음대로 공연히 나그네 머물게 하나	茶苽隨意空留客
종려나무 귤나무 무정하니 어찌 사람을 기억하리	椶橘無情詎記人
바다 위로 갑자기 내리는 비 어디에서 왔는지	海上忽來何處雨
하늘 끝에서 만나니 이국의 봄일세	天涯相遇異方春
배 이어진 길에서 한가로이 왕래하니	舟連館路閒來往
푸른 대나무 난간 곁엔 먼지도 일지 않네	靑竹欄邊不起塵

같은 제목으로 쓰다
同

오호당(五好堂) 이사적(李士迪)

동풍 부는 바닷가 나그네 시름 부평초 같은데	東風海岸客愁蘋
반쯤 취하여 높이 읊조리며 두건도 쓰지 않았네	半醉高吟不用巾
배는 방장산(方丈山)으로 가는 길 찾을 듯한데	舟楫可尋方丈路
문장은 이방 사람에게 부끄럽구나	文章堪愧異邦人
복사꽃 떨어진 땅은 다시 흙이 되었고	桃花落地還成土
푸른 소나무 심긴 산은 매번 봄을 얻었지	松翠依山每得春
안개와 비 널리 퍼진 나루에서 고개 돌려 보니	煙雨博津回首望
외로운 충심은 이미 백년의 먼지 되고 말았네	孤忠已作百年塵

일기도(壹岐島)에서 비가 내리는 가운데 계림의 군영(群英)이 난암(蘭菴)과 함께 하니, 그 운자를 그대로 써서 짓다 2수
岐島雨中 雞林群英同蘭菴 賦因用其韻 二首

취암

해질녘 부드러운 안개는 물가 부평초에 어렸는데	落日和煙汀上蘋
버들개지 사모(紗帽)에 점점이 지는 것 다시 보네	又看柳絮點紗巾
시를 논하는 객들은 청안[101]으로 기뻐하는데	青眸相喜論詩客
술을 마주한 이 흰머리로 무슨 근심 하는지	白首何愁對酒人

101 청안(青眼) : 원문의 '청모(青眸)'는 '청안(青眼)'과 같은 말로, 서로 마음이 맞는 사람을 반기거나 중요하게 여기는 눈길을 말한다.

기러기 떠난 먼 하늘엔 공연히 비가 내리고 雁去長天空帶雨
꽃 날리는 외로운 섬엔 점점 봄이 지나간다 花飛孤島漸過春
풍류가 다 모인 것이 그저 부럽기만 하니 風流勝集偏堪羨
명리에 찌든 세속의 먼지를 다 떨어버리네 拂盡九衢名利塵

포구에 조수가 밀려오고 바람은 부평초 흔드는데 浦口潮收風動蘋
동쪽에서 노니는 손님 취해서 관모가 기울었네 東遊異客醉欹巾
성긴 종소리 때때로 안개 낀 섬에 흩어지고 疏鐘時響迷煙島
거룻배 저물녘에 돌아오는데 비가 사람을 적시네 小艇晩歸侵雨人
객지에서 고향 그리는 슬픔 견디기 어렵겠지만 旅况縱堪悲故國
실컷 읊고 나면 스러지는 봄도 완상할 만하리 豪吟且可賞殘春
시 가운데 절로 혼연한 기운 담겨 있으니 詩中自有渾然氣
가슴 속 정회 세속의 먼지 벗었음을 알겠구나 識得襟懷脫世塵

원운대로 첩운하여 시를 짓다

疊依原韻自攄

취암

내 삶 또한 물결 위의 부평초 같아 吾生亦似漾波蘋
선창에 오만하게 기대어 작은 갈건[102] 쓰고 있네 寄傲舡窓小葛巾
시벽은 예전부터 경박한 풍속에 탄식하였고 詩癖從來嘆薄俗

102 갈건(葛巾) : 갈포로 만든 두건.

한가한 정회에 매양 혼자서 고상한 사람 흠모했네　閑懷每自慕高人
바다와 하늘 아득히 닿은 곳 비가 개이지 않고　海天漠漠未晴雨
안개 낀 풍경 쓸쓸하매 봄이 끝나려 하네　烟景蕭蕭欲盡春
연일 병을 끼고 사니 게으름만 더해져　連日抱痾添放懶
공연히 붓과 벼루에 먼지만 쌓이게 하네　空教筆硯委埃塵

일기도의 배 안에서 다섯 수를 지어 학사와 세 분 서기께 드리다 壹岐舟中五首 贈呈學士三記室僉榻下

취암

일기 섬에 배를 정박한 지 오래라　壹島停橈久
선창엔 정오의 그림자가 길다　船窓午影長
동남쪽을 때때로 한껏 바라보니　東南時縱目
비축[103]의 바다가 아득하기만 하다　肥筑海茫茫

바람 그친 하늘에선 비올 것 같아　風喔天欲雨
뱃사공은 문득 돛대 아래서 자고 있네　舟子忽眠桅
봉창 아래에는 적막하니 일이 없는데　蓬底寂無事
저녁 종소리 어디에서 들려오는가　暮鐘何自來

가랑비에 꽃은 부질없이 지는데　細雨花空褪

103 비축(肥筑) : 지쿠젠[筑前]·지쿠고[筑後]·히젠[肥前]·히고[肥後]를 말한다.

나그네 세월 속에 봄이 벌써 깊었구나 客中春已深
언제런가 시재(詩才) 지닌 사람들 何時騷雅輩
서로 만나 가슴속 회포 상쾌하게 읊을 날이 相適爽吟襟

부평초 같은 발자취 표연히 벽해 사이에 있는데 萍跡飄然碧海間
정신은 저 멀리 옛 고향으로 달려가네 神馳迢遞舊家山
모르겠구나 어느 날에 바람을 안은 돛의 힘 빌어 不知何日風帆力
물결 헤치고 적마관[104]을 지나갈는지 破浪行過赤馬關

대한의 사신 여기서 갈 길을 멈추고 大韓槎客此留行
서쪽을 돌아보니 고향은 아득한 길 너머에 西顧鄕關隔杳程
봄의 흥취 사라지려는 때 꽃비가 흩날리니 春事闌珊落花雨
견딜 수 없는 관유[105]의 정과 어울리누나 相應不耐官遊情

배 안에서 와병 중에 지은 두 수를 학사와 세 분 서기께 드리다 舟中臥病二首 贈呈學士三記室僉榻下

취암

객지에서 작은 병 끼고 있음이 스스로 가련하니 自憐客裡抱微痾
이미 숱한 날들을 선창에서 베개에 엎드려 있네 伏枕篷窓日已多
바닷길 아득히 머니 몇 천 리인가 海路悠悠幾千里

104 적마관(赤馬關) : 시모노세키[下關].
105 관유(官遊) : 관명(官命)을 띠고 먼 곳에 감을 이른다.

꿈속의 혼 표표히 날아 높은 산으로 들어가네　夢魂飄忽入嵯峨

나의 삶은 원래부터 무엇에도 매이지 않고　生涯元不繫
가고 멈추는 것 바람과 물결에 맡긴다오　行止任風波
힘을 다하여 억지로 시구(詩句)를 지으니　力疾强題句
나의 호사가 기질을 어찌하리오　奈吾好事何

지림화상(芝林和尙)이 주신 운에 받들어 화답하다 7수
奉和芝林和尙惠贈韻 七首

구헌 박인칙

바람 부는 바다의 보슬비 소리 잠결에 희미한데　枕席霏微風海間
경쇠 소리에 일기산이 먼저 개이네　磬聲先霽一岐山
창주에선 예전에 넉넉했던 물새를 꿈꾸었건만　滄洲昔夢饒鳧鷺
눈은 세속에 익숙해져 복관[106]에 기대겠구나　眼慣塵中倚伏關

물결 속을 가느라 시서들은 뒤섞였는데　詩書顚倒浪中行
누워서 은하수 달 속 여정을 헤아려 보네　臥數銀河月裡程
만 리길에 꺼져가는 등불 비바람 치는 밤에　萬里殘燈風雨夜
홀로 거문고만이 고향 생각 달래주네　孤琴猶保故鄕情

106 복관(伏關) : 복견(伏見), 즉 교토(京都)이다.

장기(瘴氣) 섞인 빗속에 외론 배 멀리 가니　瘴雨孤舟遠
봄바람 속 고향은 아득하기만 하다　春風故國長
꿈속의 혼이 눈의 힘보다 나아서　夢魂勝眼力
하룻밤 새 흐릿한 바다를 건너네　一夜度微茫

남쪽 배는 오색의 휘장　南舡五色幓
북쪽 배는 천 길의 돛　北舡千丈桅
가운데엔 붉은 색 작은 배　中有小紅艇
빗속에 시를 싣고 오누나　雨裡載詩來

외로운 배 출발이 더딘데　孤棹遲遲發
시 오는 곳에 봄비가 자욱하다　詩來春雨深
그대의 자리엔 응당 꽃이 가득할 테지요　君應花滿榻
내 가슴엔 달을 품으려 한다오　我欲月爲襟

장기에 젖은 채 객사에 누워 시 읊는 것 병인데　瘴衣孤館臥吟痾
남쪽 바다의 술잔 같은 배에는 넉넉한 정 많도다　南海杯舟厚意多
영은[107]의 시 속에는 색상[108]이 없지만　靈隱詩中無色相
동림의 웃음[109] 속엔 큰 바다 높은 산이 있다네　東林笑裡有洋峩

107 영은(靈隱) : 영은사(靈隱寺). 중국 항주(杭州) 서호(西湖) 서북쪽에 있는 절이다. 진(晉)나라 함화(咸和) 원년 인도의 승려인 혜리(慧理)가 창건하였다. 혜리는 "부처가 세상에 있을 때 선령(仙靈)에게 숨겨진 일이 많았다.[佛在世日, 多爲仙靈之所隱.]"고 여겼으므로 이 절의 이름을 '영은사'라 명명하였다고 한다.

108 색상(色相) : 불교용어로, 눈으로 볼 수 있는 만물의 형상을 말한다.

열흘 동안 창주에 비가 내리니　十日滄洲雨
북풍은 미친 듯이 물결을 거꾸로 세운다　北風狂倒波
참죽나무 오얏나무는 이미 어쩔 수 없다 해도　杶李已無奈
철쭉은 또 어찌해야 할까나　將如躑躅何

지림 장로께서 주신 운에 받들어 화답하다 7수
奉和芝林長老俯贈韻 七首

제암 이성장

채색 무늬 휘장 사이로 누런 비단 가사　黃錦袈裟綵帳間
갈대 꺾어 들고[110] 떠나 은산을 건너네　折蘆行色度銀山
동원에서 향을 사르며 남아 있던 제자　東院燒香留弟子
흰 구름 깊은 곳에서 선문(禪門)을 닫는다　白雲深處掩禪關

안개 낀 물결 속에 북을 치니 배가 다 떠나　煙波打鼓盡船行
하늘 끝에 산 가로놓여 갈 길을 헤아릴 수 없네　天際山橫不計程
푸른 종려나무 울긋불긋한 집 복사꽃 핀 언덕　青椶彩屋桃花岸

109 동림의 웃음 : 진(晉)의 승려 혜원(慧遠)이 동림사(東林寺)에 있을 때, 손님을 호계(虎溪)를 건너서까지 전송하는 일이 없었는데, 하루는 도잠(陶潛)과 육수정(陸修靜)의 내방을 받고 나누는 이야기에 빠져 자신도 모르는 사이에 호계를 건너서 전송하자, 그때 호랑이가 울부짖어 세 사람이 크게 웃고 헤어졌다는 고사가 있다.

110 갈대 꺾어 들고 : 달마(達磨)가 양 무제(梁武帝)에게 남의 칭송을 바라는 공덕은 이미 공덕이 아니라는 깨우침을 준 대가로 죽임을 당한 뒤 환생하여 서쪽으로 가다가 갈대를 꺾어 들고[折蘆] 강을 건넜다[渡江]는 설화가 불가에 전해진다. 여기서는 지림 장로를 달마에 빗대어 말한 것이다.

또 봄의 등불 켜며 며칠 밤을 그리워해야 할지　又作春燈幾夜情

바다 너머 신선의 다리 바라볼 때는　隔海望僊嶠
겨우 눈썹 길이만 하였는데　僅如眉黛長
잠깐 사이에 몸이 홀연 다다르니　斯須身忽到
돌아보매 다시 아득하기만 하네　回顧又蒼茫

푸른 절벽엔 맑은 날 북소리 성한데　翠壁殷晴鼓
봄 구름에 돛이 다 축축해졌네　春雲濕盡桅
설산 같은 파도 천만 겹이니　雪山千萬疊
응당 신선이 허공을 밟고[111] 오리라　應是步虛來

저녁 무렵 부교를 내려가니　晚下浮橋去
갠 하늘의 구름 절 속에 깊이 서렸네　晴雲一院深
인연 따라서 수불[112]에 참예(參詣)하니　隨緣參繡佛
꽃향기가 춘심(春心)을 깨끗하게 한다　花氣澹春襟

파도를 보니 대책 없이 고질병 생겨나　觀濤無計起沈痾
꽃비 날리는 판옥선엔 약봉지 많기도 하다　板屋飛花藥裹多
봄 울리는 남국엔 구름이 천 겹이요　春鳴南國雲千疊
삼협의 돌아가는 마음 달처럼 높이 걸렸네[113]　三峽歸心月在峩

111 허공을 밟고 : 도가(道家)에서 신선이 허공을 걸어 다니는 것을 이른다.
112 수불(繡佛) : 색실로 수놓은 불상.

싱그러운 꽃에 비 내리고	葳蕤花上雨
앞길은 구름 같은 물결에 막혀 있네	前路阻雲波
옛 암자 봄이라 꿈속에 나왔을 테니	故菴春有夢
그곳의 지초는 어떻던가요	芝草問如何

지림 장로께서 주신 운에 받들어 화답하다 7수
奉和芝林長老惠贈之韻 七首

취설 유자상

떠나는 누선(樓船)[114] 옆 물가에는 부평초	閣着征舟傍渚蘋
짙은 안개 장기(瘴氣) 속에서 오건을 꺾는다[115]	濛濛煙瘴墊烏巾
시담의 자리에선 명주[116]가 수없이 풀려나오는데	明珠百解談詩座
객선엔 삼일 밤 앓아누운 사람 있네	旅榻三宵臥病人
외딴 섬 구름은 수심스러운데 창해에 비 내리고	孤島雲愁滄海雨
옛 산에 꽃 지니 두견새 우는 봄이로다	故山花落子規春
부상을 이제 떠나면 갈 길이 많지 않으니	扶桑此去無多路

113 삼협의……걸렸네 : 이백(李白)이 야랑(夜郞)으로 유배되어 가다가 도중에 풀려나, 배를 타고 삼협(三峽)의 급류를 따라 하루 만에 강릉(江陵)에 도착한 일에 빗댄 것이다.

114 누선(樓船) : 층루(層樓)가 있는 큰 배.

115 오건(烏巾)을 꺾는다 : '점건(墊巾)'은 두건을 꺾어 늘어뜨린다는 뜻으로, 고아함을 모방함을 일컫는다. 후한(後漢) 때 훌륭한 인품과 학식으로 존경받던 곽태(郭太)가 어느 날 비를 맞아 두건 한쪽 귀퉁이가 꺾여 축 늘어졌는데, 그 모습을 본 사람들이 앞 다투어 두건의 한 귀퉁이를 꺾어 늘어뜨렸다는 고사에서 유래하였다. '오건(烏巾)'은 '오각건(烏角巾)'으로 은자(隱者)들이 쓰던 검은 두건이다.

116 명주(明珠) : 아름다운 시구(詩句)를 가리킨다.

슬프다 제주[117]는 몇 세상 너머에 있는가　惆悵齊州隔幾塵

생황과 퉁소 소리 자줏빛 구름 사이를 뚫고　笙簫響徹紫雲間
봄은 끝나가는데 반도[118]가 바다 위 산에 있네　春盡蟠桃海上山
한스럽구나 세상과 인연이 끝나지 않은 것이　却恨塵埃緣未了
쓰러지듯 누워서 고향을 꿈꾸네　頹然一枕夢鄕關

열흘 내내 비바람 불어 뱃길이 막히니　連旬風雨滯舟行
동쪽으로 안개 낀 파도 바라보매 만릿길이로다　東望烟波萬里程
얼마나 다행인지 선사께서 좋은 게송 주신 것　何幸禪翁留好偈
지루한 나그네 마음 부지런히 위로해 주네　辛勤慰此倦遊情

사람에게 스며드는 장기 묵은 병과 같고　熏人瘴氣若沉痾
양쪽 귀 밑엔 서리 같은 흰 머리 더 늘었네　添得霜毛兩鬢多
우뚝한 부사산이 나의 마음을 분발시키니　天外富山差强意
어느 때에나 짙은 먹빛의 우뚝함을 대하랴　何時黛色對峩峩

구름 같은 바다는 몇 천 겹이런가　雲海幾千疊
멀고멀어 돌아갈 꿈은 아득하기만　迢迢歸夢長
하늘 서쪽에서 때때로 머리를 들어 보니[119]　天西時矯首

117 제주(齊州) : 조선 땅을 중국 춘추시대 제나라 땅에 비유한 것이다.

118 반도(蟠桃) : 전설상 선경(仙境)에서 3천년 만에 한 번 열매를 맺는다는 복숭아나무. 또는 그 열매.

119 때때로 머리를 들어 보니 : 도잠(陶潛)의 「귀거래사(歸去來辭)」에 "때때로 머리를

끝없는 바다에 노을이 지고 있네　落日下蒼茫

객의 마음 멀리 구름을 바라보니　客意瞻雲逈
봄 수심 책상에 기댄 채 깊기만 하다　春愁隱几深
동림[120]의 장로께 깊이 감사하나니　多謝東林老
시가 이르자 가슴을 마주한 듯 황홀하였네　詩來怳對襟

어둑어둑 비 내리고 구름이 섬을 감쌌는데　雨暗雲圍島
내달리는 바람 속에 눈이 물결을 말아 올리듯　風馳雪捲波
다락배 모여서 둥둥 떠 있으니　樓船同泛泛
오늘 이 마음 어떠한가　今日意如何

지림 장로께서 주신 일곱 수에 받들어 화답하다 7수
奉和芝林長老惠贈韻 七首

이자문

흐릿한 섬 하나 비로소 인간세상 되니　微茫一島始人間
꽃과 보리 들쭉날쭉 문득 산이 뚜렷하네　花麥參差忽辨山
산 밖에 어룡 있어 파도가 만 겹인데　山外魚龍波萬疊
어찌하면 봄꿈을 고향에 이르게 할거나　肯教春夢到鄕關

들어 멀리 본다.[時矯首而遐觀]"는 구절이 있다.

120 동림(東林) : 여산(廬山)의 동림사(東林寺). 여기서는 사찰의 범칭으로 쓰였다.

열흘을 머물고 하루를 가는데	十日淹留一日行
봄밤에 잠 못 이루고 갈 길을 세어보네	春宵不寐計前程
선가의 의발은 인연을 따라 존재하는 것	禪家甁鉢隨緣在
근진[121]을 잊지 못하는 마음 응당 비웃으리	應笑根塵未忘情

삼월의 부상에 비 내리더니	三月扶桑雨
수많은 꽃들을 바다의 해가 길게 비추네	千花海日長
고향집 때때로 잠시 잊고서	家鄉時暫忘
마음은 어느 아득한 곳에 이르네	意到一蒼茫

물결은 고요하나 도리어 해를 움직이고	浪靜還翻日
바람은 미세하여 돛대를 움직이지 못하네	風微不動桅
때때로 바다 위에 비 내리니	時時海上雨
북방의 봉래산에서 온 듯하다	如自北方萊

노선사(老禪師)께서 좌선하고 염불하는 곳	老師禪誦處
봄 구름은 깊고 또 깊구나	春雲深復深
긴 바람이 함께 바다를 건너는데	長風同渡海
산 달은 탁 트인 가슴 너머에 있다	山月隔疎襟

121 근진(根塵) : 육근(六根)과 육진(六塵). 육근은 사람을 미혹시키는 여섯 가지 근원으로 안(眼) · 이(耳) · 비(鼻) · 설(舌) · 신(身) · 의(意)를 말하고, 육진은 색(色) · 성(聲) · 향(香) · 미(味) · 촉(觸) · 법(法)에서 비롯되는 여섯 가지 욕정을 말한다.

나그네 시름 봄이 되자 다시 고질병 되었는데　客愁春坐復成痾
침상엔 구름 같은 파도에 석양이 가득하다　枕上雲波落日多
신세는 파옹(坡翁)[122]처럼 용기가 바다에 막히니　身似坡翁勇滯海
끝없이 민아(岷峨)[123]에 부치는 것 가련하다　可憐無盡寄岷峨

일 년을 왕래하던 길　一年來往路
만고에 푸른 물결 쌓여 있네　萬古積滄波
완전히 저버린 꽃을 슬퍼하노니　惆悵花全落
돌아가는 기러기 너를 어찌할까　歸鴻奈爾何

원운을 다시 사용하여 구헌 학사 및 세 분의 서기께 답하다
再用原韻酬矩軒學士及三記室僉床下

취암

창해에 어룡이 출몰하는 사이　滄海魚龍出沒間
비 남은 산에 푸른 구름 층층이 그림자 떨구네　碧層影落雨餘山
만 리를 가는 이 길 왕명으로 인함이니　此行萬里因王命
파도에 부딪치며 이관[124] 건너는 것 어찌 꺼리랴　何憚衝波度二關

---

122 파옹(坡翁) : 중국 송(宋)나라의 시인인 소동파(蘇東坡)를 지칭한다. 그는 사천성(四川省)에서 태어났는데, 신법당과의 대립으로 인해 일생동안 고단한 관직생활을 하였다. 50세 이후 황태후(皇太后)의 죽음을 계기로 신법당이 세력을 잡자 그는 중국 최남단의 해남도(海南島)로 유배되었고, 그곳에서 7년 동안 귀양살이를 하였다.

123 민아(岷峨) : 중국 사천성(四川省)에 있는 민산(岷山)과 아미산(峨眉山).

124 이관(二關) : 쓰시마(對馬島)를 떠나 오사카(大坂)로 향할 때 지나는 이관, 즉 하관

객선에 바람 마주쳐오니 앞으로 가기 힘든데　風逆客舟難進行
바다 구름 만 겹이라 이것이 붕정[125]일세　海雲萬疊是鵬程
봉창[126]에 홀연히 시통이 붙어 있어　篷窓忽有詩筒接
끝없이 그리워하는 마음 방외에서 깊이 알았네　方外深知繾綣情

지체하면서 공연히 며칠을 보내니　濡滯空連日
나그네 마음 만 길인 듯 유장하다　客心萬丈長
긴 고래 물결 뿜는 곳　長鯨吹浪處
눈 닿는 곳에 설산이 아득하다　眼界雪山茫

바람과 파도 먼 길 가는 나그네 근심케 하니　風濤愁遠客
어느 날에나 돛대 높이 세울 수 있을까　何日竪高桅
물가의 하얀 갈매기와 해오라기　汀上白鷗鷺
서로 친하여 가고 또 오네　相親去又來

시가 막히니 몸도 피곤해　詩窮身亦困
봄이 지려 하는 때 한(恨)만 유독 깊어진다　春晚恨偏深
천금 같은 소식이 연이어 날아오니　瓊報連翩至

(下關, 시모노세키)과 상관(上關, 가미노세키)을 말한다.

125 붕정(鵬程) : 앞길이 원대함을 비유한다. 『장자(莊子)』「소요유(逍遙遊)」에 “붕이 남쪽 바다로 날아갈 때는 파도 일으키기를 3천리, 회오리바람을 타고 하늘 높이 오르기를 9만리[鵬之徙於南冥也, 水擊三千里, 摶扶搖而上者九萬里.]”라는 구절이 있다. 이로 인해 ‘붕정만리’는 앞길이 원대하다는 비유로 쓰인다.

126 봉창(篷窓) : 배의 창문.

밝은 빛이 나그네 가슴 속을 환히 비춘다　明輝透客襟

여러 현량들께 감사한 마음 병이 될 정도니　堪謝群賢爲起痾
종이 가득한 아름다운 시구 참으로 위로가 되네　滿箋佳句慰情多
무엇이 나로 하여금 이들을 알게 하였는가　何圖教我許相識
휘장(徽章)[127] 밖의 맑은 소리 크고도 높구나　徽外淸音洋且峩

지친 뗏목을 섬에 의지하니　倦槎依島嶼
배를 맨 닻줄 안개 낀 물결 마주했네　維纜對煙波
싸리 꺾고 앉아 이야기할[128] 날을 기다리니　有待班荊話
그대들의 생각은 어떠하신지　諸君意奈何

지림 장로가 다시 첩운한 것에 받들어 화답함 8수

구헌 박인칙

신물(信物)은 원래 바칠 만한 것이지만　明信元來可薦蘋
황제의 수레 남국에서 윤건[129]을 비춘다　皇乘南國映綸巾

127 휘장(徽章) : 아름다운 시편.

128 싸리 꺾고 앉아 이야기할 : 원문의 '반형(班荊)'은 '반형도고(班荊道故)'에서 유래한 것으로, 길에서 친구와 만나 옛정을 나누는 것을 비유한다. 춘추시대 초(楚)나라의 오거(伍擧)가 진(晉)나라로 달아나던 중 정(鄭)나라의 교외에서 친구인 성자(聲子)와 만났고, 이에 싸리나무를 꺾어 깔고 앉아서 초나라로 돌아갈 것을 의논했다는 고사가 있다.

129 윤건(綸巾) : 비단실로 짠 두건으로 은자(隱者)가 쓰는 것이다. 제갈량(諸葛亮)이 등용된 뒤에도 군중(軍中)에서 썼다고 하여 제갈건(諸葛巾)이라고도 한다.

바다 구름 사이로 새는 햇빛 남은 비를 비추고	海雲漏日明殘雨
언덕 나무에 핀 꽃은 멀리 가는 이를 비춘다	岸樹留花照遠人
열도가 천리안을 가리려 하는 듯	列島解遮千里眼
외론 배에 앉아 한 번의 봄을 보낸다	孤舟坐送一番春
그대에게 묻노니 정상의 보주(寶珠)[130] 빛은	問君頂上摩尼色
종문[131]이 몇 겁이나 먼지 되는 걸 다 보았나	閱盡宗門幾劫塵

고국은 오히려 손가락으로 가리킬 만한데	故國猶存指點間
병든 눈동자 힘없이 청산을 기억한다	病眸無力記青山
동남쪽 바다에 오래도록 어두운 비 내리니	長垂暝雨東南海
관문을 오르내릴 장풍을 빌리지 못했네	不借長風上下關

빗속에 남쪽의 배는 가려하질 않고	雨裡南船不肯行
봄 구름만 아득히 먼 길에 가득하다	春雲漠漠滿遙程
서쪽 봉우리서 밤마다 꽃 사이 경쇠 소리	西峰夜夜花間磬
오히려 은근한 열흘의 정이 생겨났네	猶作殷懃十日情

나그네 시름에 쓸쓸하여 더욱 병이 심해져	羈愁寥落轉添痾
술통 들고 높은 산에 오르니 노을이 자욱하다	酒榼登高落照多
이날 서쪽 봉우리에 풍경이 새로우니	是日西岑新物色

130 보주(寶珠) : 원문의 '마니(摩尼)'는 범어 mani의 음역으로, 주(珠), 여의(如意), 보주(寶珠) 등으로 번역한다. 주(珠)의 총칭.

131 종문(宗門) : 동족(同族) 또는 불교의 각 종파를 말한다.

푸른 비단 일산(日傘) 아래 죽관[132]이 우뚝하다 青羅傘下竹冠峩

해 지는데 구름은 자리에서 나오고 落日雲生席
외떨어진 마을엔 봄이 물결에 비치네 孤村春映波
높은 노래 소리와 온갖 피리 소리 高歌與盡管
날마다 낙토(樂土)[133]에서 취하는구나 日日醉無何

여관에는 외로운 꽃 지는데 旅宿孤花落
집으로 부치는 편지 흰 파도에 막혔네 家書白浪長
봄은 며칠이나 남아 있나 殘春餘數日
나그네 마음 더욱 아득하다 客意轉蒼茫

귤 숲에 어린 안개 두 배는 멀어지고 橘煙雙棹遠
선실엔 등불만이 깊어간다 篷屋一燈深
봄 물결의 빛이 눈앞에 가득한데 滿眼春波色
삼신산(三神山)이 하얀 옷깃을 비춘다 三山映素襟

끊어지는 물결은 달리는 말과 같고 截浪如奔馬

---

132 죽관(竹冠) : 대나무 껍질로 만든 관모(冠帽)를 말한다.

133 낙토(樂土) : 원문의 '무하(無何)'는 '무하유지향(無何有之鄕)'의 준말로, 아무 것도 없는 세계, 즉 세상의 번거로움이 없는 허무자연(虛無自然)의 낙토를 가리킨다. 『장자(莊子)』「소요유(逍遙遊)」에 "지금 선생에게 큰 나무가 있는데 쓸모가 없어 걱정인 듯 하오만, 어째서 아무것도 없는 드넓은 들판에 심고 그 곁에서 마음 내키는 대로 한가로이 쉬면서, 그 그늘에 유유히 누워 자 보지는 못하오.[今子有大樹, 患其無用, 何不樹之於無何有之鄕, 廣莫之野, 彷徨乎無爲其側, 逍遙乎寢臥其下.]"라는 구절이 있다.

바람에 나부끼는 깃발 돛대의 반을 잡아당긴다　風旗掣半桅
돌아갈 때 둥글게 무리를 이루니　歸時團作隊
키 뒤에서 고래 같은 파도 끌려오네　柁後曳鯨來

지림 장로께서 두 번 첩운한 것에 받들어 화답하다
奉和芝林長老再疊韻

제암 이성장

서쪽 배 동쪽 배 비단 물결 사이로 가니　西舫東船錦浪間
온갖 신령들 전송하며 삼신산을 건너네　百靈相送度三山
벽도화 아래 신선의 집 드러나니　碧桃花下仙家出
악어 울고 용이 울어도 이제는 괘념치 않네　鼉吼龍吟始不關

드넓은 바다에서 다투며 매일 매달을 가는데　天海相爭日月行
돛이 비에 젖는 날 과반이라 먼 노정 지체되네　雨帆強半滯雲程
금 소반에 담긴 고래회를 웃으며 보나니　金盤笑見鯨魚膾
삼신산에서 설레는 마음 얼마나 되나　多少三山震盪情

안개비 속에 외로운 쑥대처럼 봄 병 앓고 있는데　孤蓬霧雨拘春痾
물 따라 흐르는 신선의 꽃 새벽에 더욱 많다　逐水僊花曉更多
바둑 두고 시 짓는 것 모두 이 속에 있으니　看奕題詩俱盡裡
오사모 하나 언덕에 우뚝하게 섰구나　烏紗一頂岸峩峩

이역에서 꽃과 새에 상심하는데 異域傷花鳥
안개 속 햇빛 짙푸른 물결 속에 잠겼네 煙暉沈積波
턱을 괴고 고향을 생각하다 支頤思故國
봄잠 속에서 무하유(無何有)[134]로 빠져드네 春睡入無何

날마다 복사꽃 적어짐을 깨닫는데 日覺桃花少
봄은 비바람 따라 깊어간다 春隨風雨深
나는 어디까지 와 있나 알고자 하니 欲知身遠近
남두성이 가슴 가까이 있네 南斗近人襟

꽃과 구름 온통 하나의 기운인데 花雲渾一氣
봄의 닻줄 붉은 언덕에 길구나 春纜紫厓長
고국 땅 산은 몇 점이나 되나 故國山幾點
정오에 아득한 꿈을 꾸네 亭午夢微茫

꽃은 봄날의 패옥에 가깝고 花近三春佩
구름은 만 리 떠나는 돛에 걸렸네 雲停萬里桅
뱃사공이 새벽녘에 알리는 소리 篙工曉相報
저물녘에 비 개이니 바람이 불어온다 晩霽有風來

134 무하유(無何有) : 무하유지향(無何有之鄕). 아무것도 없는 세계. 세상의 번거로움이 없는 허무자연(虛無自然)의 낙토를 말한다.

지림 장로께서 두 번 첩운한 것에 받들어 화답하다 7수
奉酬芝林長老再疊韻 七首

해고 이자문

텅 빈 암자 멀리 흰 구름 사이에 있는데	虛菴遙隔白雲間
그림배 와서 한 조각 산에 기대어 있네	畫舫來依一片山
인생에서 부처님 은혜 아직 갚지 못하여	人世佛恩猶未報
백 년 동안 교린하는 일에 매양 상관하네	百年鄰幣每相關

봄날 동쪽 사행 가고 또 가니	春晝東行行復行
부상에 해가 떠올라 뱃길을 떠나네	扶桑拂日水爲程
몇 집이나 풍파의 꿈을 함께 꾸고 있을까	幾家同作風波夢
숭산과 낙수의 뜬 구름 밤마다 그립구나	嵩雒浮雲夜夜情

나그네 시름 바다와 같은데	客愁有如海
봄 밤을 길게 늘일 수 없네	春宵不可長
서풍은 닻줄을 풀라 재촉하는데	西風催解纜
고국은 날마다 아득해진다	故國日茫茫

오랜 시간 비바람 맞으며	悠悠滯風雨
봄 항구에서 한참 동안 배를 머무네	春港久連桅
작은 배는 늘 언덕을 오가니	小艇常通岸
시 지어 날마다 보내고 받는다	詩成日去來

함께 온 구름 아득히 퍼져 있는데	同來雲漠漠

바라보니 비가 가득 담겼구나 相望雨深深
쉽게 알아보겠구나 대마도의 배를 易識馬州舫
오동나무 꽃[135]이 옷깃에 수놓여 있네 桐花繡作襟

낯선 곳의 잠자리에서 날마다 병을 앓는데 殊方衾枕日吟痾
층층비탈에 기다란 보리이삭 많이 보이네 高麥層坡見穗多
수심 속에 일어나 하늘 끝 길을 보니 愁裡起看天際路
낭화[136]는 예나 지금이나 하얀 것이 우뚝하구나[137] 浪花今古白嵯峨

불경 소리 전해지니 상어와 악어도 잠잠해져 梵傳息鮫鰐
배[138] 타고 건너는 일 풍파에 맡길 따름이네 杯渡任風波
전날 밤 녹신[139]의 신사에서 前夜鹿神社
회오리바람 타고 나는 마음 어떠했던가 摶扶意若何

135 오동나무 꽃 : 대마도 도주의 상징이 오동나무이기 때문에 오동나무 꽃문양을 옷깃에 수놓은 듯하다.

136 낭화(浪花) : '나니와'이며 지금의 오사카를 가리킨다.

137 하얀 것이 우뚝하구나 : 백색 회벽으로 되어 있는 오사카성[大坂城]이 높이 솟은 모습을 형용한 것이다.

138 배(杯) : 진송(晉宋) 때에 한 선승(禪僧)이 항상 나무로 된 잔을 타고 물을 건너니, 사람들이 그를 '배도화상(杯渡和尙)'이라 불렀다. 훗날 이로 인하여 술잔[杯]은 배를 지칭하는 말이 되었다.

139 녹신(鹿神) : '시시신'이라고 하는 일본 전설 속의 신. 사슴의 몸에 사람의 얼굴을 가지고 있다. 사슴은 그 아름다운 모습 때문에 영원한 생명을 상징하는 신앙의 대상이 되었으며, 일본의 신사 중에는 사슴을 모시는 곳이 많다.

일기도의 객정에서 손 가는 대로 써서 규헌 학사와 세 분 기실께 드리다
壹道客亭漫成寫呈矩軒學士三記室僉榻

취암

하늘의 명령 어찌 바르지 않으리오만	天令何不正
어두운 구름이 밤낮으로 이어지네	陰雲日夜連
풍이[140]는 때때로 높아지려 하고	馮夷時作祟
손이[141] 또한 권세를 부리네	巽二亦有權
오랜 비에 봄은 쌀쌀하게 변하고	積雨春翻凜
큰 파도가 객선을 때리누나	洪濤打客船
객선이 자주 요동치니	客船頻搖動
선실에서 자는 것 다투어 금하네	爭禁蓬底眠
꼭 숙취에서 깨지 않은 사람처럼	當似宿酲者
앉았다 누웠다 하니 눈이 어질어질하다	坐臥眼將眩
가마를 명하여 급히 언덕에 오르는데	命駕急登岸
안내하며 접대하니 예의가 참으로 경건하네	儐接禮最虔
객사는 질박하면서도 아름다워	客舍質而雅
꽃나무가 난간 앞에 늘어서 있네	花樹列檻前
하룻밤 베개를 높이고 자니	一夜高枕寐
꿈속에서도 마음이 편안하구나	夢裡意安然
홀연히 풍파가 험했던 것 잊어버리고	忽忘風波險

140 풍이(馮夷) : 고대 전설 속에 등장하는 물의 신.

141 손이(巽二) : 옛 전설에 나오는 바람의 신.

드르렁 드르렁 코고는 소리 새벽하늘에 닿을 듯	齁齁到曉天
새벽이 되어 하늘 비로소 개이자	曉來天始霽
바닷가 높은 산에 구름과 안개 걷히네	海崙斂雲煙
간절히 바라건대 온갖 신령께서 보호하시어	願言百靈護
펼친 돛 하루라도 걷어 올리지 않기를	布帆不日懸

지림 장로께서 주신 운에 받들어 화답하다

奉酬芝林長老惠贈韻

구헌 박인칙

선창에서 저녁 비 개었다 알려주니	篷窓報夕霽
은하수 길게 이어져 있네	星河莽相連
바람과 물이 서로 무늬를 만드는데	風水互成文
꽃과 새 그 누가 권세를 다투는가	花鳥孰爭權
밝은 등불 항구에 퍼져 있어	明燈布港口
남북의 배를 분간할 수 없다	不分南北船
누대에 비 오는데 여행 기록 손질하고	樓雨理行錄
산 위 종소리에 외로운 잠을 부치네	山鐘寄孤眠
기이한 유람 바로 근원을 탐색하고	奇遊定窮源
깊은 관찰은 오묘함을 꿰뚫고자 하네	冥觀欲透玄
구름이 넓게 펼쳐진 곳 멀리 바라보고	放眼雲幅廣
경건한 왕사에 마음을 바치네	獻心王事虔
봄바람이 음악소리에 실리니	春風入絲管

어룡이 내 앞에서 춤을 춘다	魚龍舞我前
돌아갈 날은 감히 헤아리지도 못하겠고	不敢計歸日
앞길은 아직도 아득하기만 하다	前程尙渺然
동쪽에 드리운 붉은 휘장	東絳羅帳[142]
이 만 리의 하늘을 나눈다	分此萬里天
용이 잠들기를 나 간절히 청하고자	吾欲倩龍眠
이 달이 끝날 때까지 안개 없기를	盡月兼盡煙
아울러 오늘밤 이 시를 써서	幷寫今夜詩
종신토록 침실에 걸어두리라	終身臥內懸

위와 같음
同

제암 이성장

위엔 하늘 있지만 아래엔 땅이 없어	上天下無地
하늘의 푸른빛이 연이어 있네	積氣靑相連
성인의 지혜를 깎아내고	刳剡聖人智
조물주의 권세를 침범하여 빼앗았네	凌奪造化權
다만 보이는 건 빛나는 붉은 태양	但見赤日昇
남북의 배에 그 빛이 흐른다	流光南北船
머리 돌려 구름 너머 산사를 바라보매	回瞻隔雲寺

142 한 글자가 결락(缺落)된 듯하다.

비에 막혀 자고만 있는 것 믿을 수 없네	不信滯雨眠
아름다운 산엔 신령한 풀이 붉게 피고	瑤岑靈草紫
붉은 물엔 신선의 구슬이 검구나[143]	赤水僊珠玄
왕조의 위엄에 교룡도 두려워하며	王靈虯螭讋
불력이 미치는 곳에 향불이 경건하다	佛力香火虔
제각기 기쁘고 즐거운 인연으로	各將歡喜緣
온갖 꽃들 앞에서 돛을 내린다	落帆千花前
시를 지어 금빛 잉어에게 주었는데	裁詩付金鯉
땅에 던지자 어찌 그리 쟁쟁한지[144]	擲地何鏗然
난화(蘭花)의 비취빛 형상처럼	蘭茁翡翠影
그 광휘 도솔천[145]을 비추네	輝映兜率天
거대한 세계를 떠다니는 부평초 같은 몸	大界一浮萍
이곳 창주의 안개와 함께 있네	共此滄洲煙
육여[146]의 게송을 낭랑하게 읊조리는 지금	朗誦六如偈
은혜로운 달은 누굴 위해 걸려 있나	惠月爲誰懸

143 붉은 물엔 신선의 구슬이 검구나 : 『장자(莊子)』「천지(天地)」편에 "황제가 적수 북녘을 여행하여 곤륜산에 올라 남쪽을 바라보고 돌아왔는데, 그때 현주를 잃어버렸다.[黃帝遊乎赤水之北, 登乎崑崙之丘而南望, 還歸, 遺其玄珠.]"라는 구절이 있다. 적(赤)은 남방의 명색(明色)이며, 현주(玄珠)는 신비의 구슬을 가리킨다.

144 땅에 던지자 어찌 그리 쟁쟁한지 : 진(晉)의 손작(孫綽)이 「천태산부(天台山賦)」를 지어서 친구인 범영기(范榮期)에게 보여주며 "땅에 던지면 금석(金石)과 같은 소리가 날 것이다."라고 자랑했다. 인하여 '척지금성(擲地金聲)'이라는 말이 생겼는데, 이는 시문이 아름답고 운치가 있음을 나타낸다.

145 도솔천(兜率天) : 욕계(慾界)의 육천(六天) 가운데 넷째 하늘.

146 육여(六如) : '육유(六喩)'와 같은 말. 세상 모든 것의 무상함을 꿈[夢], 환상[幻], 물거품[泡], 그림자[影], 이슬[露], 번개[電]의 여섯 가지에 비유하여 이르는 불교용어.

보내주신 경운(瓊韻)[147] 가운데 '현(眩)'자는 귀국(貴國)의 운서(韻書)를 찾아보았더니, 과연 '선(先)'운에 그것이 있었습니다. 그러나 우리나라의 운서에는 이 글자가 없어 대신 다른 글자로 압운(押韻)하였습니다. 매우 송구합니다.

위와 같음
同

해고 이자문

폐백 주고받으며 남방과 교통하매	交幣通南紀
선문에서 혜련[148]을 얻었네	禪門得惠連
꽃과 새는 삼매경에 들었는데	花鳥入三昧
바닷가 산의 봄은 권세가 없구나	海嶠春無權
일찍이 구름 너머에서 경쇠 소리 듣고	曾聞隔雲磬
기쁜 마음으로 함께 큰 배를 내보냈다	喜倣出洋船
풍랑이 밤새 언덕에 가득하니	風濤夜滿岸
봄 배에서 외로운 잠을 청한다	春舫寄孤眠
박달나무의 향기와 찻잎에 내리는 비	檀香與茶雨
진귀한 게송 현묘함에 통하네	寶偈妙通玄
한 번 웃으니 호계에 다다랐지만	一笑臨虎溪

147 경운(瓊韻) : '경장(瓊章)'과 같은 말. 남의 시문에 대한 미칭.

148 혜련(惠連) : 남조(南朝) 송(宋)의 사혜련(謝惠連 397~433). 사영운(謝靈運)의 족제(族弟)로, 열 살에 이미 시를 잘 지었다 하며, 사영운이 혜련과 함께 시를 지으면 좋은 시구가 나왔다고 한다.

삼절에 있어선 정건에 부끄럽다[149]	三絶愧鄭虔
나그네 시름은 어느덧 사라지고	羈愁忽相失
꽃 앞에만 이르면 시상이 떠오른다	詩到每花前
보리수의 높이는 얼마쯤 되려나	菩樹長幾許
보주(寶珠)는 한결같이 환하게 빛나네	尼珠一炯然
부평초는 본래 정함이 없는 법	萍水本無定
만 리 밖에서 각자 하늘을 나누어 갖겠지	萬里各分天
어찌 꼭 한번 어깨를 두드려야 하랴[150]	何當一拍肩
삼신산의 안개를 함께 물으리	共問三山煙
언젠가 명경대[151]에서	他時明鏡臺
높이 걸린 달을 서로 바라보리라	相望月長懸

고체시 한 수를 구헌 학사와 세 분 서기께 드리다
古體一首 贈呈矩軒學士三記室僉榻下

취암

기성[152]의 문장 붕새가 날아오르는 재주라	箕城文章鵬擧才

149 삼절에 있어선 정건에 부끄럽다 : 당나라 정건(鄭虔)이 시(詩)·서(書)·화(畵) 삼예(三藝)에 뛰어나 '정건삼절(鄭虔三絶)'이라는 말이 생겨났다.

150 어깨를 두드려야 하랴 : '박견(拍肩)'은 가볍게 다른 사람의 어깨를 두드리는 것으로 우호나 애정을 표현하는 행동이다.

151 명경대(明鏡臺) : 불교용어로, 저승의 입구에 있다는 거울. 그 앞을 지나는 사람의 생전 행실을 그대로 비춘다고 한다.

152 기성(箕城) : 평양의 다른 이름. 상(商)나라 기자(箕子)가 이곳에 살면서 조선을 통치했다고 전해진다.

남명(南冥) 향해 만 리를 날아가려 쌍쌍이 오네　圖南萬里雙雙來
때마침 부는 봄바람에 날개를 나란히 펴매　春風得時齊展翼
하늘에 드리운 구름 사마대국[153]을 덮었다　垂天雲覆邪馬臺
해 돋는 곳엔 햇빛이 찬란하게 비치고　暘谷日華晐相映
푸른 바다엔 청산의 그림자 어른거린다　青山碧海影裴徊
돌아보니 나의 하찮음 척안[154]과 같아　顧吾眇與斥鷃同
늙도록 가지 하나에 몸을 편안히 붙였네　長年安身一枝中
이제 우연히 그 성대한 모습 보고는　如今偶觀盛大狀
괴이하기도 하고 놀랍기도 해 생각이 끝이 없네　且怪且驚意何窮
억지로 작은 가지 하나 바치니 비웃지 마시기를　勿笑强自呈小枝
눈이 부신 높은 풍모 차마 바라볼 수 없구려　曜然不忍望高風

지림 장로께서 주신 운에 받들어 화답하다
奉和芝林長老惠贈韻

구헌 박인칙

도림[155]의 신운이요 교연[156]의 재주로다　道林神韻皎然才

153 사마대국(邪馬臺國) : 원문의 '사마대(邪馬臺)'는 '사마대국(邪馬臺國)'을 말하는데, 일본의 옛 국명이다.

154 척안(斥鷃) : 늪에 사는 세가락메추라기. 힘껏 날아도 몇 길 못 올라가 내려온다는 데서, 보잘것없이 작음을 비유한다.

155 도림(道林) : 동진(東晉)의 고승인 지둔(支遁)의 자(字).

156 교연(皎然) : 당나라 중기의 선승(禪僧) 겸 시인. 진(晉)의 시인 사영운(謝靈運)의 10대손. 근체(近體)보다 고체시(古體詩)나 악부(樂府)에 뛰어났으며, 중후(重厚)한 형식 속에 솔직한 감회가 담겨 있다고 평가된다. 제기(齊己)·관휴(貫休)와 함께 당의 3대 시

어느 해에 작은 배 타고 동쪽으로 건너왔나　何年小杯東渡來
명주 종이엔 소채와 죽순의 기운 없고　繭箋不帶蔬筍氣
구름 속의 달 천화대[157]를 비추고 있네　雲月爛熳天花臺
부상의 나무 아래서 한 잔 술을 마시고　扶桑樹下一杯酒
또 사신의 임무 위해 잠시 배회하노라　且爲皇華暫徘徊
외론 배 해후하여 만릿길을 함께 가고　邂逅孤舟萬里同
찬 비 내리는 기주[158]에서 묵는다　寄宿岐州寒雨中
홀로 있는 밤 환한 돛대와 등불로 서로 이웃하니　獨夜檣燈耿相隣
시정은 다하지 않는데 봄이 먼저 다하려 하네　詩情未窮春先窮
선사의 배 주목하여 나침반으로 삼으리니　注目禪舟作指南
내일 돛을 내리면 어느 산에서 바람이 불까　明日落帆何山風

위와 같음

同

제암 이성장

물속의 달 같은 선심 비단을 수놓는 듯한 재주　水月禪心錦繡才
삼생[159]의 은혜로운 업보로 여래[160]에 참여했도다　三生惠業參如來

승(詩僧)으로 꼽힌다. 저서에 『시식(詩式)』『시평(詩評)』 등이 있다.

157 천화대(天花臺) : 하늘의 꽃이 피어 있는 누대. 신선의 거처를 가리키는 듯하다.

158 기주(崎州) : 조선통신사 일행이 머물고 있는 도라사키(虎崎)를 말한다.

159 삼생(三生) : 불교(佛敎)에서 말하는 삼세전생(三世轉生)을 가리키는 것으로서, 전생(前生)·현생(現生)·후생(後生), 혹은 전생·이승·저승을 의미함

160 여래(如來) : 중생의 번뇌 속에 숨겨져 있는, 청정(淸淨)한 절대 불변의 본성.

웃으며 부상에서 오색의 고치를 따고	笑摘扶桑五色繭
기이한 무늬 금은대[161]에서 빛나네	奇紋陸離金銀臺
궁원[162]에서 바다의 객이 되어 우연히 만나매	窮源海客偶相遭
적안[163]의 모든 배들이 봄날 배회하는구나	赤岸盡檣春徘徊
산하와 대지 똑같이 불성을 지녀	山河大地佛性同
천기[164] 가운데 꽃 지고 버들개지 날리네	落花游絮天機中
부들방석에서 몇 시간이나 청담[165]을 허락했던가	蒲團幾時許揮塵
삼협의 흐르는 물처럼 문사(文詞)가 끝이 없네	三峽詞源談不窮
유자(儒者)인 객과 선승인 주인 맘껏 노닐며	儒禪賓主汗漫遊
물 한가운데서 바람을 기다리네	在水中央候天風

161 금은대(金銀臺) : 전설상에 나오는, 금과 은으로 지어진 누대로 신선이 거처하는 곳이다.

162 궁원(窮源) : 바닷물이 흐르기 시작하는 근원.

163 적안(赤岸) : 흙이 붉은 색을 띠는 언덕. 전설상에 나오는 지명으로, 매승(枚乘)이 지은 「칠발(七發)」에 "적안을 뛰어넘어 부상을 청소한다.[淩赤岸篲扶桑]"라는 구절이 있다.

164 천기(天機) : 모든 조화(調和)를 만들어내는 하늘의 기밀.

165 청담(淸談) : 원문의 '휘주(揮塵)'는 총채를 흔든다는 뜻이다. 진(晉)나라 사람들은 청담을 나눌 때, 언제나 총채를 들고 대화를 나누었는데, 이로 인해 '휘주'는 담론의 뜻으로 쓰이게 되었다.

위와 같음
同

취설 유자상

나 동쪽으로 와서 재주를 논하고자 하였으나	我是東遊欲論才
애오라지 오락가락 사신 일행 따라다니기만	聯翩但逐星槎來
적막한 객사에서 간혹 시를 읊조리고	客舍寥寥或吟詩
드넓은 봄 산에서 때때로 누대에 오른다	春岡蕩蕩時登臺
광활한 하늘에 피리소리 퍼지는데	橫笛一聲天空濶
구름 날고 학이 맴도는 그 속을 배회하네	雲飛鶴盤中徘徊
지림 노사께서 함께 배 타고 오셔서	芝林老師舟楫同
방만한 가운데 때때로 시가 솟아오른다	有時詩騰汗漫中
일창삼탄[166]한 후에도 여운이 있어	一唱三歎有餘音
부앙하는 사이에도 끝없이 읊조리게 만드네	令人俯仰吟不窮
조만간 하느님이 편리한 방편 마련해 주신다면	早晩天公倘備便
시원하게 열자의 바람 타고 함께 가리라	冷然共馭列子風

166 일창삼탄(一唱三歎) : 한 사람이 선창하면 세 사람이 화답한다는 뜻으로, 『예기(禮記)』「악기(樂記)」에 나오는 말이다. 사람들이 감탄을 금치 못할 만큼 시문이 매우 뛰어날 때 쓰는 표현이다.

위와 같음
同

해고 이자문

나라를 빛내는 데 본디 재주 없음이 부끄러운데	我慚華國本無才
배를 따라 또 다시 동남으로 왔네	隨槎且復東南來
저물녘 산관에 투숙할 땐 비바람이 걱정이었지만	暮投山館愁風雨
아침 되자 신기루에서 누대를 보노라	朝從海市看樓臺
이역의 풍토라 질병도 많아	異方風土多疾病
배회를 멈추고서 이불 싸매고 앉았네	坐擁衾枕休裴徊
노사와 가슴속 생각 같이함을 기뻐하니	喜得老師襟期同
봄날 밤 귀한 종이에 시를 써 주셨도다	繭牋題詩春夜中
남두성은 멀고 먼데 북극성은 깊어져	南斗迢迢北極深
묻노니 이 길은 어느 때에 끝나려나	借問此路何時窮
하루에 천리 가서 서쪽 천황께 조서를 바치고자	一日千里詔西皇
내일 아침 연화풍[167]에게 물어보리라	明朝試問楝花風

구헌 학사와 세 분 기실의 각 탑하(榻下)에 드리다
贈呈矩軒學士三記室各榻下

취암

비란도 밖 일기도의 물가	肥鸞島外一岐濱

167 연화풍(楝花風): 스물 네 번의 화신풍(花信風) 가운데 가장 마지막에 부는 화신풍. 멀구슬나무의 꽃이 피는 늦은 봄에 부는 바람.

열흘이나 머뭇거리고 있는 이역의 사람들　　十日留連異域人
장기는 유독 찌는 듯 산색은 축축한데　　瘴氣偏蒸山色濕
봄[168]이 다하려 함에 새소리 자주 들리네　　韶華欲盡鳥聲頻
앞길의 관문 멀어 눈으로 확인할 수 없는데　　前程關遠難窮目
서쪽에서 해 기울어 공연히 마음이 슬퍼진다　　西極晷斜空慘神
객중에 시를 짓는 흥취 부러워 견딜 수 없으니　　堪羨客中詩賦興
왕양노락[169]을 매양 가까이 하누나　　王楊盧駱每相親

지림 장로께서 주신 운에 받들어 화답하다
奉和芝林長老惠韻

구헌 박인칙

의관을 차리고 은하수 물가에 앉았으니　　衣冠坐屬鵲河濱
하늘 끝 봄 구름도 사람의 마음 아는 듯　　天際春雲解管人
봄바람 속의 젓대 소리 저물녘의 꽃 그림자　　短笛東風花影暮
남쪽 끝 외로운 배엔 빗소리 자주 들린다　　孤篷南極雨聲頻
다만 세월을 왕사에 바치고 있으니　　只將歲月供王事
감히 문장으로 해신을 놀래켰다 하겠는가　　敢謂文章慴海神
고요한 물결 속에 머물러 떠나지 않으니　　澹澹波中留不去
백사장의 물새들을 날마다 가까이하네　　白沙鷗鷺日相親

168 봄 : 원문의 '소화(韶華)'는 아름다운 봄철의 경치를 말한다.

169 왕양노락(王楊盧駱) : 초당(初唐) 사걸(四傑)인 왕발(王勃)·양형(楊炯)·노조린(盧照隣)·낙빈왕(駱賓王)을 가리킨다.

위와 같음

同

제암 이성장

산은 푸른 굴조개처럼 물가에 붙어 있고	山似青蠔著水濱
물고기의 숨 꽃의 기운 짐짓 사람에게 끼쳐오네	魚吹花氣故熏人
고승의 얼굴 보이지 않는데 시가 오히려 이르고	高僧隔面詩猶到
멀리 온 객 봄이 안타까운데 비는 참으로 잦구나	遠客傷春雨劇頻
모든 배에 오동 무늬 있어 다른 섬인 줄 알겠는데	盡舫桐紋知別島
석문의 산초로 빚은 술은 어느 신을 제사지내나	石門椒酯賽何神
부평초 우연히 떠서 공연히 경계를 분명히 하지만	浮萍偶漾空明界
삼수[170]의 특이한 향기 기뻐하며 홀로 가까이하네	三秀異香喜獨親

위와 같음

同

취설 유자상

호탕하게 이내 몸 물새 나는 물가에 떠 있으니	浩蕩身浮鷗鷺濱
물처럼 구름처럼 떠도는 이 아님을 어찌 알겠느냐	那知不是水雲人
창주에서 달 보며 한참 동안 술잔을 멈추고	滄洲向月停杯久
요도에서 구름 보며 자주 베개에 기댄다	瑤島看雲欹枕頻

170 삼수(三秀) : 지초(芝草)를 말한다. 옛 사람들은 지초가 일 년에 세 번 꽃을 피워, 그것을 복용하면 장수한다고 믿었다. 여기서는 일본 승려 취암(翠巖) 승견(承堅)을 가리킨다.

사귐은 방외의 인연 이룬 것에서 시작되니 交自從成方外契
시는 응당 해신과 산신의 도움 얻을 수 있네 詩應得助海山神
일찍이 청련사[171]를 허락한 적은 없지만 未曾一諾青連社
오고 가는 시통 속에 마음 담은 글씨 친근하다 來去郵筒意墨親

위와 같음
同

해고 이자문

천 그루 나무 복사꽃 은하수 가에 피어 있는데 千樹桃花淸漢濱
하늘 끝에 와서 꿈속의 사람 되었네 天涯來作夢中人
시서는 멀리 떨어진 곳에서도 옛것을 좇아 따르고 詩書絶域追隨遠
의복은 봄이 지나 자주 바꿔 입는다 衣服經春改換頻
교린의 예는 지금까지도 대해를 막론하고 鄰幣至今無大海
왕조의 위엄엔 예로부터 영명한 신 있었도다 王靈終古有明神
근심스레 와서 전송하기를 다하니 섭섭한 눈빛 愁來送盡依依目
이역 땅의 구름이라 친근하지가 않구나 雲在殊方不肯親

171 청련사(青蓮社) : '청련(青蓮)'은 푸른 연꽃으로 부처의 눈을 비유하며, 불교와 관련된 사물에 쓰이는 말이다. '청련사'는 불사(佛舍)를 지칭한 것으로 보인다.

원운을 다시 써서 구헌 학사 및 세 분 기실께서 화운해 주신데 답하다 2수
再用原韻 答矩軒學士暨三記室見和 二首

취암

계림의 사걸 모두 뛰어난 재주라	雞林四傑具奇才
대단한 솜씨로 채색 붓 기묘하게 휘갈기네	大手妙揮彩毫來
글자는 변하여 오색구름 되고	文字變作雲五色
보일 듯 말 듯 이무기의 기운[172] 누대를 만드네	掩映蜃氣結樓臺
누대는 잠시 후 없어졌지만 구름은 흩어지지 않고	樓乍滅雲未散
봉래산 꼭대기를 또 배회한다	蓬萊山頂且徘徊
또 보지 못하였나	又不見
유자와 불자는 본래부터 결단코 다르지만	儒釋元來絶異同
모두 하늘과 땅 사이에 있는 것을	俱在天覆載中
온갖 생각 잊고서 서로 시를 주고받으매	萬慮相忘交唱和
넉넉한 기쁨 샘솟듯 하니 어찌 끝이 있으리	餘歡如湧何其窮
시[173] 세 번 주고받은 후 때때로 고개 드니	華箋三復時擧首
학 울음 소리 저녁 바람 속으로 들어간다	鳴鶴一聲入晩風

잇닿은 배들이 공연히 바닷가에 머물러 있는데	連舟空滯大洋濱
방외에서 다행히 시재(詩才) 있는 사람 만났네	方外幸遭騷雅人

172 이무기의 기운 : '신(蜃)'은 이무기로 전설상의 동물이다. 기(氣)를 토하면 해시(海市), 곧 신기루가 나타난다고 한다.

173 시 : 원문의 '화전(華箋)'은 질이 곱고 색깔이 아름다운 종이. 시나 편지를 쓸 때 사용한다.

같은 기호에 감탄하며 늦게까지 얘기 나누고[174] 同癖只歎傾蓋晚
두터운 정에 또 기뻐하며 자주 시통을 주고받네 厚情且喜遞筒頻
재주는 이백 두보와 나란해 원래 적수가 없고 才齊李杜元無敵
글자는 종왕[175]을 본받아 절로 신명 있구나 字傚鐘王自有神
갈대가 함부로 옥수에 기대는 것[176] 싫지 않으니 勿厭蒹葭叨倚玉
새로 사귄 친구지만 옛 친구와 무엇이 다르리오 新知何異舊知親

오호당 이 고사께 드리다
贈呈五好堂李高士

취암

세 별과 같은 사신을 호위하니 護衛三星使
해 뜨는 동쪽으로 가는 것 어찌 사양하리오 何辭向日東
허리에는 보검을 비껴 차고 腰間横寶劍
손 안에는 동궁[177]을 잡았네 手裡執彤弓

174 이야기 나누고 : 원문의 '경개(傾蓋)'는 수레의 일산을 마주 댄다는 뜻으로, 길에서 우연히 만나 수레를 가까이 대고 이야기를 나눈다는 말이다. 또는 처음 만나거나 우의를 맺음을 이르기도 한다.

175 종왕(鐘王) : 중국 삼국시대 위(魏)나라의 서예가였던 종요(鍾繇)와 동진(東晉)의 서예가였던 왕희지(王羲之)를 가리킨다. 왕희지는 중국 고금(古今)의 첫째가는 서성(書聖)으로 꼽히며, 종요는 왕희지의 스승이었다.

176 갈대가 함부로 옥수(玉樹)에 기대는 것 : '겸가의옥수(蒹葭倚玉樹)'에서 유래한 말인데, 갈대가 아름다운 나무에 의지한다는 뜻이다. 신분이 낮은 사람이 신분이 높은 사람에게 의지하는 것을 비유한다.

177 동궁(彤弓) : 붉게 칠한 활. 제왕이 공이 있는 제후나 대신에게 하사하여 정벌을 전담하게 하였다.

엄숙한 위의 장엄하고　　肅肅威儀壯
성대한 기세 씩씩하도다　　植植氣勢雄
생각과 도량 바른 것에 다시 놀라니　　更驚襟度雅
시를 짓는 솜씨는 하늘의 재주 빼앗았네　　詞賦奪天工

지림 장로의 사안에 화답하여 드리다

和呈芝林長老詞案

오호당(五好堂) 이사적(李士迪)

대궐을 바라보니 구름은 북쪽에 있는데　　望宸雲在北
사절을 따라 바다가 동쪽에 펼쳐지네　　隨節海開東
조수가 물러가 종려나무에 닻줄을 매노라니　　潮退維椶纜
바람이 울며 각궁[178]을 쓰다듬는다　　風鳴撫角弓
산하는 마음과 함께 멀어지는데　　山河心共遠
천지의 기운 그저 웅장하기만 하네　　天地氣徒雄
스님의 마음 많이 받아서일까　　多荷禪翁意
새 시가 더욱 공교함을 깨닫네　　新詩更覺工

선린풍아(善隣風雅) 권일 끝

---

178 각궁(角弓) : 뿔로 장식한 활.

선린풍아 권이

'객중송춘' 2수를 학사와 세 분 서기의 각 안하에 드리다
客中送春二首 贈呈學士三書記各案下

취암(翠巖)

못이 많은 나라에 봄이 저무니	澤國春云暮
수심에 찬 사람 누구에게 의지하랴	愁人誰與依
꽃이 저버린 산은 적막하기만 한데	花空山寂寂
종소리 축축이 스민 빗줄기가 세차다	鐘濕雨霏霏
오로지 고깃배 보는 것만 익숙해지고	唯慣看漁艇
나그네 옷 떨치고 가지 못하네	未能拂客衣
파도 위로 가는 청제[179]의 수레	凌波青帝駕
오늘은 어디를 향해 가는가	今日向何歸
하늘 끝에서 봄은 벌써 다 가고	天涯春已盡
쓸쓸한 객이 배에 남아 있네	怊悵客留船
선창에는 가랑비 떨어지고	蓬滴廉纖雨

179 청제(青帝) : 봄을 주관하는 동방의 신.

옷에는 암담한 연기가 끼쳐오누나　　衣熏黯淡煙
석 달 동안 돌아갈 꿈을 꾸며　　九旬歸夢裡
만 리 떨어진 변방에서 읊조리고 있네　　萬境落吟邊
끝없는 한스러움만 더해진 이때　　添得無窮恨
저녁 구름 속으로 들리는 두견새 소리　　暮雲聽杜鵑

지림 장로 '송춘' 운에 받들어 화답하다
奉和芝林長老送春韻

구헌(矩軒) 박인칙(朴仁則)

봄빛은 나와 함께 흘러가　　春光含我去
만물의 모습 날마다 무성해지네　　萬象日依依
먼 나무는 신록에 흔들리고　　遠樹搖新綠
남은 꽃들은 자욱한 안개에 숨어 있네　　殘花隱煙霏
파도 위의 배는 그대로 머물러 있는데　　尙淹波上棹
상자 속의 옷 꺼내 갈아입는다　　翻換篋中衣
산에 올라 물을 내려다보는 그곳에서　　臨水登山處
전송하는 그 슬픔 어찌 견딜 수 있으랴　　那堪悵送歸

봄날의 모습들에 한없이 슬픈데　　怊悵三春色
만 리 떠나온 배 안에선 지루하기만　　支離萬里船
텅 빈 숲에서 꽃과 새가 원망하는 듯　　空林怨花鳥
오래된 섬에는 바람과 안개 잦아들었네　　古島減風煙

새벽녘 꿈을 하늘 끝에 부치는데	曉夢寄天末
빗소리가 객의 주변을 감싼다	雨聲繞客邊
앞산에 옛 사당이 있어	前山有古廟
닻을 내리고 원통한 두견새 소리 듣누나	停纜聽寃鵑

위와 같음
同

제암(濟菴) 이성장(李聖章)

무더기 푸르름 이렇게도 성한가	衆綠繁如許
남은 꽃들은 마침내 의지할 곳 없구나	殘紅遂不依
뜰에선 처량하게 새 우는데	啼禽凄院落
방초엔 자욱한 안개 내려 앉았네	芳草積烟霏
오래도록 수심스런 노를 저었는데	久帶愁蘭槳
날이 점점 따뜻해지니 모시옷이나 입어볼까	稍暄試紵衣
내달리는 파도 석양과 더불어	奔濤與返照
출렁이며 그저 함께 돌아가네	蕩漾只同歸

섬의 보리 언덕만큼 높아지고	島麥高齊壟
물가의 꽃은 배에 떨어져 가득하다	汀花落滿船
아득한 마음으로 해와 달 바라보는데	悠悠瞻日月
끊임없이 구름과 연기 흩어지누나	脉脉散雲煙
좋은 술 곁에 두고 마음이 슬퍼져	惆悵芳尊側

못 가를 한없이 배회하노라 徘徊積水邊
고향은 천만 리 떨어져 있으니 故鄉千萬里
이 밤 창가의 두견새 소리에 어쩌지를 못하네 無奈夜窓鵑

위와 같음
同

해고(海皐) 이자문(李子文)

물이 따뜻해져 때 이른 이별에 우는 듯한데 水暖鳴曾別
꽃이 흩날리니 나비가 기댈 곳 없네 花飄蝶不依
꽃이 진 자리에는 녹음만이 무성한데 芳痕但萋綠
원망이 남아서인가 아직도 안개 자욱하다 餘怨尙煙霏
여러 번 막혔다가 큰 바다에 노를 띄우고 五滯浮溟檝
삼경에는 비단옷을 입으려 하는구나 三更向絡衣
서로 이끌고 이역까지 왔는데 相將到殊域
만릿길 먼저 돌아가는 것에 슬퍼한다 萬里悵先歸

봄이 떠나가는 것을 한스러워 말라 莫恨春將去
응당 가을이면 배를 돌릴 것이니 惟應秋返船
보리 누렇게 익은 산에 비 지나가고 麥黃山度雨
저녁 나무에 걸린 구름 안개 같구나 雲晩樹如煙
꿈을 부치는 곳은 하늘 끝이라 寄夢當天末
시름에 기대어 해 뜨는 곳에 이르렀네 憑愁到日邊

노에 기대 있는 사람 마음 알지도 못하면서 不知人倚棹
밤새도록 울어대는 두견새 終夜有啼鵑

배가 일기도(一岐島)를 출발하여 밤에 남도(藍島)에 닿자, 시를 지어 학사와 세 분 서기의 사안(詞案)에 드리다

舟發一岐夜抵藍島 賦呈學士三書記詞案

취암(翠菴)

바람은 연일 내린 비를 몰아내고 天風驅宿雨
바다의 태양이 멀리 모퉁이까지 비추네 海日照遐陬
조타실에서는 자주 북을 치고 柁樓頻擊鼓
항구의 안개는 잠깐 사이에 흩어졌네 港口烟乍披
비단 돛은 때때로 계수나무와 나란하여 錦帆時齊桂
펄럭이는 그림자 조수에 비친다 片片影潮頭
발 아래 인어의 집이 있는 듯 脚底鮫人室
신령한 광채 그 어찌 숨길 수 있으랴 靈彩其焉廋
바람이 멈추니 바로 정오의 때라 風定正亭午
흥이 나서 한가로이 앉아 있네 發興坐悠悠
문득 일기도를 돌아보니 却顧一岐地
점점 멀어져 벌써 창주와 떨어져 있네 漸已隔滄洲
가고 또 가며 곧장 가리키는 곳 行行直指點
뛰어난 경치 이곳이 구주로구나 雄勝是九州
산은 괴이하게 푸른 병풍처럼 늘어서 있고 山怪碧屛列
이 몸은 그림 속에 떠 있는 듯하다 身疑畫裡浮

해는 져서 현계를 지나가는데 日落過玄界
황급히 또 길을 떠난다 蒼茫程且脩
뱃사공은 오로지 힘을 다해 舟子偏盡力
닻줄을 끌며 잠시도 쉬지를 않네 牽纜不暫休
밤이 되어서야 남도에 닿으니 乘夜依藍島
풍물들은 어둠 속에서 더듬어 찾아야 했네 景象堪冥搜
여행의 기록 정리하고자 自欲理行卷
촛불 밝히며 두 눈을 비비니 燒燭拭雙眸
원컨대 소용돌이치는 파도 같은 붓을 빌려 願假回瀾筆
신선의 유람 분명히 써두었으면 分明記僊遊

적마관(赤馬關)으로 가는 배 안에서
到赤馬關舟中

취암

돛 너머의 구름은 구축산과 이어지고 帆外雲連九筑山
풍성의 나무 빛은 저녁노을과 뒤섞였다 豊城樹色晩暉間
대한의 성사를 숨길 수가 없으니 大韓星使藏難得
채색 기운이 먼저 적마관에 떠 있구나 彩氣先浮赤馬關

배가 상관(上關)에 도착하여 다시 앞의 운으로 쓰다
舟著上關 又用前韻

위와 같음

가파르게 마주서 있는 건 몇 개의 청산이런가　峥嶸對立幾青山
그림자 바다로 드리워 은미한 사이에 있구나　影落大溟微渺間
때마침 고마운 바람 끝없이 불어와　好是恩風吹不盡
천 개의 돛이 웅장한 두 관문을 날아 건너네　千帆飛度兩雄關

지림 장로의 도안(道案)에 받들어 드리다
奉呈芝林道案下

구헌 박인칙

높고 큰 해를 바라보며 골똘히 생각하고 있는데 뜻밖에 편지와 함께 그림 부채를 주시니, 위로가 되고 고마운 마음에 어찌 가만히 있을 수 있겠습니까? 삼가 두 수의 절구에 감사하는 마음을 담으니, 변변치 못한 것이지만 웃으며 받아주시기를 바랍니다.

아름다운 편지로 몇 번이나 동문의 꿈 이었던가　彩箋幾續同文夢
그림 부채는 자주 더위를 물리쳐 주네　畫箑仍多却暑功
겸예의[180] 배 안에서 태양을 가리고　鎌刈舟中遮白日
상근의[181] 고개 위 맑은 바람 빌렸구나　箱根嶺上借清風

180 겸예(鎌刈) : 가마가리. 히로시마현(廣島縣)에 있는 지명. 통신사 일행은 4월 11일에 이곳을 지났다.

181 상근(箱根) : 하코네. 가나가와현(神奈川縣) 남서부 아시가라시모군(足柄下郡)에 있

외론 배 몇 밤이나 풍랑 속에서 잤는지 孤舟幾夜宿風瀾
꽃 지고 난 풍성에서 객의 꿈은 썰렁하네 花落豊城客夢寒
텅 빈 관사는 내게 밝은 달의 그림자 주니 空館贈余明月影
돌아갈 때까진 응당 일곱 번 보름달을 보겠구나 歸時應驗七回團

화운하여 구헌 학사께서 주신 붓과 먹에 사례하다 2수
和韻却謝矩軒學士惠筆幷墨 二首

취암

객의 고향서부터 짝이 되었던 관성자[182] 客鄕相伴管城子
이곳에 와 문방의 첫째 공을 다투네 來鬪文房第一功
성대한 선물에 은근히 문채(文彩)까지 겸비하니 盛貺殷勤兼藻繪
우정이 옛사람의 풍모에 뒤지지 않네 友情不減昔人風

만릿길 뜬 배에서 오랫동안 물결을 집 삼으니 浮杯萬里久家瀾
친구 된 물새들과의 맹세는 차갑게 식지 않았네 鷺友鷗朋盟不寒
고인[183]께서 내려주신 두 가지에 깊이 감사하니 多謝高人兩般賜
벼루와 종이까지 있어 문방사우면 좋겠구나 好同陶楮共成團

는 읍명. 통신사가 에도(江戶)로 가는 길에 거쳐 가는 곳이다.

182 관성자(管城子) : 붓의 딴이름. 붓을 의인화한 한유(韓愈)의 「모영전(毛穎傳)」에서 유래하였다.

183 고인(高人) : 재지(才智)가 남보다 뛰어난 사람. 상대방을 높여 부른 말.

적간관(赤間關)에서 지림(芝林) 노사의 편면(便面)[184] 선물을 받아 삼가 시로써 사례하다
赤間關 得芝林師便面之貺 謹以詩謝

제암 이성장

지나온 길 험한 구름과 파도뿐이었는데 迹供雲濤險
정이 깊어져 비단 부채를 주시었네 情深錦箑貽
둥글게 펼치니 밝은 달을 보고 團圓見明月
흔들어 보니 맑은 바람이 일어나네 披拂有淸颸
꽃과 새로 봄빛을 그려내고 花鳥描春色
금빛 은빛 색실로 수놓은 비단이라 金銀纈綵絲
서쪽으로 돌아가면 상자에 담아두고서 西皈留篋笥
매 해마다 그리움을 위로하리 每歲慰相思

스님께서 내게 손끝의 달을 주시니 上人遺我指端月
어찌 오이로 옥 같은 보배에 보답하리오 何以報之瓜報瓊
산곡[185]의 용사필[186] 없음이 부끄러운데 愧無山谷龍蛇筆
시냇가 풀숲 꾀꼬리는 부질없이 정만 일으키네 澗草黃鸝空復情

184 편면(便面) : 얼굴을 가릴 때 쓰던 부채 모양의 물건. 부채를 이르기도 한다.

185 산곡(山谷) : 송나라 시인 황정견(黃庭堅)의 호이다. 그는 초서에 뛰어났는데, 처음은 주월(周越)에게 사사받고, 후에 안진경 (顔眞卿), 만년에는 장욱(張旭), 회소(懷素)에게 배웠다.

186 용사필(龍蛇筆) : 초서의 생동감 있는 필세. 또는 그런 초서.

차운하여 제암 기실께 사례하고 다섯 벗에게 드리다
次韻却謝濟菴記室 贈五朋

취암

이 물건 유독 여름에 알맞으니	此物偏宜夏
그 어떤 다른 비단 주는 것보다 낫구나	勝他錦綺貽
높이 들면 뜨거운 해를 가려주고	擎來遮赫日
부치면 서늘한 바람을 끌어온다	揮處引凉颸
이야깃거리[187]로 먼지털이를 대신하고	談柄換毛拂
시흥을 일으키는 물건[188]으로 귀밑머리 긁적인다	詩媒搔鬓絲
그대의 진심어린 후의를 받고 보니	荷君襟義厚
그 빼어난 풍도가 더욱 생각나네	標致轉堪思

또 짓다
又

이역의 부채가 다섯 사람의 손에 들어오니	異方扇子歸五手
곤륜산의 한 조각 옥을 얻은 듯	似得崑山一片瓊
밝은 달 맑은 바람을 진외에서 주시니	明月淸風塵外贈
철인의 그 마음에 어떻게 감사를 드릴까나	詎庸可謝哲人情

187 이야깃거리 : 원문의 '담병(談柄)'은 이야깃거리를 말하는데, 여기서는 부채를 가리킨다.

188 시흥을 일으키는 물건 : 원문의 '시매(詩媒)'는 시흥(詩興)을 일으키는 사람이나 물건을 말하는데, 여기서는 부채를 가리킨다.

지림 장로께서 다섯 개의 부채를 주시어, 삼가 오언절구 세 편으로 받들어 사례하다
芝林長老有五箑之惠 謹以五絶三章奉謝

취설(醉雪) 유자상(柳子相)

좁고 답답한 선실 안	窄窄蓬房底
사월의 찌는 듯한 더위로다	蒸炎四月中
하얀 모시옷이 무슨 소용 있으랴	白苧衣何力
벼랑에 걸린 소나무 부질없이 그리워하네	空思架壑松
구름은 찌는 듯하고 물조차도 뜨거워	雲蒸水氣熱
평상에 대자리를 깔아도 아무 소용이 없네	床簟自無功
다만 모래사장에 앉은 해오라기 부러우니	但羨沙頭鷺
나뭇가지의 바람을 부르기도 어렵구나	難呼木杪風
산옹께서 주신 다섯 개의 부채	山翁五便面
어찌 백 붕(朋)[189]의 황금 정도이겠는가	何啻百朋金
쉬익쉬익 자리에서 일어나는 바람을 대하니	颯颯臨生座
시원하게 나의 가슴이 열리는구나	灑然披我襟

189 붕(朋) : 고대의 화폐 단위.

차운하여 취설 기실께서 주신 부채에 사례하다 3수
次韻奉謝醉雪記室惠扇 三首

취암

남쪽 바닷길 기운이 찌는 듯해	氣蒸南海路
배 안에 앉아 있는 것 어찌 견디겠는가	何耐坐舟中
부채를 흔들어 나의 마음 맑게 하니	揮箑淸人意
마치 솔숲으로 들어가는 바람 같구나	猶如風入松
다섯 벗이 손에 들고 감상하며 어쩔 줄 몰라	五朋堪把玩
긴 여름에 기특한 공이 있구나	長夏有奇功
어찌 생각하시는지요, 이제 친히 접하신	何料今親觸
대한 유사(儒士)의 풍모를	大韓儒士風
예나 지금이나 한 가지 법도이니	古今同一揆
사귀는 도리는 금란지계[190] 귀하게 여기네	交道貴蘭金
또한 기심(機心)을 잊어가는 것이 기쁘니	且喜忘機去
말마다 평소의 내 생각과 딱 맞구나	言言適素襟

190 금란지계 : 원문의 '난금(蘭金)'은 금란계(金蘭契)를 의미한다. 뜻이 같은 벗과 사귀면, 그 사귐의 굳기는 쇠보다도 더 견고하고 그 아름다움은 난초보다도 더 향기롭다는 뜻으로, 곧 매우 친밀한 사귐이나 깊은 우정을 비유한다.

지림 장로께서 주신 편면(便面)에 삼가 사례하며
謹謝芝林長老惠贈便面

해고 이자문

물건을 아름답게 여겨서가 아니요 匪以物爲美
그대 마음 씀이 너무나 깊음을 느낀다네 感君情甚長
모과에 옥이 어울리지 않음이 부끄럽지만[191] 瓜瑠慚不敵
가벼운 갖옷과 느슨한 허리띠[192] 잊지 말아주시기를 裘帶願無忘
만듦새는 포규(蒲葵)[193]의 누추함을 물리치는데 制謝蒲葵陋
시원한 효과는 새의 날개에 버금간다 功參羽翮凉
남방에서 이른 더위에 놀라니 南方驚早熱
시절에 나그네 마음이 상하네 時節客心傷

191 모과에……부끄럽지만 : 원문의 '과류(瓜瑠)'는 모과[木瓜]와 유리(琉璃)이다. 『시경(詩經)·위풍(衛風)』「목과(木瓜)」에 "나에게 모과를 던져줌에, 아름다운 옥으로 보답하고도, 보답했노라 여기지 않음은, 길이 우호를 하고자 해서이니라.[投我以木瓜, 報之以瓊琚, 匪報也, 永以爲好也.]"라는 구절이 있다.

192 가벼운……허리띠 : 양호(羊祜)가 형주 제군사(荊州諸軍事)를 도독(都督)한 적이 있었는데, '가벼운 갖옷과 느슨한 허리띠'는 당시 그가 군중에 있으면서 여유 있는 모습을 보인 것을 표현한 것이다. (『진서(晉書)』 권34) 여기서는 점잖고 우아한 풍류를 가리켜 말한 것이다.

193 포규(蒲葵) : 야자과의 상록 교목. 종려나무와 비슷하고 잎으로 삿갓이나 부채를 만든다.

화운하고 아울러 해고 기실이 부채를 주신 것에 사례하다
和韻兼謝海皐記室貽扇

취암

훌륭한 인재 사절을 수행하니	賢才隨使節
함께한 여로의 바다와 산은 길기도 하다	同路海山長
언어는 원래 다르다 해도	言語元雖異
교린의 맹세를 어찌 잊을 수 있으랴	交盟何可忘
새로운 시는 그대의 창작에 맡겨지고	新詩任君賦
가벼운 부채는 나를 시원하게 하네	輕箑令吾涼
다만 영화로이 돌아갈 날을 헤아리면서	只計榮旋日
고향 그리는 마음에 더 이상 상심하지 말기를	鄉心休更傷

필어(筆語) 취암(翠巖)

“나에게 『지림약고(芝林畧稿)』 1책이 있는데 지난번 정사(正使) 대인께 드려서 한 번 봐주셨습니다. 언젠가 맑은 눈동자로 보실 수 있을 때, 청컨대 서문을 지어주신다면 매우 다행이겠습니다. 어떠하신지요?”

답(答) 구헌(矩軒) 박인칙(朴仁則)

“귀고(貴稿)는 이미 정사 대인께 얻어서 한번 눈여겨보았습니다. 서문에 있어서는 밝으신 뜻을 어찌 저버리고자 하겠습니까? 그러나 이 같은 문장은 시(詩)와는 달라서 어려움이 있습니다. 바쁜 가운데 지을 수 있다면 다만 유의해야 마땅하겠지요. 그러나 저의 글이 거칠고 잡박해서 족하(足下)의 찬란한 광휘를 빛나지 못하게 할까 두려우니, 어떠하신지요?"

말함 취암

"지금 족하의 승낙을 들었으니, 뜻밖의 기쁜 일이 생겼군요."

말함 구헌 박인칙

"전후에 주고받은 시작(詩作)은 모두 익히 보아온 것들이라, 이는 자리를 가까이하여 앉은 것이나 마찬가지이니 두 사람의 마음에 어찌 간격이 있겠습니까? 대마도에 있을 때 원고 전체의 갖가지 뛰어난 말들은 읽는 이로 하여금 공경하는 마음이 생기도록 하였고, 도중에 지은 여러 작품들도 또한 읊을 만하였습니다. 모르겠습니다만, 당시(唐詩) 중에서도 어떤 사람의 작품을 표준으로 삼고 있습니까? 일본의 시들은 모두 당(唐)을 주로 삼는데 족하께서는 송(宋)의 여러 시인들을 참고하여 쓴 것 같으니, 불가(佛家)라서 정말 그렇게 하는 것인지요?"

답함 취암

"소승의 시를 실제보다 지나치게 칭찬해주시니 이마에 땀이 송글송글 맺히는군요. 비록 당 명황(唐明皇)[194] 때의 재자(才子)를 준거로 삼고 있기는 하지만, 재주를 타고난 것은 아닌지라 공을 이루지 못하였습니다. 송(宋)나라 여러 시인들의 경우 평소에 이미 피하여 가져다 보지 않았습니다. 족하의 시는 구절구절 호탕하고 상쾌하여 참으로

194 당 명황(唐明皇) : 당 현종(玄宗)을 가리킨다.

이청련(李青蓮)[195]의 풍조가 있는 듯하니, 존경스럽고도 부럽습니다."

말함 구헌 박인칙

"저의 시는 원래 취할 만한 것이 없습니다. 청련의 호기(豪氣)는 저와는 너무 어울리지 않고, 사실 족하께서 피하시는 송나라 제가(諸家)를 본받고 싶지만 오히려 그러지 못할 뿐입니다. 시는 본디 청상(清爽)함을 귀하게 여기는데 그저 당인(唐人)만 표준으로 삼으면 그 기운은 얕으면서도 이치는 얄팍함을 피하기 어려울까 두렵습니다. 노두(老杜) 여파(餘派)부터 진사도(陳師道)·황정견(黃庭堅)에 이르기까지, 귀국의 시인들은 모두 송나라 시체(詩體)를 비루하고 부박한 것으로 여겨 보지 않으니, 이는 지나친 것입니다. 여러 시인들은 이런 의도로만 서로 권하려 하는데, 그들을 다 접해볼 방법은 없습니다. 족하께서는 바야흐로 소단(騷壇)의 맹주로 계시니 저의 견해에 대해 어떻게 생각하십니까? 귀국(貴國)의 시는 자못 얻어서 보았습니다만, 그 폐단은 오직 송시(宋詩)를 공부하지 않는 데 있을 뿐입니다."

답함

"족하께서 말씀하신 바는 옳다면 옳은 듯도 합니다. 우리나라에도 유독 송풍(松風)을 좋아하는 사람이 있는데 대개 뜻을 말하는 것을 중요시하고, 오로지 풍조를 귀하게 여깁니다. 송나라 제가(諸家)의 경우 오직 이치만을 주로 삼고 체제에는 구속되지 않아, 시의 본의를 말함

195 이청련(李青蓮) : 이백(李白). 청련거사(青蓮居士)는 그의 호이다.

에 있어 잘못을 범한다고 생각합니다. 이것이 소승이 피하고 취하지 않는 까닭입니다. 또한 소승은 성품이 유별나서 처음 시를 배운 이후로는 다만 평이하고 유창하면서도 일의 실정을 다 기록하는 것을 요체로 삼습니다. 이 때문에 걸핏하면 심지어 저 백속(白俗)[196]과 같은 것도 있을 정도입니다. 중년에는 갑자기 마음을 고쳐먹고 성당(盛唐)·중당(中唐)의 어조를 본받으려고 했습니다만 그렇게 하지 못하고, 다만 나귀처럼 나이만 더 먹을 뿐입니다. 재주는 궁하고 마음은 꺾이고 있으니 스스로 한탄할 뿐이지요. 그러나 옛날 버릇이 남아 있어서 꽃 앞이나 달 아래 있으면 함부로 그 흥을 풀어버리니, 족하처럼 장년(壯年)에 박식한 것은 소승이 미칠 바가 아닙니다. 어떠하신지요?"

물음 취암

"귀국(貴國)의 언문(諺文)은 전해 들으니 전왕(前王)께서 만드신 것이라 하는데, 전왕의 시호를 모르겠군요. 어떻습니까?"

답함 구헌 박인칙

"언문은 우리 세조대왕(世祖大王)께서 지으신 것입니다."

말함 취암

"'외론 배는 더디더디 출발하는데, 시가 전해진 이때 봄비가 한창일

196 백속(白俗) : 백거이(白居易) 시의 속된 말. '원경백속(元輕白俗)'은 당나라 시인 원진(元稹)과 백거이의 시풍을 표현하는 평어로서, 전자는 가볍고 방정맞음을, 후자는 속된 시풍을 가리킨다.

세. 그대 응당 꽃 가득한 상탑(牀榻)에 계시겠지요, 저는 달을 가슴에 품으렵니다.[孤棹遲遲發, 詩來春雨深. 君應花滿榻, 我欲月爲襟.]' 족하의 이 작품이 소승의 마음에 깊이 와 닿으니, 청컨대 부채 위에 써 주셨으면 합니다."

답함 구헌 박인칙

"필력이 몹시 거칠고 졸렬하여 그대의 부채에 써드리기에 부족합니다. 어쩌지요?"

말함 취암

"속히 붓으로 써주시고, 억지로 준엄하게 거절하진 말아주십시오."

포예(蒲刈)[197]의 객정에서 구헌 사맹(詞盟)이 몸소 찾아주심을 기뻐하며

蒲刈客亭 喜矩軒詞盟臨睨

위와 같음

광릉의 산색이 빗속에 짙은데	廣陵山色雨中深
이날 우연히 만나 나그네 흉금을 풀어놓았네	此日萍逢解客襟
마음을 풀어놓고 또 마주하여 술잔[198]을 권하니	弛禁且對勸三雅

197 포예(浦刈) : 도포(韜浦, 도모노우라)와 겸예(鎌刈, 가마가리)를 가리키는 것으로 보인다.

198 술잔 : 원문의 '삼아(三雅)'는 술잔을 말한다. 『태평어람(太平御覽)』「전론(典論)」에,

비단 두건에 장기(瘴氣)가 스며들까 두렵구나　　紗巾恐有瘴烟侵

지림 장로의 석상운(席上韻)에 받들어 화답하다
奉和芝林長老席上韻

구헌 박인칙

바다의 노을 산의 남기가 온 절에 깊은데　　海靄山嵐一院深
빗속의 울타리 차갑게 탁 트인 마음을 비춘다　　雨中籬冷映踈襟
선루에 비록 민수(澠水)와 같은 술 있다 해도[199]　　禪樓縱有如澠酒
타향의 세월이 침노하는 걸 막기는 어렵구나　　難禁他鄉歲月侵

다시 화답하다
再酬

취암

마을과 이어진 벼랑 위의 절 대나무가 무성한데　　崖寺連村竹樹深
빗속의 차가운 남기가 옷깃으로 스며든다　　雨寒嵐氣透衣襟
그대와 마주앉아 있으니 마음은 물과 같아　　與君坐對心如水

“유표(劉表)에게 술잔 세 개가 있었는데, 큰 것을 백아(伯雅), 그 다음 것을 중아(仲雅), 작은 것을 계아(季雅)라고 하였다. 백아는 일곱 되들이이고, 중아는 여섯 되, 계아는 다섯 되들이였다”는 기록이 있다. 훗날 ‘삼아’는 ‘주기(酒器)’를 범칭하는 말로 쓰였다.

199 민수(澠水)와 같은 술 있다 해도 : ‘민수(澠水)’는 제(齊)나라에 속했던 강물 이름으로, 제후(齊侯)가 연회를 베풀고서 “민수처럼 술도 많고 산처럼 고기도 쌓였다.[有酒如澠, 有肉如陵.]”고 말한 기록이 보인다.(『춘추좌전(春秋左傳)』 소공(昭公) 20년)

맑은 흥취 온전하여 세상 일 침노함이 없구나　　清興全無塵事侵

또 첩운(疊韻)하다
又疊

구헌 박인칙

한가로운 술잔에 손이 가는 것 그리 싫지 않은데　到手閑盃不厭深
종려나무 숲에 종소리 그치니 가슴이 시원해지네　椶林鐘歇爽生襟
여룡이 마치 탐주[200]의 모임 시기하는 듯　　驪龍似忌探珠會
일부러 성긴 갈대에 어지러이 비를 뿌린다　　故意踈蒹亂雨侵

함께 화답하다
同和

난암(蘭菴)

대마도의 서기(書記)로 성은 아비류(阿比留), 자는 백린(伯隣)

항구에 조수가 들어오니 모든 물가가 깊어져　　潮來港口萬潯深
맑은 물결이 얼마나 마음을 깨끗하게 씻어주는지　澹泊何如叔度襟
비온 뒤 난간 밖의 물 조용히 바라보니　　雨後誠看欄外水
유리처럼 투명해 어찌 먼지 한 점 낄 수 있으랴　玻璃那有點塵侵

200 탐주(探珠) : '탐려득주(探驪得珠)'는 검은 용의 턱 밑을 더듬어 천금(千金)의 구슬을 얻는다는 뜻으로, 시문(詩文)의 내용이 주제를 적절히 설명함을 비유한다.

절구(絶句) 한 수로 필어(筆語)를 대신하다
以一絶用代筆語

구헌 박인칙

죽관의 안개 짙어 걷히지 않는데	竹館煙雲莽不開
해안에서 가마 멘 이들 진흙 밟고 돌아오네	肩輿海岸蹈泥回
오는 길에 시 담긴 마음 전해짐이 기뻐서	喜將來路詩中意
공문[201]에서 빗속의 술잔을 함께 붓는다	共瀉空門雨裏盃

구헌 사맹(詞盟)의 석상운(席上韻)에 화답하다
酬矩軒詞盟席上韻

취암

청안으로 서로 보며 회포를 펼치는데	靑眼相看懷抱開
바다 위 하늘의 오랜 비가 못 돌아가게 하네	海天積雨不容回
객지에서 오직 한스러운 건 맛난 음식 없는 것	客中偏恨欠兼味
담박한 가풍이라 차만 잔에 가득하다오	冷澹家風茶滿盃

201 공문(空門) : 불법(佛法)의 범칭.

다시 첩운하다
再疊

구헌 박인칙

선루에 달이 뜨니 비단 병풍 펼친 듯 禪樓上月錦屛開
섬을 둘러싼 외론 구름이 비를 갖고 돌아왔네 繞島孤雲帶雨回
소나무 국화의 사립문으로 돌아가는 길은 먼데 松菊柴門歸路遠
동림사에서 함께 웃으니 혜원공도 잔을 드네 東林一笑惠公盃

다시 화답하다
再和

취암

그 언제나 날이 개어 돛을 활짝 펼치려는지 新晴何日布帆開
멀리 온 나그네 구름을 바라본 것이 몇 번인가 遠客望雲知幾回
동관 가는 천리 길 기다렸다가 有待東關千里路
부용봉 아래서 웃으며 술잔 머금으리 芙蓉峰下笑含盃

함께 화답하다
同和

난암

활짝 열린 백련사[202] 동맹을 때마침 만나니 社盟適値白蓮開
예서부터 호계까지 몇 번이나 웃었는가[203] 自此虎溪笑幾回

마음을 괴롭히는 만 섬의 먼지 씻어내고자 凝洗煩襟塵萬斛
갈건으로 석 잔의 술을 거르네 葛巾爲許漉三盃

배 안에서 회포를 써서 구헌 학사의 사안(詞案)에 바치다
舟中寫懷贈呈矩軒學士詞案

취암

광릉의 객사 높은 언덕에 기대어 있는데 廣陵客舍倚岸高
빗속에서 뉘와 함께 파도를 굽어 볼까 雨中誰與俯規濤
때때로 처마의 까치 빈번히 기쁨을 전해주고 有時檐鵲頻傳喜
혼자 일어나 수레 맞이하니 눈썹이 탁 트이네 自起迎駕浩眉毛
바리때를 치는 한 소리 압운이 되고 擊鉢一聲成韻語
자리에서 종횡으로 오색 붓[204]을 내달리네 席上縱橫走綵毫
쓸모없는[205] 늙은 중은 세 걸음 물러나 樗散老釋退三步

202 백련사(白蓮社) : 진(晉)나라 혜원법사가 여산(廬山)의 호계(虎溪) 동림사에 있을 때 혜영(慧永)·혜지(慧持)·도생(道生) 등의 명덕(名德)을 비롯하여 유유민(劉遺民)·종병(宗炳)·뇌차종(雷次宗) 등 명유(名儒)·치소(緇素) 123명을 모아 무량수불상(無量壽佛像) 앞에서 맹세를 세우고 서방의 정업을 닦게 하였는데, 그 절에 백련을 많이 심었으므로 이러한 이름이 붙었다.

203 예서부터……웃었는가 : 진(晉)의 승려 혜원(慧遠)이 동림사(東林寺)에 있을 때, 손님을 호계 건너서까지 전송하는 일이 없었는데, 하루는 도잠(陶潛)과 육수정(陸修靜)의 내방을 받고 나누는 이야기에 빠져 저도 모르는 사이에 호계를 건너서 전송하자, 그때 호랑이가 울부짖어 세 사람이 크게 웃고 헤어졌다는 고사가 있다.

204 오색 붓 : 원문의 '채호(綵毫)'는 '채필(綵筆)'과 같으며 오색의 붓을 뜻한다. 강엄(江淹)이 오색의 붓을 돌려주는 꿈을 꾼 후 좋은 시를 쓰지 못했다는 고사에서 유래하여 훌륭한 문재(文才)를 비유한다.

송연히 놀라서 적선의 호방함을 본다	竦然驚看謫仙豪
이로부터 방외의 사귐 더욱 익숙해져	從此方外交更熟
그대 생각 하루도 간절하지 않은 날 없었네[206]	思君無日不鬱陶
글자를 다듬어 평안하신지를 묻고자 하지만	裁字欲問平安去
파도가 세차게 이는 곳에 어찌 배가 잘 가려나	鰌潮激處奈飛艘
다니다보니 부질없이 봄날은 이미 다 가고	因修空已盡韶景
푸른 연기 속 나루터 나무에서 이른 매미가 운다	津樹煙青早蟬號
산빛에서 점점 파양이 가까워짐을 알겠으니	山色漸知鄱陽近
눈 가는 곳마다 마음의 피로를 잊기에 족하다	縱目足忘方寸勞
날짜를 헤아리며 복장 갖추기만을 기약하니	計日只期巾兼舃
낭화성 밖에서 다시 서로 만나리라	浪華城外再相遭

우창(牛窓)의 비오는 밤에 구헌 학사에게 주다
牛窓雨夜 贈矩軒學士

취암

적막한 오후의 물가 비에 막힌 배	午渚寥寥滯雨舟
바람 불고 안개 낀 사월은 홀연히 가을 같구나	風煙四月悅如秋

---

205 쓸모없는 : 원문의 '저산(樗散)'은, 가죽나무는 재질이 좋지 않기 때문에 쓰이지 않는다는 의미이다. 세상에 쓰이지 않고 한가롭게 지냄을 비유하거나 자신에 대한 겸사로 쓰인다.

206 하루도 간절하지 않은 날 없었네 : 원문의 '울도(鬱陶)'는 근심하며 생각하는 모양을 뜻한다. 『초사(楚辭) · 구변(九辯)』에 "어찌 슬퍼하지 않고 그대를 그리워할 수 있으랴. 그대의 문은 아홉 겹이라네.[豈不鬱陶而思君兮? 君之門以九重.]"라는 구절이 있다.

선창에는 밤새도록 달그림자 없지만	篷窓一夜無蟾影
원굉도[207]의 시주로 노는 것 그 어떠한가	其奈袁宏詩酒遊

사월 이십일 배가 섭성(攝城)으로 들어가다
四月廿日 舟入攝城

위와 같음

모든 배들 항구에 나란히 가득 차니	盡船齊滿港
이런 장관 응당 드물리라	壯觀又應稀
조수가 넉넉해 뱃노래 느릿하고	潮足棹歌緩
바람이 온화해 깃발 그림자 작게 움직인다	風和旗影微
물가의 구름은 상서로운 빛으로 떠 있고	浦雲浮瑞彩
나루터 나무는 은혜로운 빛을 띠었네	津樹帶恩輝
한객은 목란(木蘭)으로 만든 노를 멈추고	韓客停蘭槳
낭화의 다리 곁에 기대어 있네	浪華橋畔依

207 원굉(袁宏) : 원굉도(袁宏道 1568~1610). 명(明)의 공안(公安) 사람. 자는 중랑(中郎), 호는 석공(石公). 공안체(公安體)의 창시자. 저서에 『원중랑집(袁中郎集)』 등이 있다.

구헌 학사에게 주다
與矩軒學士

취암

수로(水路)에서 어려움을 겪지 않고 각자 언덕을 오르니, 너무나 기쁜 마음이 그치질 않습니다. 객사(客舍)가 비록 가까워도 왕사(王事)로 분주하여 겨를이 없을 지경입니다만, 정말 그립고 만나고 싶었습니다. 근래 쓴 시구들이 시낭(詩囊)에 가득차서, 위문하러 온 차에 마른 과자 상자를 좌우에 드립니다. 또한 보잘것없는 시 한두 편을 사안(詞案)에 바칩니다. 아울러 함께 웃으며 받아주십시오. 이만 줄입니다.

지림 장로 족하께 다시 드리다
復呈芝林長老足下

구헌 박인칙

만 리의 외론 배가 이미 창해를 건넜는데, 산수 누대가 도처에 있어 모두 시가 됩니다만 게으름과 질병이 서로 이어져 여전히 산처럼 빚이 쌓여 있을 따름이지요. 어찌 감히 기피한 적이 있었겠습니까? 지난번에 종이를 주셔서 접때의 남은 회포를 계속 이을 수 있었는데, 게다가 이번에 시편들과 과자 상자까지 주시니 그 하나하나에 깊은 정이 담겨 있음을 알겠습니다. 각자 하늘 끝에서 살다가 이 얼마나 아름다운 인연을 맺은 것입니까? 감사하고 감사한 마음에 보잘것없는 선물로 사의(謝意)를 표하는 진심을 담았습니다. 묵은 빚은 조금 시간을 두고 기다려 주셨으면 합니다. 오직 너그러운 마음으로 살펴 주십시오.

이만 줄입니다.

무진년 4월 24일

지림 장로께서 주신 운에 차운하고 아울러 과자를 주심에 감사하다
次芝林長老惠贈韻 兼謝菓子之貺

구헌 박인칙

꽃 핀 마을의 귤이 외론 배 가까이 있어 結花村橘近孤舟
우리가 푸른 물결에 배를 돌려 갈 때를 기다리네 待我滄波返棹秋
몇 장의 새로운 시는 마치 대화하는 듯하고 數幅新詩如對話
한 쟁반의 단 과자로 함께 놀았던 일 기억하네 一盤甘果記同遊

배가 낭화(浪華)에 정박했을 때 주신 운에 또 차운하다
又次舟泊浪華韻

위와 같음

좋은 배들이 지나가며 서로를 비추는데 金舫行相照
아름다운 꽃 져서 벌써 드물어졌네 瑤花落已稀
밝은 등불 물결에 비쳐 굽이치는데 明燈波曲折
사라지는 북소리에 이 밤 기쁨이 적구나 盡鼓夜喜微
비단에 수놓은 듯 천 개의 집 언덕에 있고 錦繡千家岸
의관은 만 리에 빛나는도다 衣冠萬里輝

외론 배 나의 집 같았는데　孤槎如我屋
잠깐 동안 이별하니 더욱 그립구나　乍別更依依

지림 장로께서 주신 시편에 화답하다
酬芝林長老惠什

제암 이성장

대나무 가지 얕은 물에 맑게 비치고　竹枝清淺水
사월이라 물에 떠가는 꽃 드물구나　四月浪華稀
금빛이 신선의 거처 가까우니　金色仙居近
행장은 이곳에 묵기에 보잘것없어라　行裝容宿微
펄럭펄럭 날리며 비단 돛 떠 있고　翬飛浮錦幭
용이 뛰놀듯 물결은 금빛으로 반짝이네　龍躍閃金輝
수많은 집은 자라 등 뚫고 선 나무 같으니　萬戶穿鰲樹
베개 하나로 영산에 기대어 있네　靈山一枕依

지림 장로께 받들어 답하다
奉復芝林長老

해고 이자문

문득 가늘게 흐르는 강물 보다가　忽見河流細
저 멀리 희미한 바다색이 사랑스럽다　遙憐海色稀
무지개는 칠교[208]에 이어져 거꾸로 비치고　虹連七橋倒

별빛은 만 개의 등불로 들어가 희미하다　星入萬燈微
환한 집은 숲에서도 흰 빛을 발하고　粉屋林生白
금빛 배는 밤에도 밝게 빛나네　金船夜有輝
조용했던 낭화의 객관에　居然浪華館
시가 이르니 각각의 사물 뚜렷해지네　詩到各依依

낭화(浪華) 앵량한(櫻良翰)

연향(延享) 무진년 여름 4월 26일 지림장로(芝林長老) 도담공(徒湛公)과 함께 조선 학사 박구헌(朴矩軒)을 낭화 빈관(賓館)에서 만났다.

구헌이 써서 말함 : "지림장로께서는 평안하신지요?"

도담공이 말함 : "평안하십니다."

구헌이 말함 : "시 빚을 아직도 갚지 못해서 부끄럽습니다."

량한이 써서 말함 : "억지로라도 저를 위해 지어주시겠습니까?"

구헌이 말함 : "저 분은 누구십니까?"

량한이 말함 : "앵량한(櫻良翰, 사쿠라 료오칸)이며 자는 자현(子顯)입니다."

구헌이 말함 : "어디에 사시며, 시는 있으십니까?"

량한이 말함 : "출석성(出石城, 이즈시성)에 살며 시를 좋아합니다."

구헌이 말함 : "출석성은 여기서 거리가 몇 리나 되며, 어느 주(州)에

208 칠교(七橋) : 오사카(大坂)에 있는 다리 이름.

속합니까?”

량한이 말함 : “여기서부터 거리가 300리이고, 단마주(但馬州, 다지마주)에 속합니다.”

구헌이 말함 : “시를 좋아한다면서 왜 와서 보여주지 않습니까?”

량한이 말함 : “오늘은 조금 바빠서 그냥 가고, 내일을 기약하지요.”

27일에 구헌 박공에게 드렸다.

저번에 제현(諸賢)께서 바다를 건너 동쪽으로 오신다는 소문을 듣고 마음속으로 매우 뛸 듯이 기뻐했습니다. 이제 바다와 육지에서 아무 탈 없이 이곳에까지 이르셨으니, 그 기쁨과 위로를 어찌 이길 수 있겠습니까. 삼가 거친 시 한 수를 지어 좌우에 바치니, 잠깐 봐주시기를 바랍니다.

서쪽에 미인이 있다고 전하더니	傳道西方有美人
사신의 수레 일본을 향해 나루를 건너왔네	星軺指日度河津
예전의 예법으로 의상의 모임[209] 다투어 보니	舊儀爭見衣裳會
높은 덕은 또한 사직의 신하라 부를 수 있겠구나	高德兼稱社稷臣
이미 문장으로 조물주에 화답했는데	已用文章酬造化
한 잔 술로 풍진을 털어냄도 나쁘지 않으리	不妨杯酒解風塵
웅비하는 것 본래 대장부의 일이거니	雄飛本自丈夫事

209 의상의 모임 : 의상지회(衣裳之會)는 나라와 나라 사이에 예로서 친교를 맺는 모임을 말한다.

원유하며 이 몸 수고롭게 하는 것 어찌 싫겠는가　何厭遠遊勞此身

앵자현(櫻子顯)이 주신 운에 차운하다
次櫻子顯惠韻

구헌(矩軒)

써서 말하기를, "귀호(貴號)가 어떻게 되십니까?" 하니, 량한이 말하기를, "자(字)로 통합니다." 하였다.

바람과 안개 그윽하게 사인을 둘러쌌는데　風煙窈窕擁詞人
아득하고 아득한 은하에서 나루를 묻고자 하네　緲緲銀河欲問津
아름다운 경계 높고 큰 누각은 선객과 통하고　勝區臺榭通仙客
제자의 문장은 사신을 공손케 하네　諸子文章肅使臣
만 리의 시정을 아는지 꽃은 비 되어 내리고　萬里詩情花作雨
백년만의 나라 소식에 바다에도 먼지가 이네　百年邦信海生塵
또한 알겠구나 옛 절의 성대한 이야기들이　也知古寺淋漓話
창파에 출몰하는 이 몸에 조금 위로가 됨을　稍慰滄濤出沒身

제암 이공께 드리다
呈濟菴李公

앵량한

만 리의 풍파에도 수고로움 싫어하지 않고　萬里風波不厭勞

동쪽 와서 시 지음에 그 기상 얼마나 호방한지　　東征賦就氣何豪
청컨대 바다 위 삼신산의 빛을 보아주시오　　請看海上三山色
종일토록 신선 구름이 채색 붓을 비추는군요　　終日僊雲照彩毫

앵량한이 지은 시에 받들어 화답하다

奉酬櫻子顯題

앵량한

아름다운 산하를 보느라 눈이 수고로운데　　應接山河眼力勞
바람 안은 비단 돛은 구름에 높이 닿아 있네　　天風錦帆倚雲豪
부평초 같은 배[210] 안에서 그대의 시를 보니　　龍堂萍水看詞藻
오색 붓으로 그린 한 송이 벚꽃이구려　　一朶櫻花五色毫

취설 유공에게 드리다

呈醉雪柳公

앵량한

오늘날 금마문(金馬門)[211] 시종 가운데　　當日金門待從中

---

210 부평초 같은 배 : '평수(萍水)'는 '평수상봉(萍水相逢)'을 뜻하며 물 위를 떠다니는 부평초가 서로 만남을 의미한다. 즉 우연히 서로 만난 것을 비유한 것이다. '용당(龍堂)'은 교룡을 그린 집인데 인신하여 용궁이라는 뜻이다. 여기서는 배를 지칭하는 것으로 보인다.

211 금마문(金馬門) : 한(漢) 때의 궐문 이름. 그 옆에 동제(銅製) 말이 있었으므로 이름. 학사들이 조명(詔命)을 기다리던 곳.

신들린 듯한 서기들 몇이나 당신 같을까	翩翩書記幾人同
나 자신 붓 휘둘러도 천상의 모습 그리지 못하니	自非揮筆成天象
어찌 여항의 시로 국풍을 보일 수 있으리오	爭得陳詩見國風
바다 위 신선 배는 먼 길을 마다하지 않으셨는데	海上僊槎無遠近
허리에는 용천검[212] 자웅[213]을 차고 있구나	腰間龍劍有雌雄
씩씩하게 노닐며 구름까지 올라갈 기운 토해내니	壯遊一吐凌雲氣
수레 세우고 막다른 길에서 울지 않노라	不用停車泣路窮

이날 취설이 모임에 나오지 않아 해고에게 아뢰었다. “제가 지은 시가 있어서 유공께 드리고 싶은데, 나아가 뵈올 길이 없습니다. 그러니 공을 번거롭게 해드립니다만, 저를 위해 그것을 전해 주십시오. 행여 화답시가 있다면 난릉(蘭陵)이 올 때 그 편에 부쳐 주시기를 바랍니다.”

해고 이공께 드리다

呈海皐李公

앵량한

사신(詞臣)이 사절을 따라	詞臣隨使節
만릿길 먼 하늘 향해 오매	萬里向遙天

212 용천검(龍泉劍) : 보검(寶劍)의 이름. 곧 용연(龍淵). 인신하여 검의 범칭.

213 자웅(雌雄) : 춘추 때 두 자루의 명검인 ‘간장막야(干將莫邪)’를 말한다. ‘간장’은 오(吳)의 도장(刀匠)이고 ‘막야’는 그의 아내인데, 이들이 협력해서 오왕 합려(闔閭)를 위하여 음양(陰陽)의 두 칼을 만들었다고 한다.

동해의 부상 아래　東海扶桑下
남풍(南風)[214]이 작은 배 앞에 있도다　南薰一葦前
국풍은 시 속에 다 담겼으며　國風詩裏盡
나그네 발자취는 그림 속에서 전해지리　客跡畫中傳
어찌 진(秦)나라 방사를 따라　豈從秦方士
신선을 배우겠다고 봉래산으로 가겠는가[215]　蓬萊去學仙

자현(子顯)의 경운(瓊韻)[216]에 받들어 화답하다
奉和子顯瓊韻

해고

어둑어둑 해가 지려 하니　翳翳將斜日
창창한 푸른빛 하늘에 남아 있지 않네　蒼蒼不住天
인가의 연기는 판교 밖에 있고　人煙板橋外
배는 귤 꽃 앞에 있구나　舟楫橘花前
내 자신 이름난 지역 지나는 것은 기쁘지만　身喜名區過
이역에 시가 전해지는 것은 부끄럽구나　詩慚異域傳
큰 바다가 멀지 않음을 알겠으니　鵬池知不遠

214 남풍(南風) : 우순(虞舜)은 금(琴)을 연주하며 「남풍가(南風歌」를 불렀는데, 이 노래는 따뜻한 바람을 기다리며 백성을 축복하는 내용을 담고 있다.

215 어찌……가겠는가 : 진시황(秦始皇)은 방사(方士)인 서불(徐市)에게 불로초를 구해 오게 하였고, 서불은 동남동녀(童男童女) 삼천 명을 이끌고 서쪽으로 신선산을 향해 떠났으나 끝내 돌아오지 않았다는 고사가 있다.

216 경운(瓊韻) : 옥같이 아름다운 문장. 남의 글의 미칭(美稱).

누가 칠원(漆園)[217]의 신선인가　　誰是漆園仙

석상(席上)의 제현(諸賢)께서 화답해 주실 것을 청하다
奉要席上諸賢俯和

위와 같음

귤잎이 서로 소리 내고 비 기운 그득한데　　橘葉交鳴雨氣多
성 위로 해가 지니 긴 강이 어둡구나　　城頭落日暗長河
술이 거나해지자 상사곡을 지으려 하매　　酒酣欲作相思曲
뚜렷하게 낭화의 기억 되살릴 수 있을까　　能復依依記浪華

해고의 석상운(席上韻)에 받들어 차운하다
奉次海皐席上韻

앵량한

부상의 풍물 바다 안에도 많으니　　扶桑風物海中多
배를 탄 나그네들 서로 만나 술이 강과 같구나　　槎客相逢酒似河
곳곳의 명산을 능히 기록할 수 있겠는가　　處處名山能記否
신들린 듯한 채색붓은 본래 가진 재주[218]라네　　翩翩彩筆本含華

217 칠원(漆園): 전국(戰國) 때 장주(莊周)가 벼슬살이하였던 곳인데, 하남성·산동성·안휘성이라고 하는 등 정설이 없다. 또 다른 설에는 지명이 아니라 장주가 몽읍(蒙邑)에서 칠하는 일을 주관하였던 벼슬 이름이라고도 한다.

218 본래 가진 재주 : 원문의 '함화(含華)'는 재능이 숨겨져서 밖으로 드러나지 않음, 또는

조선 대사(大使)가 우리나라에 와서 신정(新政)을 축하하고 구호(舊好)를 닦는데, 전적(典籍)[219] 박공(朴公)은 박학다재(博學多才)하여 학관(學官)으로 따라왔다. 나는 마음속으로 그 풍모를 사모하여 낭화(浪華)에서 뵙기를 청하였고, 인하여 거친 시를 지어 탑하(榻下)에 바친다 2수

朝鮮大使來吾國 賀新政 修舊好 典籍朴公博學多才 以學官從焉 僕竊慕下風 請謁浪華 因賦蕪詞 奉呈榻下 二首

임준(林俊)

시대의 명성 그 누가 기수[220]의 재주 같을까	時名誰似棄繻才
하얀 피부 붉은 얼굴 참으로 씩씩하구나	白皙紅顏正壯哉
삼한의 바다 가벼운 물결 속에 풍악소리 울리고	韓海輕波鐘鼓響
부상에 처음 해가 뜨니 우기[221]가 돌아오네	扶桑初日羽旗回
수레 타고 사신 오니 별이 먼저 움직이고	軺車奉使星先動
자묵[222]이 숲을 여니 객이 절로 오는구나	子墨開林客自來

재능을 모두 갖추고 있음을 비유한다.

219 전적(典籍) : 조선조 때 성균관의 정6품 벼슬. 성균관의 학생을 지도하는 일을 맡아보았다.

220 기수(棄繻) : 비단 종이를 둘로 나눠서 만든 증명서를 버렸다는 뜻으로, 한(漢)나라 종군(終軍)의 고사. 종군이 젊어서 장안(長安)으로 갈 적에 걸어서 관문에 들어서니, 그곳을 지키는 관리가 수(繻)를 지급하면서 다시 돌아올 때 맞춰 보아야 한다고 했다. 이에 종군이 앞으로 그런 증명서는 필요없을 것이라면서 버리고 떠났는데, 뒤에 종군이 알자(謁者)가 되어 사신의 신분으로 부절(符節)을 세우고 군국(郡國)을 돌아다닐 적에 그 관문을 지나가자, 옛날의 관리가 알아보고는 "이 사자가 바로 예전에 증명서를 버린 서생이다.[此使者乃前棄繻生也]"라고 말했다 한다.(『한서(漢書)』권64하 「종군전(終軍傳)」) '기수'는 어린 나이에 큰일을 할 뜻을 품었다는 뜻으로 쓰인다.

221 우기(羽旗) : 깃대 꼭대기에 새의 깃을 단 깃발.

222 자묵(子墨) : 양웅(揚雄)의 부(賦)에 먹을 의인화해서 '자묵객경(子墨客卿)'이라 하였다.

조야에선 태평시대 교화를 우러러 보고 朝野仰瞻太平化
성명께서 만수의 축배로 화답하네 聖明相答萬年盃

삼한의 풍도와 재주 그대가 아니면 누구일까 韓國風才非子誰
그 소리와 광채 만나보니 곧 나의 스승일세 聲明相見卽吾師
글 지은 것 사마천이 상수로 간 후와 같고[223] 賦成司馬浮湘後
이름 드러나니 장건이 두우성 범했을 때[224] 같구나 名著張騫犯斗時
태사의 별 같은 풍모 천리에까지 나타날 것이요 太史星應千里奏
진인의 기상 오색구름 향해 있음을 알겠네 眞人氣向五雲知
좋은 인연으로 다행히 등용객[225]이 되었으나 勝緣幸作登龍客
한번 하늘 끝에서 헤어지면 어찌 다시 기약하리 一別天涯奈再期

223 사마천이……같고 : 한(漢)나라 사마천(司馬遷)은 용문(龍門)에서 태어나 20세에 남쪽으로 강수(江水)와 회수(淮水)를 유람하고 회계산(會稽山)에 올랐다가 우혈(禹穴)을 탐방하고 구의산(九疑山)과 원수(沅水)와 상수(湘水) 등지를 여행하였고, 북쪽으로는 문수(汶水)와 사수(泗水)를 건너 옛날 제(齊)나라와 노(魯)나라 지역에서 강학(講學)을 하며 공자(孔子)의 유풍을 익혔다고 한다.

224 장건이 두우성 범했을 때 : 한(漢)나라 장건이 대하(大夏)에 사자로 갈 때, 떼[槎]를 타고 하(河)의 근원까지 갔는데, 전설에 그가 은하수에 올라 직녀를 만나서 지기석(支機石)을 받아 엄군평(嚴君平)에게 보였더니, 그가 말하기를 "아무 날 객성(客星)이 두우성(斗牛星)을 범하더니 그대가 은하에 올랐었군."이라고 했다는 고사가 있다.

225 등용객(登龍客) : 명사(名士)를 만나서 자기의 명성을 높이거나 영달함의 비유. '등용문(登龍門)'은 용문에 오름을 뜻한다. 용문은 황하(黃河)의 상류에 있는 여울로, 잉어가 이곳을 오르면 용이 된다는 전설이 있다.

복포(福浦)께서 주신 운에 받들어 차운하다
奉次福浦惠韻

구헌

귤 유자에 바람 안개 서리고 글재주 뛰어나니　　橘柚風煙錦繡才
제군이 서로 이어 지으매 흥이 유장하도다　　諸君相屬興悠哉
오랜 세월 지나니 나그네 생각[226]　　經年客思□□□
언제쯤 신선놀음에서 물결 밟고 돌아갈까　　幾日僊遊蹈浪回
외로운 노를 잠깐 멈추니 용이 누웠을 때요　　孤棹乍停龍偃臥
새로운 시 겨우 완성되니 학이 날아오네　　新詩纔了鶴飛來
두우성엔 만고에 푸른 무지개 떠 있는데　　斗牛萬古青虹在
또 강산을 마주하며 한잔 술을 돌리네[227]　　且□江山酬一盃

조선 봉사(奉事)[228] 제암 이공께 드리다
奉呈朝鮮奉事濟菴李公

임준(林俊)

서른 살 홍안으로 몇 번이나 수령을 지내더니　　紅顔三十幾專城
부절 갖고 깃발 세운 채 우호의 맹세 다지네　　持節擁旄事好盟
만 리의 용문에서 누가 수레를 모는가　　萬里龍門誰執御

---

226 원문에 세 글자가 지워져 있다.

227 원문에 한 글자가 지워져 있다.

228 봉사(奉事) : 조선 때 관상감(觀象監) · 전옥서(典獄署) · 사역원(司譯院) 등에 딸린 종8품 벼슬.

평생 동안 주하[229]로서 홀로 이름 알려졌네 百年柱下獨知名
서해에 신선 배가 뜬다는 소식 일찍이 듣고는 曾聞西海仙舟泛
오랫동안 동으로 오길 기다려 우의를 맺었네[230] 久待東行朱蓋傾
이날 불러주시어 가까운 자리 허락하시니 此日延躋容咫尺
주저하며 애오라지 너무나 즐거운 마음 풀어놓네 躊躇聊述孔融情

복포(福浦)[231]에게 받들어 화답하다

奉和福補

제암

신선 배 사월에 낭화성에 오매 仙槎四月浪華城
강하(江河)에서 때때로 물새와의 맹세 따르네 積水時從白鳥盟
복지동천[232]에서 부처의 기상을 보고 福地洞天看佛氣
맑은 날 강가 방초 핀 곳에서 시명에 읍하네 晴川芳草挹詩名
오래된 아름다운 누각 단청이 살아 있는 듯 年深畵閣丹青動
바다는 남쪽 구름[233]에 부딪치고 북두성은 기우네 海拍南雲星斗傾
부평초 같은 서글픈 인연 다시 만나기 어려워 惆悵浮萍難再合

229 주하(柱下) : 춘추관(春秋館)에서 일하는 사람.

230 우의를 맺었네 : 원문의 '주개(朱蓋)'는 붉은 수레 덮개. '경개(傾蓋)'는 길에서 우연히 만나 수레를 가까이 대고 이야기를 나눔을 이르는 말. 또는 처음 만나거나 우의를 맺음을 이른다.

231 복포(福浦) : 원문에는 '補'로 되어 있으나, 오기(誤記)로 보임.

232 복지동천(福地洞天) : 도가(道家)에서 신선이 산다는 곳.

233 남쪽 구름 : 남쪽으로 흘러가는 구름. 어버이와 고향을 생각함을 일컫는 말.

되는대로 부상 아래서 깊은 정을 잇는구나　等閒桑下係深情

조선 봉사(奉事) 유공께 드리다
奉呈朝鮮奉事柳公

임준(林俊)

서쪽 바다 수 천리 먼 곳에서　西海數千里
동쪽으로 온 길 얼마나 되나　東行幾許程
멀리 삼도[234]의 나무들을 바라보고　遠瞻三島樹
십주[235]의 바다를 가까이 지나네　近過十洲瀛
봄빛은 배 안에서 다 사라지고　春色舟中盡
여름 구름은 말 위에서 생겨난다　夏雲馬上生
풍류를 즐기는 이 날이 무슨 날인가　風流是何日
낭화성에서 서로 만났구려　相見浪華城

234 삼도(三島) : 신선이 산다는 봉래(蓬萊) · 방장(方丈) · 영주(瀛洲)의 세 섬. 삼신산(三神山).

235 십주(十洲) : 신선이 산다는 열 개의 섬. 곧 조주(祖洲) · 영주(瀛洲) · 현주(玄洲) · 염주(炎洲) · 장주(長洲) · 원주(元洲) · 유주(流洲) · 생주(生洲) · 봉린주(鳳麟洲) · 취굴주(聚窟洲).

조선 진사 해고 이공께 드리다
奉呈朝鮮進士海皐李公

위와 같음

풍류로 낭화성에서 해후하니　風流邂逅浪華城
몇 번이나 주저하며 애오라지 마음 풀어 놓았나　幾度躊躇聊述情
부상에서 광채 발하니 당나라 백씨요　輝彩扶桑唐白氏
명아주 지팡이로 글 비추니 한나라 유생이라[236]　照書藜杖漢劉生
건곤에서 용 구름의 기운을 새로이 보았으니　乾坤新見龍雲氣
천지에 일월 같은 맹세 길이 걸리리라　天地長懸日月盟
성군과 어진 신하 이제 모였으니　聖主賢臣今際會
송사가 완성되면 누가 자연[237]의 영광 얻으리오　頌成誰是子淵榮

낭화성(浪華城) 아래에서 한객에게 주다
浪華城下贈韓客

협산관영(狹山菅榮)

역사(驛使)[238]의 아름다움 서기의 재주인데　驛使翩翩書記才
강남의 흰 눈이 조수를 움직여 오네　江南白雪動潮來
바다 너머로 가지 하나를 거듭 주나니　一枝隔海重相贈

236 명아주……유생(劉生)이라 : 한(漢)나라 유향(劉向)이 옛 글을 교정할 때 태일선인(太一仙人)이 청려장(青藜杖)에 불을 붙여 비추어주었다는 고사가 있다.

237 자연(子淵) : 공자의 제자 안회(顔回)의 자(字).

238 역사(驛使) : 급한 연락을 취하기 위해 역마(驛馬)로 보내는 심부름꾼. 여기서는 사신 일행을 가리킨다.

이곳의 매화는 그대를 위해 피었구려　此地梅花爲汝開

관공방(菅公芳)의 운에 받들어 차운하다
奉次菅公芳韻

박구헌(朴矩軒)

배를 대고 몇 번이나 글재주 있음을 알아보니　艤舟數識有文才
만 리의 부상에 지기가 찾아왔네　萬里扶桑知己來
객관에서 삼첩[239]의 연주 속에 다시 놀라는데　客館復驚三疊裏
고향에 가고픈 마음 피리 소리가 열어주네　故鄉歸思笛聲開

제술관 구헌 박공에게 받들어 드리다
奉呈制述官矩軒朴公

뇌미유덕(瀨尾維德)

일찍이 예의를 존숭하던 단군의 나라　曾尊禮義檀君國
덕으로 이웃을 두니 참으로 선하도다　德是有隣眞善哉
교룡의 굴 악어의 집 삼만 리에 있으니　蛟穴鼉宮三萬里
어느 날 다시 술잔 기울일지 알 수 없네　不知何日復傾盃

239 삼첩(三疊) : 악곡을 연주하는 방법의 하나. 어떤 구절까지를 세 번 반복하여 연주하는 것.

계헌(桂軒)의 운에 받들어 화답하다
奉酬桂軒韻

구헌

봉래산 바다에 바람과 안개 만 리에 펼쳐지니	蓬海風煙萬里開
하늘 밖에서 노니는 것 뜻밖에 장관이로다[240]	□遊天外偶壯哉
길의 험하고 평탄함을 사신이 어찌 알겠는가	冠盖寧解夷險路
산천은 부질없이 얕고 깊은 술잔 들게 하네	山川空賚淺深盃

제암 이공께 받들어 드리다
奉呈濟菴李公

뇌미유덕

해가 뜨는 곳 신주에 선약(仙藥) 찾으러	尋藥神州日出邊
만 리의 나는 듯한 물결 속에 누선을 띄웠네	飛濤萬里泛樓船
구름과 노을의 변환[241] 엉겼다 다시 흩어지니	雲霞變幻凝還散
섬 나무 울창한 곳에서 신선을 찾아야 하리	島樹蓊蓊須覓仙

240 원문에 한 글자가 지워져 있다.

241 변환(變幻) : 갑자기 나타났다 없어져 종잡을 수 없는 변화.

계헌에게 받들어 화답하다
奉酬桂軒

제암

책 꾸려 떠난 여행길 하늘 끝에 이르니　圖書行色寄天邊
하얀 성가퀴[242] 무지개다리에 화려한 배를 매었네　白蝶虹橋繫畵船
자리의 검은 구슬[243] 비추는 밝은 달의 그림자　映座驪珠明月影
만 리의 봉래산에서 시선을 만났도다　蓬萊萬里遇詩仙

취설 유공께 받들어 드리다
奉呈醉雪柳公

뇌미유덕

태평한 세월 천년의 맹세 어찌 식겠는가　治世千年盟豈寒
시인인 벼슬아치들 시단에 모였구나　騷人簪筆會吟壇
그대에게 금강산의 승경 응당 물을 것이니　因君應問金剛勝
고금의 도서들을 내 아직 보지 못했다오　今古圖書吾未看

242 하얀 성가퀴 : 원문엔 '白蝶'으로 되어 있으나 '白堞'의 의미로 보인다.

243 검은 구슬 : '여주(驪珠)'는 검은 용의 턱 밑에 있다는 귀중한 진주인데, 여기서는 훌륭한 시문을 가리킨다.

해고 이공께 받들어 드리다
奉呈海皐李公

위와 같음

사람은 석목의 거문고 서책 검을 지니고	人携析木琴書劍
주머니엔 부상의 눈 달 꽃이 들어 있네	囊入扶桑雪月花
내일은 수레[244]를 출발시켜 동쪽으로 가리니	明發征驂向東去
부용산 꼭대기에 흰 구름 높이 떠 있으리	芙蓉峰頂白雲賖

계헌의 경운(瓊韻)에 받들어 화답하다
奉酬桂軒瓊韻

해고

손님께서 멀리 물가 절에까지 이르시니	客到迢迢河水寺
다리 밖 신선 배에 귤꽃이 떨어지네	橋外僊舟落橘花
우연한 만남 한바탕 꿈과 같아 매양 한스러우니	每恨萍逢同一夢
바다의 뭉게구름 평생토록 서로 기억하리	百年相憶海雲賖

244 수레 : '정참(征驂)'은 먼 길을 여행하는 사람이 타고 가는 마차.

미주(尾州, 비슈) 명호옥(名護屋, 나고야)

천량중(千良重)

구헌 박군에게 주다
贈矩軒朴君

사신의 깃발 멀리 동해 가에 오니	文旆遙臨東海濱
곳곳에서 전송과 환영이 빈번하겠구나	預知處處送迎頻
삼천리 밖에서 뗏목 타고 온 나그네	三千里外乘槎客
백년간 왕래했던 통신사 사람이로다	一百年來通信人
비바람 부는 하늘 아래서 갈석[245]을 바라보고	風雨天低望碣石
자웅검 합한 곳에서 연진[246]을 건너네	雌雄劍合度延津
그대 일을 마치고 집으로 돌아가는 날엔	想君竣事歸家日
고단한 여행길에 백발이 새로 났겠지	跋涉勞敎白髮新

나의 성은 원(源)인데 천촌(千村)씨라 부른다. 이름은 량중(良重)이고 자는 정신(鼎臣)이며, 호는 몽택(夢澤) 또는 잠부(潛夫)라고 한다. 십년 전에 사직하고 옛 시골집으로 돌아왔다. 지금 사신 행렬의 깃발이 동

245 갈석(碣石) : 발해(渤海) 인근의 갈석을 가리킨다. 『사기(史記)』卷6 「진시황본기(秦始皇本紀)」에, 일찍이 진시황(秦始皇)이 순수(巡狩)하다가 갈석에 이르러 바위에다 공을 새겼다는 기록이 있다.

246 연진(延津) : 연평진(延平津)을 말하는데 이곳에서 두 보검이 나누어졌다가 합해졌다. 『진서(晉書)』「장화전(張華傳)」에, 진 나라 뇌환(雷煥)이 용천(龍泉)과 태아(太阿)라는 두 보검을 얻어 그 중 하나를 장화에게 주었는데 후에 장화가 주살(誅殺) 당하자 그 보검의 소재를 알 수 없게 되었다. 뇌환이 죽고 그 아들이 보검을 가지고 연평진을 지날 때 보검이 갑자기 손에서 벗어나 물에 떨어지기에 사람을 시켜 물속에서 찾게 하니, 다만 두 마리 용이 싸우고 있고 물결이 세차게 일 뿐 보검은 보이지 않았다고 한다.

도(東都)에 이르렀다는 소식을 듣고 이곳에 와서 제군들을 만난 것이다. 옥호(玉壺)의 시고(詩稿)인 『곤옥집(崐玉集)』 각 1부씩을 그들에게 주면서 다음과 같이 썼다. "이것은 저의 문인이 지은 것입니다. 이것을 드려 천리 밖에서의 체면을 세우고자 하니, 웃으며 받아주시면 매우 다행이겠습니다." 구헌(矩軒)이 써서 말하였다. "삼가 후의(厚意)를 받도록 하겠습니다." 내가 말하였다. 제성(諸成)이 지은 글과 시 약간 수(首)를 학사(學士)에게 보여주며 써서 말하였다. "이것은 저희 집 아이 제성이가 지은 글과 시입니다. 공께서 한번 보아주시고 평론[247]을 해 주셨으면 합니다. 만일 한 마디 말을 내려주시어 칭찬하고 격려해 주신다면 비단 우리 집 아이의 영광일 뿐 아니라 또한 저의 행복일 것입니다." 구헌이 써서 말하였다. "영랑(令郎)[248]의 시는 자못 당인(唐人)의 구기(口氣)가 있으니, 시 짓기를 관두지만 않는다면 그 진보를 어찌 헤아릴 수 있겠습니까? 글 또한 기력이 있고 빛이 있으며 돈좌(頓挫)[249] 호탕(豪宕)[250]하여서, 그것을 읽으니 사람의 마음이 시원해집니다."

247 평론 : 원문의 '자황(雌黃)'은 글을 고쳐 쓰는 것을 말한다. 황지(黃紙)에 글씨를 쓰다 잘못되면 자황(雌黃)을 발라 지우고 그 위에 다시 쓰는 데서 온 말인데, 평론하는 것을 가리키기도 한다.

248 영랑(令郎) : 남을 높여 그의 아들을 이르는 말.

249 돈좌(頓挫) : 춤이나 문장, 서법 등이 기복이 있고 변화가 풍부함.

250 호탕(豪宕) : 문예 작품 등의 사상이나 감정이 자유분방함.

석상에서 갑자기 지어 구헌 군(君) 및 서기인 두 군에게 드리다

세 사람은 각각 부채에 시를 써서 주었다

席上卒賦 呈矩軒君及書記二君 三子各題詩於扇面贈

천정신(千鼎臣)

웅장하게 시를 짓는 이곳	磊落題詩處
일세의 호걸이라 칭할 수 있으리	堪稱一世豪
부채[251]에 쓰인 글자 놀란 눈으로 보니	驚看便面字
자유롭게 붓 가는 대로 썼구나	橫逸信揮毫

구헌 박 군에게 보내다

寄贈矩軒朴君

위와 같음

만나기가 무섭게 문득 헤어지니	相逢忽相別
물 위에 떠다니는 부평초 같구나	似萍浮水面
인생이 온통 이와 같을진대	人生渾如斯
이별 후의 그립고 그리운 마음은 어찌할 건가	別後奈戀戀

251 부채 : '편면(便面)'은 얼굴을 가릴 때 쓰던 부채 모양의 물건인데, 부채를 이르기도 한다.

몽택(夢澤) 군에게 받들어 차운하다
奉次夢澤君

구헌

기강(岐江)에서 지은 몇 편의 시를	岐江數篇詩
등불 앞에서 먼저 토해 냈구나	先吐燈前面
해후한 것 부평초의 자취 같으니	解逅萍逢迹
은근히 부상 아래서 한참을 그리워하네	慇懃桑宿戀

몽택 군에게 화답하다
和答夢澤君

해고(海皐)

모든 하늘[252]에서 밤비 소리 들리는데	諸天聞夜雨
밝은 등불 아래서 시호에게 읍하네	明燭揖詩豪
성대한 뜻 감당할 길이 없어	無由當盛意
그대 위해 한번 붓을 적시노라	爲子一濡毫

252 모든 하늘 : '제천(諸天)'은 중생이 생사(生死)·윤회(輪廻)하는 삼계(三界)의 모든 하늘을 말한다.

몽택 군에게 화답하다
和答夢澤君

제암(濟菴)

속인의 팔엔 신선의 기운 없어　俗腕無仙氣
승상[253]에서 묵호에 부끄러워하네　繩牀愧墨豪
자은사(慈恩寺)엔 감잎이 많은데　慈恩多柿葉
비바람이 동관[254]의 붓에까지 들어왔구나　風雨入彤毫

갑자기 지어서 양의(良醫) 활암(活菴) 군에게 드리다
卒賦 呈良醫活菴君

정신(鼎臣)

도성의 남쪽 깃발을 멈추니 봉래도 모퉁이　駐節城南蓬島隈
신선의 재주 만나 객중에 술잔을 드네　僊才邂逅客中盃
그대의 오묘한 의술 편작[255]과 같다고 들었으니　曾聞君妙盧扁術
팔 뒤에 숨겨진 기이한 처방 내게도 전해주시오　肘後奇方傳我來

---

253 승상(繩牀) : 노끈을 얽어서, 접을 수 있게 만든 의자.

254 동관(彤管) : 한대(漢代)에 상서승(尙書丞)과 상서랑(尙書郎)에게 달마다 내려주던 한 쌍의 붉은 큰 붓. 후에는 조정에서 관직을 맡음을 이른다.

255 편작 : '노편(盧扁)'은 옛날 명의(名醫)였던 편작(扁鵲)을 가리킨다. 그의 집이 노(盧)나라에 있었으므로, '노편(盧扁)'이라 칭한다.

몽택 군에게 받들어 화답하다
奉和夢澤君

활암(活菴)

먼 데서 온 나그네 강 모퉁이에 배를 매었는데	遠客繫船江水隈
만나서 술잔 함께 머금을 날 어찌 기약했으리	寧期相値共啣杯
그저 나그네 신세 푸는 데는 술만 한 게 없으니	只寬旅況無如酒
비를 무릅쓰고 찾아와준 그대에게 감사하네	冒雨謝君尋討來

"귀국(貴國)에도 순서를 바꿔 읽고 거꾸로 읽는 독법이 있습니까?" 대답이 없었다. "일찍이 들으니 차운하는 것은 시도(詩道)에 해가 된다고 하였습니다. 인하여 다른 운으로 받들어 화답하겠습니다."
貴邦亦有回環顚倒之讀法耶 無答 曾聞次韻有害於詩道 因以別韻奉答

정신(鼎臣)

종횡으로 붓 휘둘러 마음대로 옮겨 다니니	揮洒縱橫自在移
글자 써 주기를 구하매 글자 더욱 기이하다	乞來寫字字尤奇
종이 위에서 용과 뱀 달리는 것 괴이하기만 하니	怪看紙上龍蛇走
필묵의 오묘한 재주 그대 아니면 누구리오	墨妙筆才非爾誰

그림 잘 그리는 사람에게 주다 성명은 자세하지 않다
贈能画人 未詳姓名

위와 같음

종이 위에서 산천이 손 따라 펼쳐지매 紙上山川隨手開
붉고 푸른 빛깔 이와 같다니 실로 기이하구나 丹青如此實奇哉
생각건대 그대 득의양양 붓 휘두르는 곳엔 想君得意揮毫處
단번에 옆 사람들 놀라 다가오게 하겠구나 頓使傍人驚敎來

앞의 시엔 화답이 없었다.

군께서는 시를 잘하십니까? 성(姓)과 호(號)가 어떻게 되시는지요? 오언율시 한 편을 지어서 그 원고를 주었는데, 자리에 무엇이 있었겠는가? 그 때문에 여기에는 기록하지 않는다.

김계승(金啓升)이 써서 말하였다. "용문산인(龍門山人)입니다. 완희제주인(玩羲齊主人) 김계승이고, 자는 군일(君日)이며 별호는 진광(眞狂)입니다."

또 말하였다. "제가 약간 의술로 이름이 있어서 사신들이 데리고 왔는데, 나이도 많고 재주도 없는데다 긴 여행길에 몸이 피로하여서 받들어 화답할 수가 없으니, 한탄스럽고 또 한탄스럽습니다."

정신이 말하였다. 보여주며 말하기를, "사자관(寫字官)[256] 모(某)씨가 그러

256 사자관(寫字官): 조선시대 승문원(承文院)·규장각(奎章閣)에 소속된 관원으로, 사대교린문서(事大交隣文書)와 자문(咨文)·어첩(御牒)·어제(御製)·어람(御覽) 등의 문

는데, 군께서 큰 붓을 휘둘러 '삼의정(三宜亭)' 세 글자를 써서 내려주셨다 하더군요."

사자관이 답하였다. "그만두려고 했는데 이처럼 큰 글자 몇 장을 써 달라고 간청을 하고, 글씨를 쓸 때에는 먹을 갈고 또 큰 붓과 인주합(印朱盒)도 가지고 왔더이다."

정신이 말하였다. "군(君)께서는 시를 잘하십니까?"

사자관이 답하였다. "읊조리는 것은 그만둔 지 오래입니다. 지금은 필명(筆名)으로 행세하여 여기에 오게 되었는데, 때때로 너무 기진맥진해서 그 또한 그만두었습니다."

옆에 어떤 사람이 있었는데, 사자관 모씨가 나에게 그를 가리켜 보였다. 내가 곧 붓을 잡고 썼다. "군께서는 어떤 직임으로 오셨으며 성자(姓字)는 어떻게 되십니까?"

그 사람이 답하였다. "우연히 관사에 들어와 머물게 되었습니다. 때문에 그대가 저를 모르는 것입니다. 지금 지필묵을 가지고 있으니, 제가 있는 곳으로 따라오시면 전부 다 써드리겠습니다."

그 사람이 말하였다. "일본 초서는 우리나라에서 알지 못하니, 해서(楷書)로 써서 보여드리겠습니다."

정신이 말하였다. "군께서는 방금 배를 드러내놓고 누워 계셨으니, 어찌 차갑고 습한 기운을 느끼지 않을 수 있겠습니까. 보호하십시오."

그 사람이 답하였다. "저를 어떻게 이렇게까지 아껴주시는지요. 감사하고 감사합니다."

서를 정서(正書)하는 일을 하였고, 외국사행에도 수행하였다.

정신이 말하였다. “군께서는 어떤 제목으로 과거에 일등으로 급제를 하셨습니까?”

해고가 말하였다. “‘다리 위에서 책을 주고 곡성산(穀城山) 아래에서 만날 것을 기약하다.(圯上贈書期穀城山下)’ 이 제목으로 경신년(1740)에 사마시에 뽑혔습니다.”

정신이 말하였다. “밤이 장차 오경(五更)이 되려 하니 저도 이만 가야겠습니다. 제공들께서도 편히 쉬십시오.”

해고가 말하였다. “내일 아침에 만나 뵈었으면 좋겠습니다.”

구헌 박공과 서기 두 사람에게 주다
贈矩軒朴公及書記二君

정지량(井知亮)[257]

기이한 만남 누가 천년의 기쁨을 기약했으리오	奇遇誰期千載歡
서로 보는 모습이 또 난초 같은 향기로구나	相看況又臭如蘭
급하게 영송하느라 버선발로 뛰어가지만	送迎悤遽倒衣走
고단한 여행길 피로에 술 권하는 것은 넉넉하네	跋涉勞疲勸酒寬
사신의 깃발 그림자 나루터 나무에 닿아 흔들리고	征旆影連津樹動
사성[258]의 기운은 부상에 뻗쳐 차갑다	使星氣射扶桑寒

257 정지량(井知亮, 이 토모아키) : 남정지량(男井知亮)이라고도 하는데, 생평이 자세하지 않다.

258 사성(使星) : 조정에서 파견하는 사자(使者). 성사(星使). 한 화제(漢和帝) 때 이합(李郃)이 천문(天文)을 보고, 평복 차림으로 파견되어 각지의 풍요(風謠)를 채집하는 두

전해 들으니 우로가 그대 곁에 가득하다는데	傳聞雨露君邊滿
명을 따름에 어찌 행로난을 논하겠는가	愼命何論行路難

성암(省菴) 군이 쓴 글자를 얻고 기쁨을 견딜 수 없어 갑자기 지어 보답하다
得省菴君寫字 不堪喜 卒賦謝報

위와 같음

검과 글씨로 여관에서 맞이하니	劍寫逢迎旅舍中
백년 사이의 성대한 일 오묘함이 무궁하구나	百年盛事奧無窮
손 안의 밝은 구슬 던져 놓은 듯	投來手裏明珠色
자리 비추매 웅장한 글씨를 놀라서 바라보네	照坐驚看揮筆雄

기산(岐山)의 경운(瓊韻)에 받들어 화답하다
奉和岐山瓊韻

해고(海皐)

이역에서 자주 경개[259]의 기쁨을 이루니	異域頻成傾蓋歡
서로 얼굴을 보매 지란지교 얻은 듯하네	相看眉宇得芝蘭
매미 소리 나무에 드니 구름이 다시 뜨거워지고	蟬聲入樹雲新熱

사람의 사신을 알아냈다는 고사가 있다.

259 경개(傾蓋) : 길에서 우연히 만나 수레를 가까이 대고 이야기를 나눔을 이르는 말. 또는 처음 만나거나 우의를 맺음을 이른다.

산 빛이 하늘에 떠 있어 바다가 유독 넓구나 山色浮天海獨寬
한나절 수심을 펼쳐놓으니 찻집 깨끗하고 半日開愁茶屋淨
새 시에 울림 있어 대숲은 차다 新詩有籟竹林寒
부상 동쪽에 뛰어난 선비 얼마나 많은지 알겠으니 桑東奇士知多少
가는 곳마다 나의 행로난은 잊어버리네 隨處忘吾行路難

기산(岐山)께 받들어 화답하다

奉酬岐山

제암(濟菴)

만 리 이역에서 벗을 만나니[260] 한 자리의 즐거움 萬里班荊一席歡
정오의 모래섬에서 향기로운 난초 줍는 듯하네 汀洲亭午掇芳蘭
누대에서 만나니 문장이 있고 樓臺邂逅文章在
산과 바다 아득하여 경계가 드넓구나 山海蒼茫境界寬
화각[261]을 세 번 불어 장차 길을 열려 하는데 畫角三吹將啓路
낙락장송은 오월에도 추운 줄 아는구나 長松五月尚知寒
가을에 돌아갈 땐 귤 향기가 술잔에 스미리니 秋歸香橘侵金斝
먼 이별의 길 편하고 어려움을 한하지 마시오 莫恨離遙作穩難

260 만 리 이역에서 벗을 만나니 : '반형(班荊)'은 '반형도고(班荊道故)' 즉 싸리를 꺾어 펴고 앉아 옛이야기를 나누는 것을 말한다. 길에서 친구와 만나 옛정을 나눔의 비유.

261 화각(畫角) : 악기의 이름. 모양은 죽통(竹筒)과 비슷하며, 대나무·가죽 등으로 만드는데 표면에 채색 그림이 있다. 소리가 애절하고 우렁차 군중(軍中)에서 사기를 고무하고 진용(陣容)을 정돈할 때나 제왕이 순행할 때 사용하였다.

기산에게 받들어 화답하다
奉和岐山

구헌(矩軒)

강가의 성에서 해후하니 새로운 기쁨 맛보매	江城邂逅接新歡
소매 가득 새로운 시 그 기운 난초 같네	滿袖新詩氣若蘭
장대한 불빛에 거마가 멀리 있는 줄 모르겠는데	壯燭不知車馬遠
좋은 날 게다가 술잔까지 넉넉함에랴	佳辰况復酒杯寬
화려한 배가 봉래도(蓬萊島)를 지나가니[262]	畵□路是經蓬島
황금빛 나룻배에 실린 몸 광한궁[263]에 있는 듯	金艇身疑在廣寒
만 리의 여행길에 왕사가 중한 것이니	萬里行裝王事重
창파에서 왕래의 어려움 말하지 마시길	滄波休道去來難

다른 이에게 부탁하여 구헌 박군께 받들어 드리다
托人奉贈矩軒朴君

천제성(千諸成)[264]

부산을 떠날 대엔 꽃이 갖옷 비췄는데	一去釜山花照裘
동해에 이르니 여름 구름이 빽빽하다	到來東海夏雲稠
태평시절에 사신 오니 뗏목에 덮개가 없구나	明時奉使槎無盖
이역에까지 이름 전해졌으니 붓을 어찌 던지랴	異域傳名筆豈投

262 원문에 한 글자가 지워져 있다.

263 광한(廣寒): 광한궁(廣寒宮). 달 속에 있다는 궁전. 달의 세계.

264 천제성(千諸成, 센 모로나리) : 생평이 자세하지 않다.

응당 장건이 곤륜산(崑崙山)에 오른 것 같고	應似張騫攀崑岳
또한 사마천이 상수(湘水)에 떠간 것과 같네	兼同司馬泛湘流
우연한 만남 다시 얻기 어려울 뿐 아니니	不唯遇合難重得
기러기와 잉어 그 부침(浮沈)을 어찌 논하랴	鴻鯉何論沈與浮

한국 학사 구헌 박군에게 드리는 서(序)
贈韓學士矩軒朴君序

위와 같음

'예(禮)'라 하고 '악(樂)'이라 하니, 이것은 무엇을 이름인가? 보불(黼黻)·문장(文章)·의상(衣裳)·관면(冠冕)의 아름다움, 그것을 '예'라고 한다. 이는 선왕(先王)이 만든 것이니, 군자라면 그것을 보고자 하지 않겠는가? 종고(鐘鼓)·관경(管磬)·금슬(琴瑟)·우생(竽笙)의 소리, 그것을 '악'이라 한다. 이는 선왕이 만든 것이니 군자라면 그것을 듣고자 하지 않겠는가?

나 또한 진실로 군자의 도(道)에 뜻을 둔 자이니, 어찌 그것들을 보고 싶지 않고 듣고 싶지 않을 수 있겠는가? 대개 우리 일본이 평화롭게 다스려진 지 100여 년 만에, 문화는 점점 흥성하여 서(西)로는 4국 9주,[265] 동(東)으로는 오우(奧羽)[266]의 모든 주에서 백성들이 점차 예악

265 4국 9주 : 4국은 남해도(南海道) 안의 아와(阿波)·사누키(讃岐)·이요(伊豫)·토사(土佐) 네 나라를 가리키고, 9주는 서해도(西海道)의 9개국, 즉 치쿠젠(筑前)·치쿠고(筑後)·부젠(豐前)·분고(豐後)·비젠(肥前)·빈고(肥後)·휴우가(日向)·오오쓰미(大隅)·사츠마(薩摩)를 말한다.

(禮樂)의 교화를 받았다. 그렇다 해도 자잘한 해외의 나라로, 비록 법도가 없거나 인류(人類)와 다른 부류는 아니지만, 또한 조선과 같은 나라의 입장에서 본다면 야만의 풍속[267]을 하고 있음을 어찌 면할 수 있겠는가? 이것이 바로 군자가 한탄하고 애석해하는 바이다.

올해 무진년(戊辰年, 1748) 여름에 조선에서 그 대신(大臣)들을 보내어 통신(通信)을 하였다. 대신들의 행차가 일본에 이르자, 군자・소인・노인・어린아이를 막론하고 부인・처녀 할 것 없이, 멀게는 수백 리 떨어진 곳에서, 가깝게는 십여 리 떨어진 곳에서, 식량을 싸들고 발걸음을 거듭하여 그들이 지나가는 길로 몰려와서 보았다. 나 또한 몰려든 그 대열에 있으면서 그들을 멀리서 바라보고는 감탄하여 말하였다. "비록 우리 일본이 평화롭게 다스려진 지 100여 년 만에 문화가 점점 흥성하여 백성들이 점차 예학(禮學)의 교화를 받게 되었다고는 하지만, 또한 그 땅이 바다 밖에 있고 그 풍속은 강하고 굳세어 일체 무력에 의지하여 일을 처리하며, 활을 잡고 칼을 차고 다니는 것이 상도(常道)였다. 그런데 지금 조선 대신들의 행차를 바라보니 그 인품은 온화하고 우아하며 그 대열은 엄숙하고 씩씩한데도 한 자 한 치의 칼이나 창도 들지 않았으며, 그림 그려진 깃발이 바람에 날리고 무늬 있는 깃발이 해에 비치니 실로 천년의 장관(壯觀)이로다! 그들이 진퇴(進

---

266 오우(奧羽) : 무츠(陸奧)・이즈하(出羽)의 약칭. 모두 옛 국명(國名)으로, 지금의 후쿠시마(福島)・미야기(宮城)・이와테(岩手)・아오모리(青森)・야마가타(山形)・아키타(秋田)의 여섯 현(縣)이 있는 곳을 이른다. 일본의 동북 지방.

267 야만의 풍속 : 원문의 '단발문신(斷髮文身)'은 머리털을 짧게 자르고 몸에 문신을 하는 것인데, 오월(吳越) 지방의 풍속으로 야만의 풍속을 이른다.

退)하고 읍양(揖讓)할 때에는 일찍이 예(禮)에 의거하지 않은 적이 없었으며, 관사(館舍)에 들어갈 때에는 아악(雅樂)을 연주하여 그 여행 중의 심정을 마음껏 펼쳐보였다. 이에 보불(黼黻)·문장(文章)·의상(衣裳)·관면(冠冕)의 아름다움과 종고(鐘鼓)·관경(管磬)·금슬(琴瑟)·우생(竽笙)의 소리에서 태평시대 문화의 융성을 족히 볼 수 있었으니, 삼대(三代)의 다스림도 또한 이런 것일 뿐이다. 진실로 군자의 도에 뜻을 둔 자라면 한번 그것을 보고 들음에 어찌 기뻐 뛰지 않을 수 있겠는가? 우리 일본은 본디 법도가 없거나 인류와 다른 부류가 아니니, 그것을 보고 들은 후에 그 영향을 받는 것이 더욱 배가되어 예악의 교화를 누리게 된다면, 또한 기쁘지 않겠는가! 또한 즐겁지 않겠는가!"

나 역시 그 기쁨을 견디지 못하여 이 말을 써서 구헌(矩軒) 박 군의 좌우에 드리는 바이다.

일본 연향(延享) 무진(戊辰) 여름

선린풍아후서(善隣風雅後序)

금년에 고구려 사신들이 이곳에 왔기에, 우리 동방(東方)의 선비들이 그들의 객관을 방문하였다. 시부(詩賦)와 필담(筆談)에 응수(應酬)해서 주니 이는 정덕(正德)·향보(享保)[268] 연간에 말한 것과 같았고, 경방

268 정덕(正德)·향보(享保): 모두 일본의 연호로, '정덕'은 1711년~1715년, '향보'는 1716년~1735년.

간(頃坊間)에 휘집(彙集)[269]해서 목판에 새기니 이 또한 훈(壎)과 지(篪)가 창화(唱和)한 것을 모은 것과 같았다.[270] 그런데 책 끝에 특별한 말을 써줄 것을 독촉하기에 나는 다음과 같이 말한다.

"좋구나, 이 같은 일들이! 선인(先人)이 지은 시 또한 지극히 훌륭했는데, 이 책에 실린 것이 비록 얼마 되지 않지만 두 나라의 뜻을 충분히 볼 수 있구나! 그러나 꼭 그 사이에 우열을 따질 수는 없을 것이다. 어째서 그런가? 넓고 넓은 해내(海內)에 인재가 그 얼마나 되는가? 숲처럼 많다. 그런데 여기에 모인 자는 겨우 만분의 일에 불과하니 과연 나라의 선비들이 이곳에 다 모였다 할 수 있겠는가? 저 나라는 비록 조그맣지만 예로부터 칭하기를 '충청·경상·전라 세 도(道)에서 인재가 나오는 것은 다른 여러 도에 비해 배가 많다.'고 했으니, 준수한데도 동쪽으로 오지 않은 자가 있음을 어찌 알겠는가? 여기서는 그럴 리가 없다고 장담할 수 없다면, 그 사이에 우열을 꼭 따질 수는 없는 것이다.

그렇지만 이 책에 글과 시가 이미 나란히 놓여 있다고 해서 어찌 한인(韓人)을 형이라 하고 함께 뒤섞인 채로 우리가 그 아우라고 하겠는가?[271] 그것을 그들에게 전하는 것에 부끄러움이 없다면 여기에서

---

269 휘집(彙集) : 같은 종류의 물건을 유별(類別)로 모음.

270 훈(壎)과 지(篪)가……같았다 : '훈(壎)'과 '지(篪)'는 모두 고대의 악기로, 둘을 합주하면 소리가 잘 어울리는 데서 형제가 화목함의 비유로 쓰인다. 『시경』「소아(小雅)」'하인사(何人斯)'편에 "백씨는 훈을 불고, 중씨는 지를 분다.[伯氏吹壎 仲氏吹篪]"에서 유래한 말.

271 어찌 한인(韓人)을……하겠는가: 『장자(莊子)』「천지(天地)」편에 "이러하니 어찌 요임금이나 순 임금의 민중 교화에 비교하여 거기 뒤섞인 채 똑같은 일을 할 수 있겠는가.

간행하여 배포하는 일을 또 어찌 그만둘 수 있을 것인가? 하물며 두 나라의 뜻을 보여주기에 충분하기까지 한데 말이다."

연향(延享) 무진(戊辰) 여름 5월 낭화관(浪華關)에서 세영(世英)이 쓰다.

연향(延享) 5년 무진(戊辰) 여름 6월
평안서방(平安書坊) 규문관(奎文館) 뇌미원병위(瀨尾源兵衛) 발행.

[若然者, 豈兄堯舜之敎民, 溟涬然弟之哉.]"라는 구절이 있다.

善隣風雅

延享戊辰之夏五
善隣風雅
平安　奎文館梓

善鄰風雅集序

以余觀於≪善鄰風雅集≫，吾大東治化之隆，亦可以見也。則天龍翠巖和尙，及都人士四方之人，韓客相應酬詩，瀨氏鳩而刻之，問序余也。則又以余觀於延陵季子之事，此集也，吾大東治化之隆，亦益可以見也。蓋季子之出繼也，有若叔孫穆子焉，有若子產、晏子、叔向焉，有若蘧瑗、史狗、史鰌、公子荊、公叔發、公子朝焉，有若趙文子、韓宣子、魏獻子焉，擧衆諸侯之國，之數君子是其所悅者云。數君子而相周旋，季子於斯文乎？其於數君子之文，美之，猶其觀樂魯乎？果有之乎？後死者之云云，於季子於數君子，亦猶季子之觀樂魯乎，唯數君子則否。旣曰見止，胡爲金玉其音，將無數君子之不文？或作≪春秋≫，或稱博物君子，餘子亦命翩翩列國佳公子名卿大夫，豈其不文之謂？旣曰見止，唯數君子則金玉其音。時乎春秋之時，耀兵春秋之不遑，時之所使乎? 數君子且爾, 謂草野之何? 我之於韓, 其人之至於斯也, 例以僧擯焉。於是, 使翠巖和尙, 而善鄰之禮, 象胥其群, 儀封人以祝, 則其至於斯也, 有此集哉, 則後之云云於此集, 亦猶季子之觀樂魯乎? 誰其有之? 吾大東治化之隆, 亦益可以見者非耶! 是以爲之序。

延享戊辰夏六月

據磨淸絇撰

通信使一行座目

正使 通政大夫吏曹參議知製敎 洪啓禧 字純甫 號澹窩 本南陽 年四十六

副使 通訓大夫行弘文館典翰 知製敎兼經筵侍讀官 春秋館編修官 南泰耆 字洛叟 號竹裏 本宜寧 年五十

從事官 通訓大夫行弘文館校理 知製敎兼經筵侍讀官 春秋館記注官 曹命來 字疇鄕 號蘭谷 本昌寧 年四十九

上上官三員

僉知朴尙淳 字子淳 號竹窓 年四十九

僉知玄德淵 字季深 號疎窩 年五十五

僉知洪聖龜 字大年 號壽菴 年五十一

上判事三員

僉知鄭道行 字汝一 號靜菴 年五十五

訓導李昌基 字大卿 號廣灘 年五十三

主簿金弘喆 字聖叟 號葆眞齊 年三十四

製述官
典籍朴敬行 字仁則 號矩軒 年三十九

書記三員
奉事李鳳煥 字聖章 號濟菴 年三十九
奉事柳逅 字子相 號醉雪 年五十九
進士李命啓 字子文 號海皐 年三十五

次上判事二員
主簿黃大中 字正叔 號蒼崖 年三十四
副司猛玄泰衡 字穉久

押物判事四員
判官黃垕成 字大而 號敬菴 年五十四
僉正崔鶴齡 字君聲 號芳滸 年三十九
主簿崔壽仁 字大來 號美谷 年四十
判官崔嵩齊 字汝高 號水菴 年五十九

良醫一員
幼學趙崇壽 字崇哉 號活菴 年三十四

醫員二員
主簿趙德祚 字聖哉 號松齊 年四十

主簿金德崙 字子潤 號探玄 年四十六

寫字官二員

同知金天壽 字君實 號紫峯 年四十

護軍玄文龜 字耆叔 號東巖 年三十八

畵員

主簿李聖麟 字德厚 號蘇齋 年三十一

正使軍官七員

副使軍官七員

從使軍官七員

別破陣二人

馬上才二人

理馬一人

典樂二人

伴倘三人

騎船將三人

以上自上上官至上官次官五十二員人

都訓導三人

卜舡將三人

禮單直三人

廳直三人

盤纏直三人

小通事十人

小童十六人

三使臣奴子六人

一行奴子四十六人

吸唱六人

使令十八人

吹手十八人

刀尺六人

炮手六人

纛奉持二人

形名旗奉持二人

節鉞奉持四人

旗手八人

以上中官一百六十三人

下官二百六十二名內

騎卜舡沙工二十四 各一依中官例支供事

沙門承堅 號翠巖 別稱洪崖 又曰芝林現住歸山天龍子院三秀

櫻井良翰 字子顯 但州出石人

小林浚 字文泉 號福浦播磨人

狹山菅榮浪華人

瀨尾維德 字士恭 號桂軒 平安人

千良重字鼎臣 號夢澤 尾州名古屋人(附男井知亮文詩)

善隣風雅 卷一[272]

小徒周省 錄

延享五年戊辰二月旣望，朝鮮國通信使釜山浦開帆，卽日哺時到對馬州鰐浦而下碇。同廿四日船着于府城之濱。太守暨予各駕樓船，出迎虎崎。三月五日，予偕太守，初訪三使賓館，饗接最敦，迎送奏樂。其翌羞緇仞申謝之次，呈拙什於三使幷學士等。

奉呈正使大人閣下莞削 翠巖

兩邦齊是泰和春，使節堂堂自善隣。箕聖遺風儀表盛，檀君大業典形遵。旌旗影映卿雲美，冠蓋輝含瑞日新。勝會何圖接高範，賓筵氣色笑相親。

奉呈副使大人閣下笑正 同

千里王程國信通，日華晴上搏桑東。錦帆隨浪入津口，繡節和霞輝府中。海晏祗今修典禮，隣交振古共誠衷。逢迎異域青雲客，迺識車書本自同。

272 원문에는 '善隣風雅 第一集'으로 되어 있다.

奉呈從事大人閣下莞正 同

奉命軺車出漢城，威儀濟濟一朝榮。大溟波穩帆檣影，二月風微管籥聲。標致知君元逸格，瓜投愧我欲同盟。蜻洲山水頗多勝，到處揮毫寫景情。

三使無和，有他日可和呈之辭。

贈製述官朴詞伯 同

箕邦詞客特超倫，文旆翩來桑域濱。花木風香供綺席，柳條煙煖占青春。樽前發興襟期解，筆下抽才藻思新。大禮元由誠信篤，殷勤同賀是良辰。

奉和洪崖長老惠贈韻奉寄 矩軒 朴仁則

高笑廬山慧遠倫，何年盃渡日生濱。情通萬里波中棹，詩帶千花霽後春。鼓吹聲連淸聲近，袈裟色照錦筵新。王程渺渺無時了，南極明還望北辰。

再酬矩軒詞伯 二首 翠巖

遙隨使節幾同倫，書劍淹留白鳥濱。才敏名譽衝極斗，詩成格調類陽春。虎崎波靜風煙美，鶴嶺雨過桃李新。對酒只當消客況，勿言枌里阻參辰。

才士風情絶等倫，倚欄遊目大溟濱。飛花寂寂雨中色，芳草青青野外春。隣睦已知通信久，夙緣且喜結交新。須勞彤管分明記，盛事今年在戊辰。

奉和洪崖長老再疊韻 二首 矩軒 朴仁則

空門不肯舍天倫，王事關身住海濱。梵唄遠穿蓬島雨，蒲團坐管橘林春。低回南浦花初落，怊悵西峯月欲新。謾把詩愁淹節序，敢言行色動星辰。

方丈誰言禮有倫，形骸欲忘大瀛濱。檀煙松飯舊無劫，柏岸棕籬別有春。滄海眼窮千界幻，東風詩到十洲新。羈愁兀兀難消泊，又過殊方百五辰。

贈記室濟菴李詞伯 翠巖

星槎千里御風來，海面潮平晴色開。今看雞林文物盛，翩翩書記不群才。

奉和芝林老師惠贈韻 濟菴 李聖漳

春山梵響海潮來，曉起雲箋幾幅開。流水落花無色界，遠公禪趣浪仙才。

銀浦春星錦颿來，桃花初落惠雲開。滄海應添三笑畫，綵毫羸得八叉才。

東樓曉磬有時來，說法春林亂石開。薝蔔花中身未到，碧雲先歎惠休才。

再酬濟菴詞伯 翠巖

新詩時落案邊來，浣手焚香忽展開。玉振金聲風調別，初知唐後有奇才。

聲價方馳日域來，詞華蔟錦勃然開。豈將錦力堪相敵，可謂今時繡虎才。

異客慇懃寄字來，不知青眼幾時開。吾曹縱是傲風月，堪愧元非休已才。

奉和芝林長老惠贈韻 濟菴 李聖章

淸水芙蓉雨帶來，客愁春逐佛香開。石泉槐火經寒食，夢起臨皐憶辨才。

鮫人錦杼夜聲來，南國春雲雨不開。拈起鏡中花一朶，崚嶒佛骨貯僊才。

身似孤雲渡海來，東林何日攢眉開。木犀香下應無隱，萬象森羅八斗才。

天花終日遶菴來，淨水楊枝貝葉開。虛心惠識玲瓏處，風氣分明不囿才。

扶桑隣誼百年來，縞紵神交翰墨開。未到已公茅屋下，客茶林枕摠詩才。

神融名字各忘來，意到形骸亦撥開。俗禮休論南北國，天機且問漢唐才。

贈記室醉雪柳詞伯 翠巖

箕域英才詩賦雄，駸駸筆勢拂煙虹。今隨星使來修睦，千載隣交在此中。

和呈芝林禪伯方丈 醉雪 柳子相

詩自高奇筆自雄，華函照日欲生虹。東天笑指虛無路，三島煙霞嘯傲中。

再酬醉雪詞伯 翠巖

馬州勝槩地形雄，遠客乘槎氣作虹。從此東行宜極目，芙蓉雪色半天中。

和呈芝林禪伯方丈 醉雪 柳子相

掃却筍蔬句語雄，橫空百道看晴虹。詩家脫略元常事，倘在禪翁默識中。

贈記室海皐李詞伯 翠巖

渤海春潮逐曉生，風帆一日度千程。隣封雅客此相會，翰墨場中樂泰平。

奉和芝林老師惠贈韻 海皐 李子文

隔岸春宵遠聲生，雨中冠珮滯王程。虎溪三笑臨滄海，芳草萋萋望欲平。

茶煙桑旭滿樓生，飛錫天風問水程。春院詩來嵐翠濕，晝鐘鳴後遠潮平。

再酬海皐詞伯 翠巖

東方雲散日華生，幾疊關山隔道程。喜得隣交修大禮，春風無處不和平。

客裡有時詩興生，回頭故國白雲程。鶯花撩亂春强半，何日相逢襟宇平。

奉和洪崖長老惠贈韻 海皐 李子文

恒沙千劫了無生, 詩酒參禪豈有程。翰墨不知春雨隔, 朗唫相望綠蕪平。

滄海珠明暖靄生, 隔林連日作詩程。空山花水聞禪韻, 旗鼓東來我壘平。

錦席相看道韻生, 畫船高揖記槎程。穿花金石聲聲到, 爭慰羈人恨未平。

投報瓊瓜已半生, 詩家款識有常程。文字各應存國俗, 雅交終不有難平。

又以一律要和

瓊林卓錫杳前身, 錦衲華冠暫肅賓。詩自去來寒食雨, 人今惆悵異方春。梅檀火冷火先悟, 龍象經橫石已神。秪許齋鐘時度岍, 不堪雲塢隔煙濱。

和呈海皐記室贈韻 翠巖

四友城中曾委身, 隨軺今作大方賓。衣沾窓底愁聽雨, 花落風前惜減春。已識金鷗躍名字, 故看綵筆著精神。鷗盟日日漸當熟, 旅館近憑滄海濱。

贈僉知壽菴洪詞伯 同

連年解逅異邦人, 笑結眉毛情最親。爲賀公程總無恙, 千山萬水一船春。

謹次芝林老師惠贈韻 壽菴 洪大年

今年人是去年人, 再涉雲波意更親。王事關心文墨裡, 不知風雨已殘春。

再酬壽菴詞伯 翠巖

方外詩盟有此人, 聲音通解足相親。長亭短堠東關路, 到處吟哦賞晩春。

贈寫字官金玄二士 翠巖

雞林存妙手, 海外大名傳。分得伯英肉, 擬來張旭顚。筆端雄氣象, 紙上起雲煙。今見一雙璧, 騰輝日國天。

和呈酊菴長老道案 金天壽 君實

閉門山館雨, 佳什忽來傳。公豈浪僊瘦, 吾慚海岳顚。東槎間日月, 南國好風煙。爲客驚春晩, 鶯花老各天。

和呈酊菴長老道案 玄文龜 耉叔

菴從雲外望, 詩自雨中傳。筆力觀懷素, 禪機悟大顚。千花寒食曉, 一帆十洲煙。愧乏古釵脚, 交輝色相天。

呈三使詩 小引 翠巖

疇昔之集, 再接儀範, 飽沐款眷, 宛如在于和氣一團之中, 而觸芷蘭蕙草之馥郁, 分外至幸, 不可以加焉。(不惠)林下檮杌, 人間贅疣, 不意叨奉國命, 獲與於千載睦隣之勝會, 恭喜之餘, 席上詩成, 退而塗抹, 不顧醜陋, 聊以奉呈三使大人閣下, 切仰電矚, 兼希莞正。

善隣通信太平年，三鳳齊飛臨綺筵。闔國春風多美瑞，笙歌緩沸百花前。

三使無和，有他日可和呈之辭。

奉呈洪崖長老方丈 矩軒 朴仁則

月色泉聲繞上方，袈裟獨擁滿林香。嵬嵬禪榻臨滄海，高並鐘山太守堂。

花落雲飛秖自知，松茶一碗磬聲遲。歸心不印方池月，空是禪宗色是詩。

和呈矩軒學士惠韻 翠巖

劍佩棄春客異邦，旅亭花落有殘香。吾詩多似侏離語，一見知君發哄堂。

法界煙霞知不知，虛窓獨坐日遲遲。分明造物元無盡，寫作禪餘一片詩。

奉呈芝林老師方丈 濟菴 李聖章

青棕紫竹隱鐘聲，寒食樓臺燕子輕。三島煙霞徐市遠，九僧蔬筍皎然淸。鉢龍嘘雨濛濛積，崖石聞經點點橫。看盡桃花無一語，佛緣詩道兩圓成。

和呈濟菴記室贈韻 翠巖

衆鳥喃喃求友聲，微風滿院半簾輕。老來偏覺詩脾渇，睡後只甘茶氣淸。靜坐佛樓空翠藹，頻望賓館暮雲橫。彩牋一幅投吾去，句格天然唐味成。

超溟即事 贈呈矩軒學士及三記室 翠巖

大溟今利涉，風須一天晴。煙際蜃樓湧，波間鼉鼓鳴。九州還杳渺，吾島漸分明。經歷半千里，下帆日影傾。

奉和芝林和尙惠寄韻 矩軒 朴仁則

王靈通萬里，落落六帆晴。鯨沫欄頭逈，鮫機枕上鳴。青天花嶼出，南紀畫旗明。古寺春猶在，維舟且細傾。

奉和芝林長老惠贈韻 濟菴 李聖章

萬里鋪青縠，天公會事晴。飄然曉纜去，泊處午鐘鳴。蛟蜃雲連黑，珊瑚日射明。千花春佇客，帆外半欹傾。

奉和芝林長老惠贈韻 醉雪 柳子相

僊舟齊榜出，雲日十分晴。浩浩風波靜，嘈嘈鼓笛鳴。山憐蓬外翠，鷗愛棹前明。一唱還三歎，詩來意每傾。

奉和芝林長老惠贈韻 李子文

何限淹春雨，開颿積水晴。不知山館靜，猶似柁樓鳴。潮落村如逈，花飄岸失明。鄉心日以遠，吟望曙河傾。

岐島雨中共蘭菴拈唐詩 矩軒

獨立天風滿渚蘋，洪濤猶貸一烏巾。殘書可續三山夢，白酒能知萬里人。舟楫千家陂麥雨，衣冠十日島花春。百靈已喜迎行李，兩境今無報點塵。

又疊 同

前村煙氣幕洲蘋，異域東風滿竹巾。蓬島瑤花迎使節，薩州霜劒映詩人。幽篁古寺長鳴雨，短棹南天不記春。何幸同文成永好，蟠桃欲老海生塵。

同 濟菴

南征舟楫渺登蘋，孤島蒸霞浥幅巾。雲際樓臺淹使節，雨中茶酒得詩人。風煙信美非吾土，花樹無情已晚春。洛浦僊蹤空入羨，淩波羅襪不生塵。

又 同

嗚潮滾滾沒青蘋，宿瘴依依滿角巾。雨院留成連日語，雲波歸作各天人。憐吾夢落葉州岸，知子愁長馬島春。欲識班荊千古意，喜看芝宇淨無塵。

同 海皐

風潮一任打芳蘋，病起天涯不整巾。多少雕梁通燕子，尋常綵霧隱鮫人。草香蓬島初移纜，花落桃源偶洩春。笑問詩家三昧境，金蓖刮眼煙無塵。

又 同

浦溆多風不定蘋，落花深院滿衣巾。茶苽隨意空留客，棪橘無情詎記人。海上忽來何處雨，天涯相遇異方春。舟連館路閒來往，青竹欄邊不起塵。

同 五好堂 李士迪

東風海岸客愁蘋，半醉高吟不用巾。舟楫可尋方丈路，文章堪愧異邦人。桃花落地還成土，松翠依山每得春。煙雨博津回首望，孤忠已作百年塵。

岐島雨中 雞林群英同蘭菴 賦因用其韻 二首 翠巖

落日和煙汀上蘋，又看柳絮點紗巾。青眸相喜論詩客，白首何愁對酒人。雁去長天空帶雨，花飛孤島漸過春。風流勝集偏堪羨，拂盡九衢名利塵。

浦口潮收風動蘋，東遊異客醉攲巾。疏鐘時響迷煙鳥，小艇晚歸侵雨人。旅況縱堪悲故國，豪吟且可賞殘春。詩中自有渾然氣，識得襟懷脫世塵。

疊依原韻自攄 翠巖

吾生亦似漾波蘋，寄傲舡窓小葛巾。詩癖從來嘆薄俗，閑懷每自慕高人。海天漠漠未晴雨，烟景蕭蕭欲盡春。連日抱痾添放懶，空敎筆硯委埃塵。

壹岐舟中五首 贈呈學士三記室僉榻下 翠巖

壹島停橈久，船窓午影長。東南時縱目，肥筑海茫茫。

風暒天欲雨，舟子忽眠桅。蓬底寂無事，暮鐘何自來。

細雨花空褪，客中春已深。何時騷雅輩，相適爽吟襟。

萍跡飄然碧海間，神馳迢遞舊家山。不知何日風帆力，破浪行過赤馬關。

大韓槎客此留行，西顧鄉關隔杳程。春事蘭珊落花雨，相應不耐官遊情。

舟中臥病二首 贈呈學士三記室僉榻下 翠巖

自憐客裡抱微痾，伏枕篷窓日已多。海路悠悠幾千里，夢魂飄忽入嵯峨。

生涯元不繫，行止任風波。力疾强題句，奈吾好事何。

奉和芝林和尙惠贈韻 七首 矩軒 朴仁則

枕席霏微風海間，磬聲先霽一岐山。滄洲昔夢饒凫鷺，眠慣塵中倚伏關。

詩書顚倒浪中行，臥數銀河月裡程。萬里殘燈風雨夜，孤琴猶保故鄉情。

瘴雨孤舟遠，春風故國長。夢魂勝眠力，一夜度微茫。

南舡五色幔，北舡千丈桅。中有小紅艇，雨裡載詩來。

孤棹遲遲發，詩來春雨深。君應花滿榻，我欲月爲襟。

瘴衣孤館臥吟痾，南海杯舟厚意多。靈隱詩中無色相，東林笑裡有洋峩。

十日滄洲雨，北風狂倒波。杶李已無奈，將如躑躅何。

奉和芝林長老俯贈韻 七首 濟菴 李聖章

黃金袈裟綵帳間，折蘆行色度銀山。東院燒香留弟子，白雲深處掩禪關。

煙波打鼓盡船行，天際山横不計程。青樓彩屋桃花岸，又作春燈幾夜情。

隔海望僊嶠，僅如眉黛長。斯須身忽到，回顧又蒼茫。

翠壁殷晴鼓，春雲濕盡桅。雪山千萬疊，應是步虛來。

晚下浮橋去，晴雲一院深。隨緣參繡佛，花氣澹春襟。

觀濤無計起沈痾，板屋飛花藥褁多。春鳴南國雲千疊，三峽歸心月在峩。

葳蕤花上雨，前路阻雲波。故菴春有夢，芝草問如何。

奉和芝林長老惠贈之韻 七首 醉雪 柳子相

閣着征舟傍渚蘋，濛濛煙瘴墊烏巾。明珠百解談詩座，旅榻三宵臥病人。孤島雲愁滄海雨，故山花落子規春。扶桑此去無多路，惆悵齊州隔幾塵。

笙簫響徹紫雲間，春盡蟠桃海上山。却恨塵埃緣未了，頹然一枕夢鄉關。

連旬風雨滯舟行，東望烟波萬里程。何幸禪翁留好偈，辛勤慰此倦遊情。

熏人瘴氣若沉痾，添得霜毛兩鬓多。天外富山差强意，何時黛色對峩峩。

雲海幾千疊，迢迢歸夢長。天西時矯首，落日下蒼茫。

客意瞻雲逈，春愁隱几深。多謝東林老，詩來悅對襟。

雨暗雲圍島，風馳雪捲波。樓船同泛泛，今日意如何。

奉和芝林長老惠贈韻 七首 李子文

微茫一島始人間，花麥參差忽辨山。山外魚龍波萬疊，肯教春夢到鄉關。

十日淹留一日行，春宵不寐計前程。禪家瓶鉢隨緣在，應笑根塵未忘情。

三月扶桑雨，千花海日長。家鄉時暫忘，意到一蒼茫。

浪靜還翻日，風微不動桅。時時海上雨，如自北方萊。

老師禪誦處，春雲深復深。長風同渡海，山月隔踈襟。

客愁春坐復成痾，枕上雲波落日多。身似坡翁勇滯海，可怜無盡寄岷峨。

一年來往路，萬古積滄波。惆悵花全落，歸鴻奈爾何。

再用原韻酬矩軒學士及三記室僉床下 翠巖

滄海魚龍出沒間，碧層影落雨餘山。此行萬里因王命，何憚衝波度二關。

風逆客舟難進行，海雲萬疊是鵬程。篷窓忽有詩筒接，方外深知繾綣情。

濡滯空連日，客心萬丈長。長鯨吹浪處，眼界雪山茫。

風濤愁遠客，何日竪高桅。汀上白鷗鷺，相親去又來。

詩窮身亦困，春晩恨偏深。瓊報連翩至，明輝透客襟。

堪謝群賢爲起痾，滿箋佳句慰情多。何圖教我許相識，徽外淸音洋且峩。

偎槎依島嶼，維纜對煙波。有待班荊話，諸君意奈何。

奉和芝林長老再疊韻 八首 矩軒 朴仁則

明信元來可薦蘋，皇乘南國映綸巾。海雲漏日明殘雨，岸樹留花照遠人。列島解遮千里眼，孤舟坐送一番春。問君頂上摩尼色，閱盡宗門幾劫塵。

故國猶存指點間，病眸無力記青山。長垂暝雨東南海，不借長風上下關。

雨裡南船不肯行，春雲漠漠滿遙程。西峰夜夜花間磬，猶作殷懃十日情。

羈愁寥落轉添痾，酒榼登高落照多。是日西岑新物色，青羅傘下竹冠峩。

落日雲生席，孤村春映波。高歌與盡管，日日醉無何。

旅宿孤花落，家書白浪長。殘春餘數日，客意轉蒼茫。

橘煙雙棹遠，篷屋一燈深。滿眼春波色，三山映素襟。

截浪如奔馬，風旗掣半桅。歸時團作隊，柁後曳鯨來。

奉和芝林長老再疊韻 濟菴 李聖章

西舫東船錦浪間，百靈相送度三山。碧桃花下仙家出，鼉吼龍吟始不關。

天海相爭日月行，雨帆强半滯雲程。金盤笑見鯨魚膾，多少三山震盪情。

孤蓬霧雨拘春痾，逐水僊花曉更多。看奕題詩俱盡裡，烏紗一頂岸峩峩。

異域傷花鳥，煙暉沈積波。支頤思故國，春睡入無何。

日覺桃花少，春隨風雨深。欲知身遠近，南斗近人襟。

花雲渾一氣，春纜紫厓長。故國山幾點，亭午夢微茫。

花近三春佩，雲停萬里桅。篙工曉相報，晚霽有風來。

奉酬芝林長老再疊韻 七首 海皐 李子文

虛菴遙隔白雲間，畫舫來依一片山。人世佛恩猶未報，百年鄰幣每相關。

春晝東行行復行，扶桑拂日水爲程。幾家同作風波夢，嵩雒浮雲夜夜情。

客愁有如海，春宵不可長。西風催解纜，故國日荒荒。

悠悠滯風雨，春港久連桅。小艇常通岸，詩成日去來。

同來雲漠漠，相望雨深深。易識馬州舫，桐花繡作襟。

殊方衾枕日吟痾，高麥層坡見穗多。愁裡起看天際路，浪花今古白嵯峨。

梵傳息鮫鰐，杯渡任風波。前夜鹿神社，搏扶意若何。

壹道客亭漫成寫呈矩軒學士三記室僉榻 翠巖

天令何不正，陰雲日夜連。憑夷時作祟，巽二亦有權。積雨春翻凜，洪濤打客船。客船頻搖動，爭禁蓬底眠。當似宿酲者，坐臥眼將眩。命駕急登岸，儐接禮最虔。客舍質而雅，花樹列檻前。一夜高枕寐，夢裡意安然。忽忘風波險，齁齁到曉天。曉來天始霽，海嶠斂雲煙。願言百靈護，布帆不日懸。

奉酬芝林長老惠贈韻 矩軒 朴仁則

篷窓報夕霽，星河莽相連。風水互成文，花鳥孰爭權。明燈布港口，不分南北船。樓雨理行錄，山鐘寄孤眠。奇遊定窮源，冥觀欲透玄。放眼雲幅廣，獻心王事虔。春風入絲管，魚龍舞我前。不敢計歸日，前程尙渺然。東絳羅帳，分此萬里天。吾欲倩龍眠，盡月兼盡煙。幷寫今夜詩，終身臥內懸。

同 濟菴 李聖章

上天下無地，積氣靑相連。刳剡聖人智，凌奪造化權。但見赤日昇，流光南北船。回瞻隔雲寺，不信滯雨眠。瑤岑靈草紫，赤水僊珠玄。

王靈虯螭讋, 佛力香火虔。各將歡喜緣, 落帆千花前。裁詩付金鯉, 擲地何鏗然。蘭茗翡翠影, 輝映兜率天。大界一浮萍, 共此滄洲煙。朗誦六如偈, 惠月爲誰懸。

瓊韻中眩字, 考貴國韻書, 則果在先韻, 而我國韻書無此字, 故代押他字。悚甚。

同 海皐 李子文

交幣通南紀, 禪門得惠連。花鳥入三昧, 海嶠春無權。曾聞隔雲磬, 喜做出洋船。風濤夜滿岸, 春舫寄孤眠。檀香與茶雨, 寶偈妙通玄。一笑臨虎溪, 三絶愧鄭虔。羈愁忽相失, 詩到每花前。菩樹長幾許, 尼珠一烱然。萍水本無定, 萬里各分天。何當一拍肩, 共問三山煙。他時明鏡臺, 相望月長懸。

古體一首 贈呈矩軒學士三記室僉榻下 翠巖

箕城文章鵬擧才, 圖南萬里雙雙來。春風得時齊展翼, 垂天雲覆邪馬臺。暘谷日華眩相映, 青山碧海影裴徊。顧吾眇與斥鷃同, 長年安身一枝中。如今偶觀盛大狀, 且怪且驚意何窮。勿笑强自呈小枝, 曜然不忍望高風。

奉和芝林長老惠贈韻 矩軒 朴仁則

道林神韻皎然才, 何年小杯東渡來。藾箋不帶蔬筍氣, 雲月爛熳天花臺。扶桑樹下一杯酒, 且爲皇華暫徘徊。邂逅孤舟萬里同, 寄宿岐州寒雨中。獨夜樯燈耿相隣, 詩情未窮春先窮。注目禪舟作指南, 明日落帆何山風。

同 濟菴 李聖章

水月禪心錦繡才，三生惠業參如來。笑摘扶桑五色繭，奇紋陸離金銀臺。窮源海客偶相遭，赤岸盡檣春徘徊。山河大地佛性同，落花游絮天機中。蒲團幾時許揮麈，三峽詞源談不窮。儒禪賓主汗漫遊，在水中央候天風。

同 醉雪 柳子相

我是東遊欲論才，聯翩但逐星槎來。客舍寥寥或吟詩，春岡蕩蕩時登臺。橫笛一聲天空濶，雲飛鶴盤中徘徊。芝林老師舟楫同，有時詩騰汗漫中。一唱三歎有餘音，令人俯仰吟不窮。早晚天公倘備便，冷然共馭列子風。

同 海皐 李子文

我慚華國本無才，隨槎且復東南來。暮投山館愁風雨，朝從海市看樓臺。異方風土多疾病，坐擁衾枕休裵徊。喜得老師襟期同，繭牋題詩春夜中。南斗迢迢北極深，借問此路何時窮。一日千里詔西皇，明朝試問楝花風。

贈呈矩軒學士三記室各榻下 翠巖

肥鸞島外一岐濱，十日留連異域人。瘴氣偏蒸山色濕，韶華欲盡鳥聲頻。前程闕遠難窮目，西極晷斜空慘神。堪羨客中詩賦興，王楊盧駱每相親。

奉和芝林長老惠韻 矩軒 朴仁則

衣冠坐屬鵲河濱，天際春雲解管人。短笛東風花影暮，孤篷南極雨聲頻。只將歲月供王事，敢謂文章慴海神。澹澹波中留不去，白沙鷗鷺日相親。

同 濟菴 李聖章

山似青蠔著水濱，魚吹花氣故熏人。高僧隔面詩猶到，遠客傷春雨劇頻。盡舫桐紋知別島，石門椒酯賽何神。浮萍偶漾空明界，三秀異香喜獨親。

同 醉雪 柳子相

浩蕩身浮鷗鷺濱，那知不是水雲人。滄洲向月停杯久，瑤島看雲欹枕頻。交自從成方外契，詩應得助海山神。未曾一諾青連社，來去郵筒意墨親。

同 海皐 李子文

千樹桃花淸漢濱，天涯來作夢中人。詩書絶域追隨遠，衣服經春改換頻。鄰幣至今無大海，王靈終古有明神。愁來送盡依依目，雲在殊方不肯親。

再用原韻 答矩軒學士暨三記室見和 二首 翠巖

雞林四傑具奇才，大手妙揮彩毫來。文字變作雲五色，掩映蜃氣結樓臺。樓乍滅雲未散，蓬萊山頂且徘徊。又不見儒釋元來絶異同，俱在天覆載中。萬慮相忘交唱和，餘歡如湧何其窮。華箋三復時擧首，鳴鶴一聲入晩風。

連舟空滯大洋濱，方外幸遭騷雅人。同癖只歎傾蓋晩，厚情且喜遞筒頻。才齊李杜元無敵，字傚鐘王自有神。勿厭兼葭叨倚玉，新知何異舊知親。

贈呈五好堂李高士 翠巖

護衛三星使，何辭向日東。腰間橫寶劍，手裡執彤弓。肅肅威儀壯，植植氣勢雄。更驚襟度雅，詞賦奪天工。

和呈芝林長老詞案 五好堂 李士迪

望宸雲在北，隨節海開東。潮退維樓纜，風鳴撫角弓。山河心共遠，天地氣徒雄。多荷禪翁意，新詩更覺工。

善隣風雅卷一終

善隣風雅 卷二

客中送春二首 贈呈學士三書記名案下 翠巖

澤國春云暮，愁人誰與依。花空山寂寂，鐘濕雨霏霏。唯慣看漁艇，未能拂客衣。凌波青帝駕，今日向何歸。

天涯春已盡，怊悵客留船。蓬滴廉纖雨，衣熏黯淡煙。九旬歸夢裡，萬境落吟邊。添得無窮恨，暮雲聽杜鵑。

奉和芝林長老送春韻 矩軒 朴仁則

春光含我去，萬象日依依。遠樹搖新綠，殘花隱煙霏。尙淹波上棹，翻換篋中衣。臨水登山處，那堪悵送歸。

怊悵三春色，支離萬里船。空林怨花鳥，古島減風煙。曉夢寄天末，雨聲繞客邊。前山有古廟，停纜聽寃鵑。

同 濟菴 李聖章

衆綠繁如許，殘紅遂不依。啼禽凄院落，芳草積烟霏。久帶愁蘭槳，稍暄試紵衣。奔濤與返照，蕩漾只同歸。

島麥高齊壟，汀花落滿船。悠悠瞻日月，脉脉散雲煙。惆悵芳尊側，徘徊積水邊。故鄕千萬里，無奈夜窓鵑。

同 海皐 李子文

水暖鳴曾別， 花飄蝶不依。芳痕但萋綠， 餘怨尚煙霏。五滯浮溟檝，三更向絡衣。相將到殊域，萬里悵先歸。

莫恨春將去， 惟應秋返船。麥黃山度雨， 雲晩樹如煙。寄夢當天末，憑愁到日邊。不知人倚棹，終夜有啼鵑。

舟發一岐夜抵藍島 賦呈學士三書記詞案 翠巖

天風驅宿雨，海日照遐陬。柁樓頻擊鼓，港口烟乍披。錦帆時齊柱，片片影潮頭。脚底鮫人室，靈彩其焉廋。風定正亭午，發興坐悠悠。却顧一岐地，漸已隔滄洲。行行直指點，雄勝是九州。山怪碧屏列，身疑畫裡浮。日落過玄界，蒼茫程且脩。舟子偏盡力，牽纜不暫休。乘夜依藍島，景象堪冥搜。自欲理行卷，燒燭拭雙眸。願假回瀾筆，分明記僊遊。

到赤馬關舟中 翠巖

帆外雲連九筑山，豊城樹色晩暉間。大韓星使藏難得，彩氣先浮赤馬關。

舟著上關 又用前韻 同

崢嶸對立幾青山，影落大溟微渺間。好是恩風吹不盡，千帆飛度兩雄關。

奉呈芝林道案下 矩軒 朴仁則

相望落落日，有注想，意外惠以華翰，兼有畫箑之貺，披慰珍感，曷任區區。謹以兩絶庸寓鳴謝之懷不腆之物，唯乞笑領。

彩箋幾續同文夢，畫箑仍多却暑功。鎌刈舟中遮白日，箱根嶺上借清風。

孤舟幾夜宿風瀾，花落豊城客夢寒。空館贈余明月影，歸時應驗七回團。

和韻却謝矩軒學士惠筆并墨 二首 翠巖

客鄉相伴管城子，來鬪文房第一功。盛貺殷勤兼藻繪，友情不減昔人風。

浮杯萬里久家瀾，鷺友鷗朋盟不寒。多謝高人兩船賜，好同陶楮共成團。

赤間關 得芝林師便面之貺 謹以詩謝 濟菴 李聖章

迹供雲濤險，情深錦篋貽。團圓見明月，披拂有淸颸。花鳥描春色，金銀纈綵絲。西皈留篋笥，每歲慰相思。

上人遺我指端月，何以報之瓜報瓊。愧無山谷龍蛇筆，潤草黃鸝空復情。

次韻却謝濟菴記室 贈五朋 翠巖

此物偏宜夏，勝他錦綺貽。擎來遮赫日，揮處引凉颸。談柄換毛拂，詩媒搔鬓絲。荷君襟義厚，標致轉堪思。

又

異方扇子歸五手，似得崑山一片瓊。明月淸風塵外贈，詎庸可謝哲人情。

芝林長老有五箑之惠 謹以五絕三章奉謝 醉雪 柳子相

窄窄蓬房底, 蒸炎四月中。白苧衣何力, 空思架壑松。

雲蒸水氣熱, 床簟自無功。但羨沙頭鷺, 難呼木杪風。

山翁五便面, 何啻百朋金。颯颯臨生座, 灑然披我襟。

次韻奉謝醉雪記室惠扇 三首 翠巖

氣蒸南海路, 何耐坐舟中。揮箑清人意, 猶如風入松。

五朋堪把玩, 長夏有奇功。何料今親觸, 大韓儒士風。

古今同一揆, 交道貴蘭金。且喜忘機去, 言言適素襟。

謹謝芝林長老惠贈便面 海皐 李子文

匪以物爲美, 感君情甚長。瓜瑠慚不敵, 裘帶願無忘。制謝薄葵陋, 功參羽翮凉。南方驚早熱, 時節客心傷。

和韻兼謝海皐記室貽扇 翠巖

賢才隨使節, 同路海山長。言語元雖異, 交盟何可忘。新詩任君賦, 輕箑令吾凉。只計榮旋日, 鄕心休更傷。

筆語 翠巖

吾有芝林畧稿一冊, 向備正使大人電覽。他日可供清眸, 請作敍文則幸甚。何如?

答 矩軒朴仁則

貴稿已從正使大人所得一掛眼。至於序文, 豈欲孤晟意。而此等文異於詩章有難。悤擾中構得 第當留意。但恐拙文荒駆, 不足以發得足下萬丈光, 奈何?

曰 翠巖

今聞足下之諾, 喜出望外。

曰 矩軒 朴仁則

前後往還詩作, 俱已稔觀, 便同接席, 兩情何間? 在馬島時, 全稿種種警語, 令人起敬, 路中諸作, 亦可誦。未知以唐詩中何人作爲準也。日東詩, 皆以唐爲主, 而足下則似是以宋諸家參用, 法門果然否?

答 翠巖

衲詩褒稱過實, 汗顙顙顙。雖以唐明之才子, 用作準繩, 天生不才, 未得成功。如宋諸家, 素已避而不取觀。足下之詩, 句句豪爽, 眞似有李青蓮之風調, 可敬可羡。

曰 矩軒 朴仁則

鄙拙之詩, 元無可取, 而青蓮豪氣太不襯, 實欲爲足下所避之宋諸家而猶不能耳。 詩固貴清爽, 而只以唐人爲準, 恐難諱其氣淺而理薄。自杜老餘泒在於陳黃諸家, 貴國詩人, 皆以宋象爲鄙薄, 不觀, 則過矣。諸詩人, 許欲以此意相勉, 而無以盡接。足下方主盟騷壇, 以鄙見爲何如耶? 貴國詩頗得見之, 而其弊專在於不爲宋耳。

答

如足下所言, 是則似是。於吾國, 亦偏有好宋之人, 蓋待以言志, 專貴風調。如宋諸家, 唯以理爲主, 不拘體裁, 以爲失於言詩之本意。是所以衲避而不取也。且衲性癖，自從初學詩時，只要平易流暢，而備寫事情，是故動有至如彼白俗者。中歲幡然改志，雖欲倣盛中之調而不得，徒可驢齡，技窮心折，自以爲可歎耳。然舊癖未已，花前月下，漫遣其興，如足下壯年多識，非衲所及，何如？

問 翠巖

貴國諺文，傳聞前王所作，不知前王謚號，何如？

答 矩軒 朴仁則

諺文，卽我世祖大王所撰。

曰 翠巖

孤棹遲遲發，詩來春雨深。君應花滿榻，我欲月爲襟。足下此作，深適衲意，請題扇面。

答 矩軒 朴仁則

筆甚荒拙，不足以仰玷便面，奈何？

曰 翠巖

速揮斑管，强勿峻拒。

蒲刈客亭 喜矩軒詞盟臨貺 同

廣陵山色雨中深，此日萍逢解客襟。弛禁且對勸三雅，紗巾恐有瘴烟侵。

奉和芝林長老席上韻 矩軒 朴仁則

海靄山嵐一院深，雨中籬冷映疎襟。禪樓縱有如澠酒，難禁他鄉歲月侵。

再酬 翠巖

崖寺連村竹樹深，雨寒嵐氣透衣襟。與君坐對心如水，淸興全無塵事侵。

又疊 矩軒 朴仁則

到手閑盃不厭深，椶林鐘歇爽生襟。驪龍似忌探珠會，故意踈蕭亂雨侵。

同和 蘭菴 對州書記 姓阿比留 字伯隣

潮來港口萬浸深，澹泊何如叔度襟。雨後試看欄外水，玻璃那有點塵侵。

以一絕用代筆語 矩軒 朴仁則

竹館煙雲莽不開，肩輿海岸蹈泥回。喜將來路詩中意，共瀉空門雨裏盃。

酬矩軒詞盟席上韻 翠巖

青眼相看懷抱開，海天積雨不容回。客中偏恨欠兼味，冷澹家風茶滿盃。

再疊 矩軒 朴仁則

禪樓上月錦屛開，繞島孤雲帶雨回。松菊柴門歸路遠，東林一笑惠公盃。

再和 翠巖

新晴何日布帆開，遠客望雲知幾回。有待東關千里路，芙蓉峰下笑含盃。

同和 蘭菴

社盟適値白蓮開，自此虎溪笑幾回。凝洗煩襟塵萬斛，葛巾爲許漉三盃。

舟中寫懷贈呈矩軒學士詞案 翠巖

廣陵客舍倚岸高，雨中誰與俯規濤。有時檐鵲頻傳喜，自起迎駕浩眉毛。擊鉢一聲成韻語，席上縱横走綵毫。愕散老釋退三步，踈然驚看謫仙豪。從此方外交更熟，思君無日不鬱陶。裁字欲問平安去，鰌潮激處奈飛艘。因修空已盡韶景，津樹煙青早蟬號。山色漸知鄙陽近，縱目足忘方寸勞。計日只期巾兼舃，浪華城外再相遭。

牛窓雨夜 贈矩軒學士 翠巖

午渚寥寥滯雨舟，風煙四月悅如秋。篷窓一夜無蟾影，其奈袁宏詩酒遊。

四月卄日 舟入攝城 同

盡船齊滿港，壯觀又應稀。潮足棹歌緩，風和旗影微。浦雲浮瑞彩，津樹帶恩輝。韓客停蘭槳, 浪華橋畔依。

與矩軒學士 翠巖

水道無難, 各自登岸, 欣抃之情, 無以休歇。客舍雖近, 相接王事鞅掌不遑, 良晤想應。近來繪句滿囊, 慰問之次, 干菓匣贈之左右, 且拙斤一二錄, 呈詞案, 併是笑領。不備。

復呈芝林長老足下 矩軒 朴仁則

孤舟萬里已了滄海 ,緣山水樓壹到處, 皆詩而懶病相仍, 尙負如山債, 何嘗敢忌? 頃者, 赫蹄之貺, 可續向日餘懷, 而況是詩幅菓箱, 種種繾綣, 是何各天一涯此好因緣耶! 感荷感荷之瓜報, 庸寓鳴謝之忱宿債容俟少間, 唯在恕悉。不備。戊辰四月念四日。

次芝林長老惠贈韻 兼謝菓子之貺 矩軒 朴仁則

結花村橘近孤舟, 待我滄波返棹秋。數幅新詩如對話, 一盤甘果記同遊。

又次舟泊浪華韻 同

金舫行相照, 瑤花落已稀。明燈波曲折, 盡鼓夜喜微。錦纁千家岸, 衣冠萬里輝。孤槎如我屋, 乍別更依依。

酬芝林長老惠什 濟菴 李聖章

竹枝清淺水, 四月浪華稀。 金色仙居近, 行裝容宿微。翬飛浮錦幔, 龍躍閃金輝。萬戶穿鰲樹, 靈山一枕依。

奉復芝林長老 海皐 李子文

忽見河流細，遙憐海色稀。虹連七橋倒，星入萬燈微。粉屋林生白，金船夜有輝。居然浪華館，詩到各依依。

浪華 櫻良翰

延享戊辰夏四月廿有六日，同芝林長老徒湛公，見朝鮮學士朴矩軒於浪華賓館。

矩軒寫云，"芝林長老平安否?"

湛云，"平安。"

矩軒云，"詩債尙不能了可愧。"

翰寫云，"强爲余賦否?"

矩軒云，"彼何人邪?"

翰云，"櫻良翰，字子顯。"

矩軒云，"在何地，有詩否?"

翰云，"在出石城，好詩。"

矩軒云，"出石去此幾里，屬何州?"

翰云，"距此三百里，屬但馬州。"

矩軒云，"好詩何不來示也?"

翰云，"今因小冗而去，期明日耳。"

二十有七日，奉呈矩軒朴公。

曩聞諸賢航海而東，踊躍於懷切矣。今也，水陸無恙旣抵此，欣慰曷勝? 謹賦蕪詞一首，以呈左右，仰祈電矚。

傳道西方有美人，星軺指日度河津。舊儀爭見衣裳會，高德兼称社稷臣。已用文章酬造化，不妨杯酒解風塵。雄飛本自丈夫事，何厭遠遊勞此身。

次櫻子顯惠韻 **矩軒**

寫云，"貴號如何?" 良翰云，"以字行。"

風煙窈窕擁詞人，緲緲銀河欲問津。勝區臺榭通仙客，諸子文章肅使臣。萬里詩情花作雨，百年邦信海生塵。也知古寺淋漓話，稍慰滄濤出沒身。

呈濟菴李公 櫻良翰

萬里風波不厭勞，東征賦就氣何豪。請看海上三山色，終日僊雲照彩毫。

奉酬櫻子顯題 濟菴

應接山河眼力勞，天風錦帆倚雲豪。龍堂萍水看詞藻，一朶櫻花五色毫。

呈醉雪柳公 櫻良翰

當日金門待從中，翩翩書記幾人同。自非揮筆成天象，爭得陳詩見國風。海上僊槎無遠近，腰間龍劍有雌雄。壯遊一吐淩雲氣，不用停車泣路窮。

此日醉雪不出會，稟海皐云，"僕有拙什，欲呈柳公，而無繇就見焉。因煩公，能爲僕致之。幸而有和，請附蘭陵來。"

呈海皐李公 櫻良翰

詞臣隨使節，萬里向遙天。東海扶桑下，南薰一葦前。國風詩裏盡，客跡畵中傳。豈從秦方士，蓬萊去學仙。

奉和子顯瓊韻 海皐

翳翳將斜日，蒼蒼不住天。人煙板橋外，舟楫橘花前。身喜名區過，詩慚異域傳。鵬池知不遠，誰是漆園仙。

奉要席上諸賢俯和 同

橘葉交鳴雨氣多，城頭落日暗長河。酒酣欲作相思曲，能復依依記浪華。

奉次海皐席上韻 櫻良翰

扶桑風物海中多，槎客相逢酒似河。處處名山能記否，翩翩彩筆本含華。

朝鮮大使来吾國 賀新政 修舊好 典籍朴公博學多才 以學官從焉 僕竊慕下風 請謁浪華 因賦蕪詞 奉呈榻下 二首 林俊

時名誰似棄繻才，白晳紅顔正壯哉。韓海輕波鐘鼓響，扶桑初日羽旗回。軺車奉使星先動，子墨開林客自來。朝野仰瞻太平化，聖明相答萬年盃。

韓國風才非子誰，聲明相見卽吾師。賦成司馬浮湘後，名著張騫犯斗時。太史星應千里奏，眞人氣向五雲知。勝緣幸作登龍客，一別天涯奈再期。

奉次福浦恵韻 矩軒

橘柚風煙錦繡才，諸君相屬興悠哉。經年客思□□□，幾日僊遊蹈浪回。孤棹乍停龍偃臥，新詩纔了鶴飛來。斗牛萬古青虹在，且□江山酬一盃。

奉呈朝鮮奉事濟菴李公 林浚

紅顔三十幾專城，持節擁旄事好盟。萬里龍門誰執御，百年柱下獨知名。曾聞西海仙舟泛，久待東行朱蓋傾。此日延躋容咫尺，躊躇聊述孔融情。

奉和福補 濟菴

仙槎四月浪華城，積水時從白鳥盟。福地洞天看佛氣，晴川芳草挹詩名。年深畵閣丹青動，海拍南雲星斗傾。惆悵浮萍難再合，等閒桑下係深情。

奉呈朝鮮奉事柳公 林浚

西海數千里，東行幾許程。遠瞻三島樹，近過十洲瀛。春色舟中盡，夏雲馬上生。風流是何日，相見浪華城。

奉呈朝鮮進士海皐李公 同

風流邂逅浪華城，幾度躊躇聊述情。輝彩扶桑唐白氏，照書藜杖漢劉生。乾坤新見龍雲氣，天地長懸日月盟。聖主賢臣今際會，頌成誰是子淵榮。

浪華城下贈韓客 狹山菅榮

驛使翩翩書記才，江南白雪動潮來。一枝隔海重相贈，此地梅花爲汝開。

奉次菅公芳韻 朴矩軒

艤舟數識有文才，萬里扶桑知己來。客館復驚三疊裏，故鄕歸思笛聲開。

奉呈制述官矩軒朴公 瀨尾維德

曾尊禮義檀君國，德是有隣眞善哉。蛟穴鼉宮三萬里，不知何日復傾盃。

奉酬桂軒韻 矩軒

蓬海風煙萬里開，□遊天外偶壯哉。冠盖寧解夷險路，山川空賚淺深盃。

奉呈濟菴李公 瀨尾維德

尋藥神州日出邊，飛濤萬里泛樓船。雲霞變幻凝還散，島樹蓊蓊須覓仙。

奉酬桂軒 濟菴

圖書行色寄天邊，白蝶虹橋繫畵船。映座驪珠明月影，蓬萊萬里遇詩仙。

奉呈醉雪柳公 瀨尾維德

治世千年盟豈寒, 騷人簪筆會吟壇。因君應問金剛勝, 今古圖書吾未看。

奉呈海皐李公 同

人携析木琴書劍, 囊入扶桑雪月花。明發征驂向東去, 芙蓉峰頂白雲賖。

奉酬桂軒瓊韻 海皐

客到迢迢河水寺, 橋外僊舟落橘花。每恨萍逢同一夢, 百年相憶海雲賖。

尾州 名護屋 千良重

贈矩軒朴君

文旆遙臨東海濱, 預知處處迓迎頻。三千里外乘槎客, 一百年來通信人。風雨天低望碣石, 雌雄劍合度延津。想君竣事歸家日, 跋涉勞教白髮新。

不佞姓源, 稱千村氏, 名良重, 字鼎臣, 號夢澤, 又稱潛夫。十年前辭職歸故田廬。今也, 聞文旆赴東都, 來于此, 會諸君耳。玉壺詩稿崐玉集各一部, 贈之寫曰: “此是僕門人所撰, 贈之以當千里面目耳, 笑留幸幸。” 矩軒寫云 “謹領厚意。” 鼎臣云 “諸成所屬文及詩若干首, 示學士寫曰, 此是家兒諸成所作之文詩也。供公一覽, 以乞雌黃。倘過賜一言以褒奬, 則非獨家兒榮耳, 抑僕之幸也。” 矩軒寫云 “令郎詩頗有唐人口氣, 作之不已, 則其進何可量。文亦有氣力, 有光燄頓挫豪宕, 讀之快人意。"

席上卒賦 呈矩軒君及書記二君 三子各題詩於扇面贈 千鼎臣

磊落題詩處, 堪稱一世豪。驚看便面字, 横逸信揮毫。

寄贈矩軒朴君 同

相逢忽相別, 似萍浮水面。人生渾如斯, 別後奈戀戀。

奉次夢澤君 矩軒

岐江數篇詩, 先吐燈前面。解逅萍逢迹, 慇懃桑宿戀。

和答夢澤君 海皐

諸天聞夜雨, 明燭揖詩豪。無由當盛意, 爲子一濡毫。

和答夢澤君 濟菴

俗腕無仙氣, 繩牀愧墨豪。慈恩多柿葉, 風雨入彤毫。

卒賦 呈良醫活菴君 鼎臣

駐節城南蓬島隈, 僊才邂逅客中盃。曾聞君玅盧扁術, 肘後奇方傳我來。

奉和夢澤君 活菴

遠客繫船江水隈, 寧期相値共啣杯。只寛旅況無如酒, 冒雨謝君尋討來。

“貴邦亦有回環顚倒之讀法耶” 無答 **“曾聞次韻有害於詩道 因以別韻奉答”**

鼎臣

揮洒縱橫自在移，乞來寫字字尤奇。怪看紙上龍蛇走，墨妙筆才非爾誰。

贈能画人 未詳姓名　　同

紙上山川隨手開，丹青如此實奇哉。想君得意揮毫處，頓使傍人驚教來。右無和答

“君能詩耶？ 尊姓号如何？” 作五律一篇，以贈其稿，席上烏有？因不錄于此。

金啓升寫云 “龍門山人也，玩羲齊主人，金啓升，字君日，別眞狂。” 又曰 “僕以畧干醫名，使相率來，年衰無才，長程勞身，不能奉和，可嘆可嘆。” 鼎臣云，示曰 “寫字官某曰，君揮椽筆，書三宜亭三大字以惠。” 寫字官 答曰: “雖廢，如是懇請大字數丈，當書磨墨且大筆印朱盒持來。” 鼎臣云 “君能詩耶?” 寫字官 答曰: “唫詠廢而久矣。今行以筆名來此，而因病時甚，亦廢。” 傍有人，寫字官某指示諸余，余卽把筆寫曰: “君以何職未耶，姓字如何?” 其人答曰: “偶入次官舍處，故尊卽未知耳。今者持紙筆墨，隨我在處，則當盡書也。” 其人云 “日本草書，鄙國未知，以楷字書示。” 鼎臣云 “君方今露腹肚而臥，豈得無感冷濕乎？請保護。” 其人答曰: “愛僕一何至此，感感。” 鼎臣云: “君以何題取甲第乎?” 海皐答曰 “圯上贈書期穀城山下，以此題申年白司馬。” 鼎臣曰 “夜將五更，余亦當辭去。諸公等安置。” 海皐曰 “明朝願與相接。”

贈矩軒朴公及書記二君 井知亮

奇遇誰期千載歡，相看況又臭如蘭。送迎匆遽倒衣走，跋涉勞疲勸酒寬。征旆影連津樹動，使星氣射扶桑寒。傳聞雨露君邊滿，愼命何論行路難。

得省菴君寫字 不堪喜 卒賦謝報 同

劍寫逢迎旅舍中，百年盛事奧無窮。投來手裏明珠色，照坐驚看揮筆雄。

奉和岐山瓊韻 海皐

異域頻成傾蓋歡，相看眉宇得芝蘭。蟬聲入樹雲新熱，山色浮天海獨寬。半日開愁茶屋淨，新詩有籟竹林寒。桑東奇士如多少，隨處忘吾行路難。

奉酬岐山 濟菴

萬里班荊一席歡，汀洲亭午掇芳蘭。樓臺邂逅文章在，山海蒼茫境界寬。畵角三吹將啓路，長松五月尙知寒。秋歸香橘侵金罍，莫恨離遙作穩難。

奉和岐山 矩軒

江城邂逅接新歡，滿袖新詩氣若蘭。壯燭不知車馬遠，佳辰況復酒杯寬。畵□路是經蓬島，金艇身疑在廣寒。萬里行裝王事重，滄波休道去來難。

托人奉贈矩軒朴君 千諸成

一去釜山花照裘, 到來東海夏雲稠。明時奉使槎無恙, 異域傳名筆豈投。應似張騫攀崑岳, 兼同司馬泛湘流。不唯遇合難重得, 鴻鯉何論沈與浮。

贈韓學士矩軒朴君序 同

禮云樂云, 是何云哉? 黼黻文章衣裳冠冕之美, 謂之禮也, 乃先王之所作, 爲君子不欲觀之哉? 鐘鼓管磬琴瑟竽笙之音, 謂之樂也, 乃先王之所作, 爲君子不欲聞之哉? 予亦苟志君子之道者, 則豈得不欲觀聞之哉? 盖吾日本治平百餘年, 文化漸興, 西則四國九州, 東則奧羽諸州, 人民稍稍嚮禮樂之化云。雖然蕞爾海外之國, 縱非無方異類之流, 亦以如朝鮮者觀之, 則安得免爲斷髮文身之俗也哉? 是乃君子之所嘆惜也矣。今歲戊辰之夏, 朝鮮使其大臣通信焉。大臣之駕臨日本也, 無君子無小人無耆老垂髫, 無婦人處女, 遠者數百里, 近者十餘里, 包糴重踵來, 湊其過路而觀之。予亦在來湊中, 一望觀之則嘆曰: "雖吾日本治平百餘年, 文化漸興, 人民稍稍嚮禮學之化, 而亦其地海外, 其俗剛毅, 一切武斷拱弦負劍, 是其常云。今望觀大臣之駕, 其人溫雅, 列隊肅莊, 而不持尺寸刀戟, 畵旌颺風, 文旆照日, 實千載壯觀哉! 而其進退揖讓, 未嘗不依禮也, 入館舍則奏雅樂, 以暢舒其旅思也。於是黼黻文章衣裳冠冕之美, 鐘鼓管磬琴瑟竽笙之音, 足以觀太平文化之隆也矣, 三代之治亦是而已。苟志君子之道者, 一得觀聞之也, 豈得不踊躍而喜乎? 而吾日本素非無方異類之流也, 觀聞之而後, 愈倍靡靡, 有嚮禮樂之化, 則不亦說乎, 不亦樂乎?" 予也不堪其喜, 因書此言, 以陳矩軒朴君之左右爾。

日本 延享 戊辰 夏

善隣風雅後序

今玆高句麗聘使寔來矣，而我東方之士，扣其客館。贈寄應酬於詩賦筆語，猶正德享保之年云，頃坊間彙集上之木，亦猶唱和塤篪之集，而需奇題卷端曰："善哉！此擧也。先志之所賦詩，亦至焉，此篇所載，雖僅僅乎，其足以見二邦志哉！然而不可必論優劣於其間也。何則茫乎海內人才，幾何？其多如林，而會焉者，不唯萬而一之，果謂邦之彦盡此乎？ 彼國雖蕞爾， 古稱忠淸慶尙全羅三道人才之出比諸道倍多，則何知其俊秀而有不東來者。旣不知莫有乎爾，則不可必論優劣於其間也。雖然，此有文詞業已列此篇者，豈兄韓人溟涬然弟之哉？傳諸彼無慚，則刊布于此，亦何可已？況足以見二邦志乎哉！"

延享 戊辰 夏五 浪華關 世英 題

延享 五年 戊辰 夏六月

平安書坊 奎文館 瀨尾源兵衛 發行

우창록
牛窓錄

우창록(牛窓錄) 해제

『우창록(牛窓錄)』은 1748년 4월 16일 제10차 통신사 일행이 히젠슈(肥前州) 우시마도(牛窓)에 도착하여 다음날 17일까지 머물면서 이곳의 문학(文學)인 이토이 히로시(井通凞)와 나눈 필담과 창수시를 기록해 놓은 책이다. 이토이 히로시가 『우창록』을 직접 편집하였다. 1권 1책이며 현재 일본 국립국회도서관(國立國會圖書館)에 소장되어 있다.

당시 43세였던 이토이 히로시는 자가 자숙(子叔), 호가 난대(蘭臺)인데 필담을 나눌 때에는 주로 호인 난대를 사용했다. '우창(牛窓)'이라는 지명은 옛날 응신천황(應神天皇)이 이곳의 바다 앞을 지나갈 때 요사스런 소귀신을 만났는데, 힘이 장사였던 신하 하나가 쇠뿔을 뽑아버리자 마침내 소가 돌아갔다는 전설에서 유래하였다. 『우창록』의 첫 부분은 이곳 지명의 유래에 관한 내용이다. 정사(正使)인 홍계희(洪啓禧)가 역관을 시켜 히젠슈의 독학사(督學使)에게 '우창'이란 명칭이 붙게 된 연유를 묻자 독학사가 상세히 대답해주는 장면이 기록되어 있다. 이어서 필담이 본격적으로 시작된다.

첫 날인 4월 16일에는 난대와 제술관 박경행(朴敬行), 서기 이봉환(李鳳煥)이 참여했다. 둘째 날인 17일에는 통신사 일행 중에 박경행,

이봉환, 서기 이명계, 사자관(寫字官) 김천수(金天壽) 등이 참여했고, 일본 측에는 난대 이외에 청봉(靑峯, 46세), 형석(荊石, 50세), 서애(西涯, 26세) 등이 자리를 함께했다.

『우창록』에는 총 34수의 시가 실려 있는데, 이 중 조선 문사들과 난대가 창수한 시는 25수이고 나머지는 난대가 그 즈음에 쓴 시고들이다. 시 형식의 비율로 보면 7언 율시 6수, 7언 절구 17수, 5언 율시 1수, 5언 절구 1수이며, 난대의 시고는 7언 율시 3수, 7언 절구 3수, 5언 율시 1수, 5언 절구 1수, 7언 배율 1수이다. 대체로 7언을 많이 썼고, 그 중에서도 7언 절구를 선호했음을 알 수 있다. 작자 별로 보면, 난대가 12수, 박경행이 5수, 이봉환이 5수, 이명계가 3수를 지었다. 난대는 시에서 조선통신사의 방문을 환영하고, 조선 문사들과 시를 창수하게 된 기쁨을 감추지 못한다. 그는 조선 사신들을 신선에 비유하면서 짧은 만남에 대한 아쉬움을 드러낸다. 조선 문사들은 일본을 신선세계에 빗대며 기이한 이국의 풍경을 노래하고, 뛰어난 시작(詩作)에 대한 찬사를 보내는가 하면, 이국에서 느끼는 객창감(客窓感)이나 향수(鄕愁)를 내비치기도 한다.

필담은 양일간 각 한 차례씩 이루어졌다. 16일에 이루어졌던 필담을 보면, 난대가 박경행과 이봉환이 있는 자리에서 자신의 시고를 보여주며 논평해 줄 것을 청하였다. 이에 대해 박경행은 지나온 길에 만났던 다른 일본 시인들은 청신(淸新)과 생동감에서는 남음이 있었지만 기운에서는 부족하였는데 난대의 시는 기운을 터득했다고 하면서 극찬하였다. 당시풍(唐詩風)만을 존숭하고 송시풍(宋詩風)은 도외시하는 일본 시단의 풍조에 대해 비판적이었던 박경행의 시각에서 볼 때 난대의 시는 남다른 기격(氣格)을 지니고 있었던 것이다. 박경행은 난대에게 난해한 구절의 뜻을 묻기도 하고 그가 어느 문하에서 수업을 받았는지 궁금해 하는 등 깊은 관심을 보였다. 난대는 대학두(大學頭)인 임신충(林信忠)에게서 수업을 받았음을 밝히고 그의 아들인 도서두(圖書頭) 임신언(林信言)이 객관을 방문할 것임을 알려주었다.

비 때문에 출항하지 못하고 그대로 머물게 된 17일에도 저녁 무렵 시 창수와 필담이 이루어졌다. 이 자리에 참석한 8명의 조선 및 일본의 문사들은 서로 간에 성명과 나이를 묻고, 상대편의 복식(服飾)에 대해 문답하거나 상대방의 시 가운데 이해하지 못한 어휘나 시구에 대해 질문하는 등 다양한 화제로 대화를 이어나갔다. 특히 난대는 사자관 김천수에게 편액으로 쓸 글씨를 써 줄 것을 요청하기도 하고, 자신의 친구의 아이들이 쓴 글씨를 박경행, 이명계 등에게 보여주며 논평을 기대하기도 했다. 필담 속에 나타나는 이러한 풍경들은 당시 양측의 문사들이 서로에게 깊은 관심과 호의를 표현하면서 친교를 나눈 사실을 보여준다. 특히 일본 측 문사들은 조선 사신들과 교류하면서 자신들의 문화적 욕구를 충족시키고자 적극적인 태도로 임했다는 것을 필담 기록을 통해 알 수 있다.

우창록(牛窓錄)

정통희(井通熙)[1] 편차(編次)

연향(延享) 5년 무진(戊辰) 4월 16일, 조선국 통신사가 비전주(備前州) 우창항(牛窓港)에 도착했다. 정사(正使)인 이조참의(吏曹參議) 홍공(洪公) 계희(啓禧)가 역관(譯官)을 보내어 물었다. "이곳은 무엇 때문에 '우창(牛窓)'이라는 이름을 갖게 되었습니까?"

본주(本州)의 독학사(督學使)인 모(某)가 그 답사(答辭)를 다듬어 말하였다.

"옛날 우리 신황(神皇)께서 바다를 지나가실 때 소귀신이 있었는데, 그 신하가 힘이 세서 소뿔을 뽑아 돌아갔습니다. 그래서 '우전(牛轉-소가 돌아간 곳)'이라 하였는데 훗날 세상에서 '우창'이라 하였으니, 이는 대개 우리나라에서 훈고(訓詁)로 따졌을 때 서로 비슷하기 때문입니다."

---

1 정통희(井通熙, 이토이 히로시) : 생몰년 미상. 자는 자숙(子叔), 호는 난대(蘭臺). 비젠주(備前州)의 문학(文學)으로 1748년 조선 사신들과 우시마도(牛窓)에서 필담을 나누고 시를 수창(酬唱)하였다.

이날 밤 주고받은 필담은 아래와 같다.

제술관과 세 분 서기 열위(列位)의 안하(案下)에 받들어 드리다
奉呈製述官三書記列位案下

난대(蘭臺)

깃발 세우고[2] 피리 불며 동한을 나오매	建牙吹角出東韓
어찌 산 넘고 물 건너는 어려움 꺼리겠는가	豈憚山河跋涉難
제도엔 아직도 주나라 예악 남아 있고	制度猶存周禮樂
문장은 모두 한나라 의관에 속했도다	文章並屬漢衣冠
사신이 명을 받드니 규장[3]이 빛을 발하고	使臣啣命珪璋色
막부(幕府)에서 술잔 기울이니 옥 술잔이 차다	賓幕傾杯琥珆寒
두루 친교를 맺는 것이 조선 풍습이라 하니	聞道國風論欲遍
이 해의 호저[4]는 그대를 기다렸나 봅니다	當年縞苧待君看

왕사(王事)를 아직 마치지 못했으니, 노고가 어찌 이보다 더하겠습니까? 바야흐로 기한에 맞추어 닿으시니 어찌 기쁨과 경사스러움을 이길 수 있을는지요. 저의 성은 이토이(井)이고 이름은 히로시(通熈)이며, 자는 자숙(子叔), 호는 난대(蘭臺)이고 비전주(備前州) 문학(文學)입

2 깃발 세우고 : 원문의 '건아(建牙)'는 출사(出師)에 임해 아기(牙旗-임금 또는 대장군의 기)를 세운다는 뜻. 인신하여, 무신이 병사를 이끌고 임지로 나아감을 이른다.

3 규장(珪璋) : 조빙(朝聘)이나 제사 때 지니는 옥으로 만든 예기.

4 호저(縞苧) : 생사(生絲)로 만든 띠와 모시옷. 우정이 매우 깊음의 비유. 오(吳)나라 계찰(季札)과 정(鄭)나라 자산(子産)이 흰 비단 띠와 모시옷을 주고받은 고사가 있다.

니다. 이에 주(州)에서 내린 명을 받들어 어르신을 앞에 서서 접대하게 되니, 성대한 의범(儀範)을 받들게 된 것이 매우 다행스럽습니다. 삼가 보잘것없는 율시를 기록하여 애오라지 하회(下懷)[5]를 풀어놓으니, 다만 여러 대인들께서 한번 보아 손질해 주시기를 바라며 거칠고 졸렬하다 해서 버리지 말아주십시오. 혹 받아주신다면 화답하여 가르쳐주시기를 엎드려 바랍니다.

이토이 히로시(井通熙)가 머리를 조아리고 절하며 아룀.

난대께서 주신 운에 받들어 화답하다

奉酬蘭臺惠韻

구헌 박 학사

평소 삼한(三韓)을 알고자 하던 소원 이루었으니	得遂生平願識韓
인생에서 마음 맞기 어렵다고 말하지 말라	人生休道會心難
어룡은 꿈틀대며 붉은 깃발을 맞이하고	魚龍蜿蜿迎紅旆
두우성은 드리워 대나무 관에 가득하네	牛斗垂垂滿竹冠
하늘이 창파에 들어오니 돛 그림자 멀어지는데	天入滄波帆影遠
시를 짓는 외로운 밤 빗소리가 차갑다	詩成獨夜雨聲寒
외론 배 쓸쓸히 떠 있는 곳에 봄빛 다하려 하니	孤舟漠漠春光盡
서북으로 돌아가는 구름 배에 기대어 바라본다	西北歸雲倚棹看

5 하회(下懷) : 어른에게 자기의 마음이나 뜻을 낮추어 이르는 말. 하정(下情).

앞의 운을 다시 써서 구헌 박 학사께서 차운하신 것에 받들어 화답하다

再用前韻 奉酬矩軒朴學士吟次

난대(蘭臺)

부상의 바닷길 삼한과 떨어져 있어	扶桑海路隔三韓
기자의 유풍 보고자 해도 어려웠지	箕子流風欲見難
옥과 비단으로 천년 동안 빙례(聘禮)를 닦은 곳	玉帛千年修聘地
대각(臺閣)의 여러 손님들 진현관[6]을 쓰셨네	館臺群客進賢冠
이제 잠깐 만나 사귐이 비로소 이뤄지니	卽今傾蓋交初定
이곳까지 배를 타고 오시매 흥이 식지 않았네	此處乘槎興不寒
거듭 함께 은근히 술을 권하니	更與慇懃堪勸酒
좌중의 누가 오랜 친구처럼 나를 보실지	座中誰似故人看

난대께서 주신 운에 받들어 화답하다

奉和蘭臺惠贈韻

제암(濟菴)

필력이야 어찌 두보 한유를 뒤쫓을 수 있으랴	筆力那能踵杜韓
여름 구름 거센 물결에 길은 어찌나 험난한지	夓雲潮颶路何難
삼신산의 풀빛은 종려나무의 닻줄을 물들이고	三山草色侵棕纜
사월의 꽃그늘에 비단 관모(冠帽)가 젖는구나	四月花陰潤錦冠

6 진현관(進賢冠) : 황제를 알현할 때 쓰는 예모(禮帽)의 한 가지. 원래 유생(儒生)이 쓰던 것으로 당대(唐代)에는 백관이 모두 썼다고 한다.

부평초처럼 만난 이때 푸른 바다는 넓고　邂逅浮萍滄海大
아득히 길게 뻗은 대나무에 화려한 누각이 차다　蒼茫脩竹畫樓寒
서로 붙잡고 꽃 눈 짧게 내림을 애달파하니　相携苦恨芳雪短
한 번 헤어지면 응당 꿈속에서나 보리라　一別惟應夢裏看

앞의 운을 다시 써서 제암 선생이 차운한 것에 받들어 화답하다
再用前韻 奉酬濟菴先生吟吹

난대(蘭臺)

신선의 노래로 시인은 대한을 드러냈는데　仙曲詩家表大韓
백설가[7]에 화답하기 어려움을 비로소 알겠네　方知白雪和歌難
봉래산에서 금빛 은빛의 나무 서로 비추고　蓬萊交映金銀樹
창해에선 오로지 해태관[8] 쓴 사람만 수고롭구나　滄海偏勞獬豸冠
밤비 등불에 내리는데 물결 그림자 드넓고　夜雨侵燈波影濶
객창에서 붓 휘두르니 달 그늘이 차다　客窓揮筆月陰寒
사신으로 온 것[9]은 동쪽 유람의 뜻도 있으니　皇華兼屬東遊意
참으로 상수에 떠가며[10] 만 리를 보는 격일세　好是浮湘萬里看

---

7 백설가(白雪歌): 옛 곡조의 이름. '하리가(下里歌)' '파인가(巴人歌)'와 대칭되는, 매우 품격 높은 노래.

8 해태관(獬豸冠): 법관이 쓰는 관의 이름. 해태가 옳고 그름을 잘 판단한다는 데서 온 이름.

9 사신으로 온 것 : '황화(皇華)'는 『시경(詩經)』「소아(小雅)」의 편명인 '황황자화(皇皇者華)'의 약칭으로, 임금이 사신을 보낼 때에 부른 노래를 말한다. 또한 사신으로 나가는 일이나 사신으로 가는 사람을 가리키기도 한다.

10 상수에 떠가며 : 사마천(司馬遷)은 원수(沅水)와 상수(湘水)를 따라 선상여행을 했는데,

석상(席上)에서 구헌 박 학사에게 받들어 드리다
再用前韻 奉酬濟菴先生吟吹

난대(蘭臺)

큰 돛은 달처럼 파도를 비추는데 大帆如月映波濤
채색 붓[11] 서로 빛나니 기상이 드높다 彩筆相輝氣象高
이곳에서 푸른 하늘까지 가는 신선의 길 머니 此去青霄仙路遠
도착할 땐 응당 해동의 복숭아 익으리라 到時應熟海東桃

난대(蘭臺)가 석상(席上)에서 지은 운에 또 보운(步韻)[12]하다
又步蘭臺席上韻

구헌(矩軒)

자유로운 시서로 바람과 파도 이겨내고 詩書汗漫犯風濤
자라산[13]에 묵으니 아름다운 등불 높이 걸렸네 寄宿鰲山畫燭高
한 마디 말로 어찌 그 조예 다 드러낼 수 있을까 片語何能窮造詣
기이한 재주는 원래 도리(桃李)를 말하지 않는 법[14] 奇才元似不言桃

그의 '자서(自序)'에 "멀리 구의산(九疑山)을 바라보며 원수와 상수 위를 떠간다."고 하였다.

11 채색 붓 : 수식(修飾)이 풍부한 아름다운 문장. 강엄(江淹)이 꿈에서 오색 붓을 받은 후에 글이 크게 진보했는데, 만년의 꿈에서 붓을 돌려주자 그 후로는 좋은 글을 지을 수 없었다는 고사가 있다.

12 보운(步韻) : 다른 사람이 지은 시의 운을 써서 그 시에 화답하여 시를 짓는 것. 차운(次韻).

13 자라산 : 전설에 바다 가운데 있다는 신선의 산.

14 도리(桃李)를 말하지 않는 법 : 『사기(史記)』「이장군열전(李將軍列傳)」에 "속담에 '복숭아나 오얏은 말을 하지 않지만 그 밑에는 저절로 샛길이 생긴다'고 하였다. 이 말은 사소한 것이지만 큰 이치를 설명할 수 있으리라.[諺曰 : '桃李不言, 下自成蹊.'此言雖

또 앞의 운에 의거하여 구헌 선생께 받들어 화답하다
又依前韻 奉酬矩軒先生

난대(蘭臺)

화려한 배 만 리 파도 헤치고 동쪽으로 오니 畫舫東來萬里濤
십주의 아름다운 기운에 채색 구름이 높구나 十州佳氣綵雲高
어찌 알았으리오 객관의 푸른 등불 아래서 那知賓館青燈下
옥을 주심에 목도로 보답하는 일[15] 다시 있을 줄 更有瓊琚報木桃

석상(席上)에서 제암 사백(詞伯)[16]께 받들어 드리다
席上奉贈濟菴詞伯

위와 같음

경쾌하구나 재주를 감춘[17] 서기의 붓이여 翩哉書記筆含花
새로 지은 사부가 나라의 영광을 빛내는도다 詞賦新篇耀國華
홀연 천 길의 무지개를 보는 듯 忽見虹霓千丈氣
바다 위 하늘의 노을을 누가 따왔는지 不知誰摘海天霞

小, 可以諭大也.]"라는 말이 있다.

15 옥을 주심에 목도로 보답하는 일 : '목도(木桃)'는 아가위. 『시경』「위풍(衛風)」의 '목과(木瓜)'편에 목도를 주기에 옥으로 보답하였다는 내용이 있는데, 여기서는 상대방의 시를 옥에 빗대고 자신의 시를 아가위 열매에 빗댄 것이다.

16 사백(詞伯) : 글을 잘 짓는 대가(大家). 시문의 대가. 사종(詞宗).

17 재주를 감춘 : 함화(含花)는 '함화(含華)'와 같다. 문재(文才)를 감추고 드러내지 않음, 또는 문재를 지니고 있음을 비유한다.

난대(蘭臺)에게 받들어 화답하다
奉和蘭臺

제암(濟菴)

비단 닻줄 매고 안개 낀 섬에서 석화를 주우니[18]	錦纜烟洲拾石花
고향에 돌아갈 꿈 꾸어도 그저 서울만 보이네	故園歸夢只京華
삼신산이 지척이라 환하게 웃고 있는데	三山咫尺犁然笑
푸른 종이 같은 한 폭 하늘에 노을이 스러지네	一幅青箋蔡少霞

또 앞의 운을 압운하여 제암 사백에게 받들어 화답하다
又押前韻 奉酬濟菴詞伯

난대(蘭臺)

고상한 자리에서 등불 심지 자르며 모시고 노니	高筵陪遊剪燭花
바닷가 나라의 시흥은 동화를 사모함이라	海邦詩興慕東華
그대 찬란한 문장의 빛을 보니	看君燦爛文章色
천태산[19]의 노을에 그 화려함을 어찌 양보하리오	何讓天台山上霞

18 석화를 주우니 : 남조(南朝) 송(宋)의 사영운(謝靈運)이 지은 시에 "돛을 드날려 석화를 따고, 돛을 매달아 해월을 줍는다.[揚帆采石華 挂席拾海月]"라는 표현이 있다.(『문선(文選)』 권22 「유적선진범해(遊赤石進帆海)」) 석화(石華)는 바닷가 바위에 붙어사는 굴을 말한다.

19 천태산 : 중국 절강성(浙江省) 천태현(天台縣)에 있는 산이다. 도교에서 남악(南嶽)으로 삼고, 불교 천태종(天台宗)의 발원지라고 알려져 있다.

받들어 화답하다
奉和

제암(濟菴)

높은 누각 가랑비에 등불 심지 자르니	高樓微雨剔燈花
만 리 떨어진 동쪽에서 하얀 귀밑머리 드러나네	萬里東來見鬢華
인생살이 부평초 같은 만남을 기록하려니	欲記人生萍水會
부상이 지척이라 흐르는 노을에 취하는구나	扶桑咫尺醉流霞

이 시에는 다만 '봉화(奉和)' 두 글자만 있어 누구에게 준 것인지 알지 못하겠다. 내가 붓을 가져다 말하였다. "삼가 훌륭한 화답시를 받고 보니 제게 주시고자 한 뜻은 없지만 두루 응답하신 듯합니다. 누구에게 주신 것인지 써주시길 감히 청합니다."

제암이 곧 '정난대(呈蘭臺)' 세 글자를 썼다.

박 학사가 말하였다. "만 리의 길을 돌고 돌아 선경(仙境)에 들어왔는데, 또 여러 대아(大雅)[20]의 돌보심을 입은 데다 아울러 귀한 선물까지 주시니, 어떤 행운이 이에 더할 수 있을까요. 저의 성(姓)은 박(朴)이고, 이름은 경행(敬行)이며, 자는 인칙(仁則), 호는 구헌(矩軒)입니다. 나이는 서른아홉입니다."

20 대아(大雅) : 덕이 높고 재능이 뛰어난 사람을 높이는 말.

제암이 말하였다. “만 리 항해에 별 탈 없이 열아홉 분이 수행해 오셔서 한 자리에 앉아 이야기를 나누고, 여러분의 돌보심까지 받게 되었습니다. 산천의 수려하고 빼어난 기세는 본디부터 알고 있었지만, 밝게 빛나는 영묘한 기운을 지닌 사람들이 있어 이렇듯 성대한 한묵장(翰墨場)[21]에서 글로써 서로 만났으니, 얼마나 다행한 일인지요. 저의 성은 이(李)이며, 이름은 봉환(鳳煥), 자는 성장(聖章), 호는 제암(濟菴)입니다. 경인년(1710)에 태어났지요.”

난대(蘭臺)가 말하였다. “제가 오는 길에 듣자하니, 족하께서는 정사(正使)의 서기로 오셨다는데, 과연 그러합니까?”

제암이 말하였다. “그렇습니다.”

난대가 말하였다. “등과(登科) 이래 거쳤던 관직과 맡았던 일들을 자세히 알려 주십시오. 선배 제공(諸公)께서도 여기에 오시면 모두 그렇게 하셨기 때문에 청하는 것입니다.”

제암이 말하였다. “계축년에 급제하여 진사(進士)가 되었고, 역임한 관직은 대리승(大理丞)이며, 맡은 일은 대창랑(大倉郎)이었습니다.”

21 성대한 한묵장(翰墨場) : ‘한묵림(翰墨林)’과 같은 말로써, 문필가들이 많이 모인 곳의 비유. ‘임리(淋漓)’는 성대하고 많은 모양을 형용한다.

난대가 말하였다. “부사(副使)·종사(從事)의 기실(記室) 두 분에 대해서는, 그분들의 성(姓)·자(字)·존호(尊號)를 자세히 듣지 못했습니다. 알려주실 수 있겠는지요?”

제암이 말하였다. “부사기실(副使記室)은 취설(醉雪) 유공(柳公)인데, 이름은 후(逅)이고 자는 자상(子相)입니다. 종사기실(從事記室)은 해고(海皐) 이공(李公)인데, 이름은 명계(命啓)이고 자는 자문(子文)입니다.”

난대가 말하였다. “한운(韓韻)으로 거듭 화운해 주셨는데, 깊이 생각하시느라 수고하지 마십시오. 다만 이것은 근래에 지은 저의 시고(詩稿)인데, 가르쳐 주시기를 간절히 바랍니다. 밤이 깊어지려 하니, 다른 날 주시길 삼가 기다리겠습니다.”

옥정루(玉井樓)에서 봄을 바라보다 ‘하(霞)’자를 얻다
玉井樓 春望 得霞字

선인의 누각에 안개와 노을 비치는데　仙人樓閣映烟霞
이곳엔 봄바람 일고 해는 지려 하네　此處春風日欲斜
듣자니 천단의 구름은 오색이요　聞道天壇雲五色
아침이 오면 옥련화를 맺게 한다지　朝來結作玉蓮花

3월 그믐날 우창(牛窓)에서, 입에서 나오는 대로 읊다
三月晦日牛窓口號

포구의 긴 구름 비올 기색에 근심스러운데　浦口長雲雨色愁
'장(長)'자는 '경(梗)'자인 듯하다
돌아가고픈 마음 동쪽 흐르는 물에 밤낮 부치네　歸心日夜寄東流
누가 알리오 객지에서 봄이 끝나 가는데　誰知客裏春將盡
눈 들어 하늘가 만 리 가는 배 바라보는 심정을　極目天涯萬里舟

평납언(平納言)[22]의 옛 유적을 지나며
過平納言舊故

빈 산의 밝은 달 보며 장안을 떠올리니　空山明月憶長安
협수에선 응당 천리를 보며 불쌍히 여기겠지　峽水應憐千里看
쫓겨난 객은 헤어진 근심에 안색이 변하고　遷客離憂顔色改
가인의 소식에 눈물 흔적이 차가워진다　佳人消息淚痕寒
비바람 속에 질려[23]는 푸른 벼랑에서 끊어지고　蒺藜風雨蒼崖斷
잔에 담긴 짐주[24]는 하얀 이슬처럼 말라버렸다　鴆酒杯盤白露乾

---

22 평납언(平納言) : 평청성(平清盛, 다이라 기요모리, 1118~1181)을 말한다. 일본의 19대 왕인 고창(高倉) 천황(재위 1169~1180) 때 평청성이 외척으로서 안덕(安德) 천황의 조모 백하후(白河后)와 간통하고 원뇌조(源頼朝)를 내쫓은 후 정권을 전단하였다. 이에 원뇌조가 군사를 일으켜 평청성을 죽인 후 그의 땅을 소유하여 실권을 잡자 백하후는 어린 아이였던 안덕 천황을 안고 바다에 몸을 던져 버렸다.

23 질려(蒺藜) : 납가새. 납가새과에 딸린 한해살이 풀. 또는 그 열매. 바닷가나 모래땅에 나는데 씨와 뿌리는 약용한다.

황량한 언덕 위 조각 바위에는 구름이 깊은데　　片石雲深荒隴上
초나라 죄인은 어디서 울며 남관[25]을 쓰고 있나　　楚囚何處泣南冠

녹포(鹿浦) 빈광사(賓光寺)의 누각에 오르다
登鹿浦賓光寺閣

탁 트인 천산의 길　　豁達千山路
아득한 만 리의 물결　　蒼茫萬里潮
신선의 자취에 새들이 깃들고　　仙蹤棲鳥雀
절집엔 어부와 나무꾼 뒤섞여 있네　　梵宇雜漁樵
장엄한 바람과 파도 소리 두루 들리고　　備聽風濤壯
멀리 구름 낀 나무를 붙잡고 올랐구나　　攀躋雲樹遙
창문의 그늘 하계에 임하니　　窓陰臨下界
저녁 빛이 참으로 쓸쓸하구나　　晚色正蕭條

24 짐주(鴆酒) : 짐새의 깃으로 빚은 독주. 짐새의 깃에는 독이 있다고 전한다.

25 남관(南冠) : 포로 또는 죄수를 나타낸다. 초(楚)의 종의(鍾儀)가 남관을 쓰고 포로가 된 데서 유래한다.

도성의 후원(後苑)에서 눈여겨보다 후원 안에는 임의헌(臨漪軒)과 망호각(望湖閣)이 있다

國城後苑寓目 苑中有臨漪軒望湖閣

성루는 높이 흰 구름 끄트머리 에워쌌는데 城樓高擁白雲涯
강물과 숲의 못에는 저녁 기운 그득하다 河水林塘晚氣賒
한결같이 풀과 나무 비와 이슬을 잘 받아 一自芻蕘隨雨露
동산에 안개와 노을 머물게 하네 能令苑囿駐烟霞
바위틈 샘물은 절반이 임의헌의 물로 떨어지고 巖泉半落漪軒水
고갯마루 나무는 망호각의 꽃을 굽어보네 嶺樹平臨湖閣花
듣자하니 밭갈이 살피고[26] 노니는 곳에 聞說省耕遊豫地
봄날 상서로운 꿩 길 가는 수레를 빙빙 돈다고 春來瑞雉遶行車

우창의 객사에서 친구에게 부치다

牛窓客舍 寄友人

누대의 나무 무거운 바다 기운 내려다보는데 臺樹下瞰海氣重
머리를 드니 천만 개의 봉우리가 빼어나다 矯首秀出千萬峯
밤이 오자 술잔[27]은 밝은 달을 맞이하고 夜來桂尊邀明月
비석에 새겨진 웅장한 글은 흉금을 씻어낸다 碣石雄篇盪人胸
동남쪽 여러 섬들 땅과 서로 붙어 있지만 東南諸島地相接

26 밭갈이 살피고 : 임금이 봄에 밭갈이하는 것을 시찰하던 일.
27 술잔 : 계준(桂尊)은 '계준(桂樽)'과 같다. 주기(酒器)의 미칭(美稱).

조수가 오가느라 건널 수 없네	潮水來往不可涉
그대는 선골 지녀 장풍을 타고서	君有仙骨蹈長風
가볍게 올라 곧장 봉래궁으로 향하지	輕擧直向蓬萊宮
텅 빈 곳의 아득한 길 가리키며	指點虛無縹緲路
홀로 오색 구름 속에서 옥 생황을 연주하네	獨弄瑤笙五雲中
의기로는 천 마리 고래 누른다 스스로 자랑하며	自誇意氣製千鯨
돌아갈 땐 옥 호리병 기우는 것 깨닫지 못하네	歸時不覺玉壺傾

금강정사(金剛精舍)의 작은 모임에서 친구의 운에 차운(次韻)하다

金剛精舍小集 次友人韻

아름다운 절 높은 데서 탁 트인 호수 내려다보고	香刹高臨積水開
아득한 하늘[28]엔 채색 구름 한 모퉁이에 떠 있네	諸天縹緲彩雲隈
만 겹의 파도소리 바람에 실려 떨어지고	濤聲萬疊垂風落
천 개의 돛 그림자 언덕에 와서 돌아간다	帆影千群至岸廻
아름다운 섬 사람들은 진제의 비석으로 몰려들고	瓊島人驅秦帝石
금오산[29] 달빛은 범왕대[30]에 가득하네	金鰲月滿梵王臺

28 아득한 하늘 : 제천(諸天)은 모든 하늘이라는 뜻으로, 중생이 생사(生死) · 윤회(輪廻)하는 삼계(三界)의 하늘을 지칭한다.

29 금오산(金鰲山) : 신화에 나오는 금빛의 큰 거북인데, 여기서는 물을 내려다보고 있는 산언덕을 가리킨다.

30 범왕대(梵王臺) : 범왕궁(梵王宮), 즉 대범천왕(大梵天王)의 궁전인데 여기서는 불사(佛寺)를 가리킨다.

동림사[31]의 모임에서 함께 노닐며 시를 지으니 同游作賦東林會
오로지 그때의 도잠[32]의 재주가 부러울 뿐이네 偏羨當時陶令才

온천사(溫泉詞) 세 수를 친구에게 주다
溫泉詞三首 贈友人

온천궁 나무 사이로 몇 봉우리 탁 트였는데 溫泉宮樹數峯開
변함없는 연로에 해와 달이 돌아오네 輦路依然日月廻
봄날 피어오르는 파란 산골 물 선액의 색이요 碧瀾春蒸仙液色
흐르는 노을은 응당 친구의 잔에 흘러들겠지 流霞應瀉故人杯

청명한 산의 기운 백 척으로 못에 흔들리고 山氣晴搖百尺潭
천 겹의 흰 구름 속에 나무는 쪽빛 같네 白雲千疊樹如藍
모르겠구나 어디를 명승지라 해야 할지 不知何處題名地
유리로 된 옛 불감[33]에 꽃이 가득하구나 花滿琉瑠古佛龕

옛날 제왕의 유람 푸른 산에 머물렀더니 憶昔宸遊駐翠峯
임금 은혜 입은 내원의 꽃이로구나 曾經承寵內園花

---

31 동림사(東林寺) : 중국 강서성(江西省) 여산(廬山)에 있는 절. 진(晉)나라 태원(太元) 연간에, 혜원법사(慧遠法師)가 강주자사(江州刺史) 환이(桓伊)의 도움을 받아 세웠다. 당(唐)나라 회창(會昌) 3년에 폐사(廢寺)가 되었으나, 대중(大中) 3년에 중수(重修)하였다.

32 도잠(陶潛) : 원문의 도령(陶令)은 진(晉)나라 시인 도연명(陶淵明)을 말한다. 그가 일찍이 팽택령(彭澤令)을 지냈으므로 이렇게 부른다.

33 불감(佛龕) : 불상을 모셔두는 방이나 집을 이른다.

지금은 경수[34]의 천 줄기 빛깔이　至今瓊樹千行色
산중 부로의 집에 다시 속하게 되었네　更屬山中父老家

우창에서 비 내리는 가운데 우연히 짓다
牛窓雨中偶題

아득하게 남포에 비 내리니　蒼茫藍浦雨
멀리 돛이 떠가는지 분간할 수 없네　不辨遠帆移
객사가 남쪽 물가에 있는지라　客舍臨南岸
노 젓는 소리가 무시로 들려온다[35]　櫓聲□無時

앞의 시들은 근래에 지은 졸고(拙稿)입니다. 기록하여 드리니 질정해 주시기 바랍니다. 혹 제공(諸公)들의 한 마디 말이라도 들을 수 있다면 또 매우 다행이겠습니다. 황송해서 이만 줄입니다.

제술관과 세 분 서기 여러분이 모두 이에 대해 언급해 주십시오.

비전주 문학(備前州文學) 정통희(井通熈)
돈수재배(頓首再拜)[36] 하고 원고(原稿)를 드립니다.

---

34 경수(瓊樹) : 전설에서, 옥이 열린다는 나무.

35 원문에 한 글자가 결락(缺落)된 듯하다.

36 돈수재배(頓首再拜): 머리를 조아리고 두 번 절함. 편지나 상소문의 말미에 써서 경의를 표하는 말.

제암(濟菴)이 평하여 말하였다. "유리병 속의 한 줄기 매화입니다."

"그대의 작품은 아름답고 세련되어 빼어난 기운이 있으니, 두 번 세 번 펼쳐보고 음미하면서도 손에서 놓지를 못했습니다. 오는 길에 여러 시인들의 작품을 많이 보았는데, 모두 청신(淸新)과 생동감에서는 남음이 있었지만 기운에서는 조금 부족했습니다. 지금 족하께서는 홀로 일세(一世)에 전할 수 없는 기운을 터득하셨으니, 가히 부상(扶桑)에서 빛이 난다 하겠습니다. 다만 밤 시간이 너무 짧아 제 마음을 곡진하게 다 설명할 수 없는 것이 한(恨)이니, 여기에 두고 가시면 계속 이어서 볼 수 있을 듯한데, 어떠신지요?"

구헌(矩軒)이 쓰다.

구헌이 말하였다. "짐(鴆)은 곧 독주(毒酒)인데, 어떻게 쓰신 건지 모르겠군요."

난대가 말하였다. "옛날에 평납언(平納言)이 결혼을 하고 본주(本州)에 있는 산에 유배를 온 적이 있었는데, 독주를 마셨는데도 아직 명(命)이 박해 죽지 못하자 끝내는 깊은 계곡으로 몸을 던져 질려(蒺藜)에 찔려서 죽었습니다. 그래서 이 같은 연구(聯句)가 있게 된 것입니다."

또 말하였다. "이 짐승의 가죽은 이름이 무엇입니까?" 어떤 이가 가죽 주머니를 하나 들고 왔기에, 그를 시켜 물어보게 하였다.

구헌이 말하였다. "이것은 수달 가죽인 듯합니다."

또 말하였다. "이 주(州)의 문학 하는 선비는 이 자리에 있는 여러 대아(大雅)들 외에 또 몇 사람이나 더 있습니까? 족하께서는 어느 문하에서 수업을 받으셨길래 성취한 바가 그토록 탁월하십니까? 사시는 곳은 여기에서 거리가 얼마나 됩니까? 돌아가는 길에 남은 즐거움을 다시 이을 수 있겠는지요."

난대가 말하였다. "본주에 문학이 약간 명 있는데, 모두 본부(本府)의 학교와 향학(鄕學)에 있습니다. 저 같은 사람은 고루(固陋)하고 과문(寡聞)하니, 어찌 더불어 말할 게 있겠습니까? 선생께서 추어올리고 칭찬해주시니, 몹시 얼굴이 붉어짐을 느낍니다. 저는 동도(東都) 사람으로 임좨주(林祭酒)에게 20년간 수업을 받았습니다. 경신년에 본주(本州)에서 벼슬길에 올랐는데, 곧 문학이 되었습니다. 임씨의 학문은 오로지 성리학만을 말하고, 국내에서는 우러러 사모합니다. 대대로 백년 동안 업을 삼아 봉직(奉職)했습니다. 조정의 좨주(祭酒)는 이름이 신충(信充)이고 자는 사희(士僖)이며, 종 5위(五位) 대학두(大學頭)입니다. 신묘년(1711)·기해년(1719)에 경연강관(經筵講官)으로서 귀방(貴邦) 선배 제공(諸公)들과 함께 궐하에서 주선하였습니다. 이제 공들께서 동도(東都)에 도착하신 날을 맞아 꼭 객관으로 와서는 감히 뜻을 전달하느라 번거롭게 해드렸습니다. 그 아드님 신언(信言)[37]은 자가 자공

37 신언(信言) : 임신언(林信言, 하야시 노부유키, 1721~1774). 에도시대 중기의 유학자.

(子恭)이고, 종 5위 도서두(圖書頭)를 맡게 되었습니다. 이 사람도 객관으로 와서 저와 같은 뜻을 말씀드릴 것입니다."

구헌이 말하였다. "반드시 가르침대로 하겠습니다."

제암이 나의 부채를 가져다가 '위북춘천수 강동일모운(渭北春天樹 江東日暮雲)' 열 글자를 써서 돌려주었다.

난대가 말하였다. "부채를 주심이 커다란 옥[38]을 얻어 정을 나눈 것 같은 느낌입니다. 후의(厚意)에 깊이 감사드립니다."

또 말하였다. "수창(酬唱)을 여러 번 거듭하느라 밤이 깊어지는 줄도 몰랐습니다. 그만 물러가고 훗날 다시 뵙기를 도모하렵니다. 그러나 내일 아침 배가 천리 먼 곳으로 떠나게 되면 만나지 못할 것이니, 이

임봉곡(林鳳谷)·등신언(藤信言)이라고도 한다. 주자학파 유학자인 하야시 라잔(林羅山)의 하야시가(林家) 5대로 쇼군(將軍) 도쿠가와 요시무네(德川吉宗)를 섬겼다. 1748년 조선사신을 접대하였고, 종오위하(從五位下) 도서두(圖書頭)가 되었다. 1758년에 가독(家督)을 이어 대학두(大學頭)가 되었다. 1748년 통신사행 때 조선사신과 만나 '원(源)'자 도서(圖署)를 찍지 아니하고 또 약군(若君)의 성명을 쓰지 않은 채 도장만 찍은 회례단자(回禮單子)에 대해 해명을 하였다. 1764년 통신사행 때 국서에 대한 회답서(回答書)를 지었다. 이때 정사 조엄(趙曮)과 증답한 시문이『해사일기(海槎日記)』에 남아 있고, 조선 문사와 수창한 시가『한관창화(韓館唱和)』에 수록되어 있다.『한관창화』의 서문도 지었다.

38 커다란 옥 : 공벽(拱璧)은 두 손으로 에워쌀 만큼 커다란 옥이라는 뜻이며, 진귀한 물건의 범칭이다.

것이 한스럽습니다. 또한 돌아오시는 그때를 기다릴 뿐입니다."

구헌이 말하였다. "만나고 헤어지는 자리마다 남은 심회(心懷)가 그저 암담합니다. 돌아오는 길에 평소 쌓아두었던 회포를 다 풀기를 희망할 뿐입니다."

17일, 여행객 행렬은 비에 막혀 배를 출발시키지 못했다. 이날 저녁에 또 창수(唱酬)가 있었다.

필어(筆語)는 다음과 같다.

석상(席上)에서 여러 선생께 받들어 드리다
席上奉贈諸先生

난대(蘭臺)

만 리 안개와 파도에 떠오는 청한주[39]	萬里烟波靑翰舟
뭇 신선 수레를 멈추니 해구에 물결 이네	群仙停駕海門流
일곱 성인 양성에 이른 자취[40]를 어찌 논하랴	寧論七聖襄城轍
비단 닻줄에 바람 높아 파도가 두우성을 스칠 듯	錦纜風高拂斗牛

39 청한주(靑翰舟) : 배의 이름. 새 모양을 새기고 푸른 빛깔을 칠하였다.

40 일곱 성인 양성에 이른 자취 : '칠성(七聖)'은 전설에 나오는 황제(黃帝)·방명(方明)·창우(昌寓)·장약(張若)·습붕(諧朋)·곤혼(昆閽)·골계(滑稽) 일곱 사람을 가리킨다. 『장자(莊子)』「서무귀(徐無鬼)」에 "황제가 구자산으로 대외를 만나러 갔다. 방명이 마부가 되고 창우가 참승이 되며, 장약과 습붕이 앞에서 인도하고 곤혼과 골계가 수레 뒤를 따랐다. 양성의 들판에까지 와서 이들 일곱 성인은 길을 잃었으나 누구에게 길을 물을 데가 없었다.[黃帝將見大隗乎具茨之山, 方明爲御, 昌寓驂乘, 張若、諧朋前馬, 昆閽·滑稽後車, 至於襄城之野, 七聖皆迷, 無所問塗.]"라는 내용이 있다.

난대께서 석상에서 주신 운에 받들어 화답하다
奉酬蘭臺席上惠韻

구헌(矩軒)

맑은 술에 많은 마음 담아 외론 배를 찾아와주니 淸尊多意訪孤舟
이 사람들 부상에서 첫째가는 사람들이라 人是扶桑第一流
붓 아래서 천천히 마음 속 생각을 풀어놓으니 筆下恢恢解地臆
제군들 솜씨 이미 완숙해졌기 때문일세[41] 諸君因已目無牛

난대께 받들어 화답하다
奉酬蘭臺

제암(濟菴)

아득한 비바람 속에 다시 배를 멈추니 蒼茫風雨又停舟
옥 같은 바다에 천 개 봉우리 비취빛 흐르는 듯 瑤海千岑翠欲流
돌아보며 웃나니 화계의 반백 늙은이 回笑花溪斑鬢叟
백 길의 파도를 건너 황우[42]를 지나갔다고 牽江百丈過黃牛

41 완숙해졌기 때문일세 : 『장자(莊子)』「양생주(養生主)」에, "제가 처음 소를 잡을 때는 눈에 보이는 것이란 모두 소뿐이었으나, 3년이 지나자 이미 소의 온 모습은 눈에 안 띄게 되었습니다.[始臣之解牛之時, 所見無非牛者, 三年之後, 未嘗見全牛也.]"라는 구절이 있다. 후에 '목우무전(目牛無全)'은 기예가 익숙하고 정밀한 것 또는 계획이 뛰어난 것을 이르는 말로 쓰이게 되었다.

42 황우(黃牛) : 장강(長江)의 협곡 이름. 산의 바위가 누런 소와 같다 하여 이렇게 부른다.

난대의 석상운(席上韻)에 받들어 화답하다
奉和蘭臺席上韻

해고(海皐)

안개와 노을 자욱한 이곳 삼도[43]에 배를 매니 三島烟霞此繫舟
나그네 마음 바다처럼 해 뜨는 동쪽으로 흐른다 羈心如海日東流
행장은 이미 가벼운 물결 따라 가니 行裝已信輕鮫纚
문자와 규범에서 어찌 풍마우[44]를 논하리오 文軌何論風馬牛

'심(心)'자를 써서 '등(燈)'을 읊다
用心字詠燈

구헌(矩軒)

외론 마을의 저녁 빛 산그늘을 만들고 孤村晩色教峯陰
깜빡이는 비단 등롱의 불빛 온 절에 짙구나 明滅紗籠一院深
해외에서 서로 친하며 천 리 고향을 꿈꾸니 海外相親千里夢
술잔 앞에서 저마다 고향 생각 깊어지네 樽前各助兩鄉心

43 삼도(三島) : 전설상의 봉래(蓬萊)·방장(方丈)·영주(瀛洲) 세 개의 바다 위 선산(仙山)을 말하는데, 대개 선경(仙境)을 지칭한다.

44 풍마우(風馬牛) : '풍마우불상급(風馬牛不相及)'의 의미. 멀리 떨어져 있어 구애하는 마소가 서로 만나지 못한다는 뜻으로, 서로 아무 관계가 없음을 비유한다. 『좌전(左傳)』 「희공(僖公)」 4년 조에 "그대는 북해에 있고, 나는 남해에 있으니, 바람난 말과 소도 서로 미치지 못하는 거리이다.[君處北海, 寡人處南海, 唯是風馬牛不相及也.]"라는 기록이 있다.

문 앞에서
門前

제암(濟菴)

높은 누대엔 달도 없이 어둠 속에 빗줄기만	高樓無月雨陰陰
한 점 미명은 비단 돛에 짙구나	一點微明錦帳深
무심히 생겨난 외론 꽃그림자도	等閑結作孤花影
파도 너머 고향 그리는 마음 위로하지 못하네	難慰雲濤故國心

'등(燈)'을 읊다
賦燈

해고(海皐)

황혼의 그림자 귤꽃 그늘에서 나오고	黃昏影出橘花陰
누대에는 흐리고 짙은 명암이 드리웠네	明暗樓臺有淺深
밤새도록 여관에서 잠들기 어려워	通霄旅館難成夢
오래도록 나그네 마음 만 리를 달리게 하네	留助行人萬里心

'영등(詠燈)' 한 수를 지어 질정(叱正)을 구하다
詠燈一首求正

난대(蘭臺)

푸른 등불 한 점은 종이창에 그늘을 만들고	青燈一點紙窓陰
홀로 지새는 밤 쓸쓸히 빗소리만 무성하다	獨夜蕭條雨聲深

바다 기운 아득히 꿈속에 들어온 후엔	海氣茫茫侵夢後
그저 만 리 떠난 나그네 마음만 가련할 뿐	偏憐萬里客中心

또 첩운(疊韻)하다

又疊

구헌(矩軒)

방울방울 고래 기름으로 저녁 그늘 깨뜨리니	點點鯨膏破夕陰
타향에서 나누는 글과 술에 두 마음 깊어지네	異鄕文酒兩情深
서로 보며 주르륵 눈물 자국 드리우니	相看脈脈垂殘淚
시름겨운 사람 홀로 밤 지새는 그 마음 아는 듯	似解愁人獨夜心

석상에서 다른 사람의 운을 써서, 기록하여 자봉 선생께 드리다

席上用人韻錄奉紫峯先生

난대(蘭臺)

만 리를 떠나온 이 밤	萬里行遊夕
그 누가 들리는 빗소리 견딜 수 있으랴	誰堪聽雨聲
그대가 채색 붓 휘두르는 것 알고 있으니	知君揮彩筆
잠시나마 객중의 정을 풀어주시게나[45]	暫□客中情

45 원문에 한 글자가 결락(缺落)된 듯하다.

학사의 운에 또 차운하다
又次學士韻

백 척의 누대 앞에 여섯 척 배를 매니 百尺臺前繫六舟
망망한 바다는 저 혼자 부질없이 흘러간다 茫茫海水自空流
일찍이 이 땅에는 기이한 절경 많다 들었는데 曾聞此地多奇絶
산세가 의젓하여 누운 소 같구나 山勢依然似臥牛

네 분 현사(賢士)께 드리다
奉四賢

제암(濟菴)

빙 두른 바다 아득한 곳에 또 구주가 있으니 環海茫茫又九州
떠도는 꾀꼬리 울음 다하자 높은 누대에 오른다 流鶯啼盡上高樓
구름 깊고 요초 핀 이곳 어딘지 모르겠는데 雲深瑤草不知處
바람 가득 안은 신선 배 때때로 혼자 머무네 風滿仙舟時自留
하룻밤 묵는데도 어찌 부처님 자비 없으랴만 一宿那無桑佛戀
다시 만나려면 귤 향기 나는 가을 기다릴 밖에 重逢惟佇橘香秋
조감[46]이 떠난 후 이제 천년이 흘렀는데 晁監去後今千載
누가 삼신산에 꽃 피고 새 울게 하였는지 誰領三山花鳥遊

46 조감(晁監) : 당 현종(唐玄宗) 때 비서감(祕書監)을 지낸 일본인 아베 나까마로(阿倍仲麿)의 중국 명호(名號)로, 조형(朝衡) 혹은 조경(晁卿)으로도 불렸다. 천보(天寶) 12년(753)에 배로 귀국하던 중 난파를 당한 끝에 안남(安南)에 표박(漂泊)했다가 다시 당나라에 온 뒤 70세의 나이로 죽었다.

오언율시 한 수를 드리며 훗날 화답해 주실 것을 바라다
五律一首 奉要異日覿和

해고(海皐)

하늘은 드넓고 바람은 시원하니	天長風氣濶
남북이 하나같이 텅 빈 골짜기[47]로다	南北一歸墟
삼신산에 요초 피어 있는 곳	瑤草三山處
황금빛 새는 모든 나라의 처음부터 함께했네	金烏萬國初
시정 사람은 귤나무 많이 심었고	町人多橘樹
산굴에 있는 객은 누대에 살기 좋아하네	峒客好樓居
말 많은 풍속이라 묻는 것 번거로운데	譊俗煩相問
등불 앞에 밤비가 성글다	燈前夜雨踈

구헌이 말하였다. "오늘 비에 막혀 또 청아(淸雅)한 거동을 받들게 되니, 하느님과 뜻이 통하였나 봅니다."

난대가 말하였다. "삼가 후의를 받아들이겠습니다. 배가 가야 하는데 비에 막혀, 계속해서 청아한 궤범(軌範)을 보게 되니 저로서는 지극한 행운입니다. 기거가 평안하시니 축하할 만합니다."

구헌이 말하였다. "나그네인 저로서는 비에 길이 막혀 마음이 답답하고 괴로웠는데, 이렇게 좋은 모임을 갖게 되니 이 적막함을 없앨 수

47 텅 빈 골짜기 : 원문의 '귀허(歸墟)'는 발해의 동쪽 바다 속에 있는 곳으로, 모든 물이 모인다는 깊은 골짜기를 말한다.

있었습니다."

해고가 말하였다. "어젯밤 마침 병이 나서 제현(諸賢)의 의범(儀範)[48]을 접하지 못했으니, 이것이 유독 한(恨)이었습니다. 그런데 오늘 다행히 조금 나아서 함께 자리할 수 있게 되어 매우 기쁩니다."

난대가 말하였다. "선생께서 어젯밤 병이 나셔서 저희들이 성대한 의범(儀範)을 받들 수 없었는데, 오늘 모실 수 있게 되어 매우 다행입니다."

해고가 말하였다. "네 분 현사(賢士)의 성함·칭호를 보고자 합니다. 저의 성은 이(李)이며 이름은 명계(命啓), 자는 자문(子文), 호는 해고(海皐)입니다. 남겨주신 시장(詩章)은 감사히 받겠습니다. 이미 모임이 끝나서 나아가 화답할 수 없었던 것이니, 왕래하는 사이에 어찌 감히 끝까지 성의(盛意)를 저버리겠습니까?"

난대가 말하였다. "삼가 후의를 받아들이겠습니다. 제가 받은 감명(感銘)을 어찌 다 표현할 수 있겠습니까?"

해고가 말하였다. "어젯밤 필담에서 '석갈(釋褐)' 두 글자가 있었으니, 이것은 등과(登科)했음을 말하는 것입니다. 그런데 귀방(貴邦)에는

48 의범(儀範) : 본보기가 되는 규범. 모범이 될 만한 태도.

본래 과거시험이 없으니, 무엇 때문에 이렇게 말씀하셨는지 모르겠습니다."

난대가 말하였다. "'석갈(釋褐)' 두 글자는 일반적으로 쓰이는 말입니다."

서애(西涯)가 학사에게 시를 써주기를 구하였다.

구헌이 써서 보여주며 말하였다.

"'등(燈)'이 곧 제목이며, 칠언절구이고 운자는 '음(陰) · 심(深) · 심(心)' 입니다."

난대가 말하였다. "등(燈)을 읊은 칠언절구 세 수는 각각 '침(侵)'운을 사용한 것입니까?"

구헌이 말하였다. "어찌 꼭 세 수이겠습니까? 세 글자를 가지고 한 편을 더 압운하였지요."

난대가 말하였다. "제공(諸公)께서 쓰신 관의 이름은 무엇이라 합니까? 알려주시기를 청합니다."

구헌이 말하였다. "제가 쓴 것은 고후관(高後冠)이고, 제암 · 해고가 쓴 것은 동파관(東波冠)입니다."

난대가 말하였다. "석상에서 지으신 율시에 '하룻밤 묵는데도 어찌 부처님 자비 없으랴만(一宿那無桑佛戀)'이라는 구절이 있는데, 무엇을 말하는 것인지 모르겠습니다."

구헌이 말하였다. "승려는 뽕나무 아래에서 3일을 자지 않습니다."[49]

석상(席上)에 사자관(寫字官) 자봉(紫峯)이 들어왔는데, 이 사람은 중국의 성음(聲音)을 잘 알고 있어 우리들의 시를 낭송해 주었다.

난대가 말하였다. "자봉(紫峯) 군의 성자(姓字)는 들어본 적이 없으니 알려주시기를 청합니다. 일찍이 들으니 족하께서는 서법[50]을 공부하셨다고 하는데, 혹 써주신 글씨를 받을 수 있다면 또한 지극한 행운이겠습니다. 저의 성은 정(井)이고 이름은 통희(通熙), 자는 자숙(子叔)이며 호는 난대(蘭臺)입니다."

---

49 승려는……자지 않습니다 : 불교에서, 출가한 사람은 뽕나무 아래서 삼일을 묵지 아니하여 의지하고 사랑하는 마음이 망령되이 일어나는 것을 방지한다는 설이 있다. 『후한서(後漢書)』「양해전(襄楷傳)」에 "승려가 뽕나무 아래서 사흘을 묵지 않는 것은 오래 머무는 동안에 애착이 생기지 않게 하려고 해서이니, 정진(精進)의 극진함이다.[浮屠不三宿桑下, 不欲久生恩愛, 精之至也.]"라 하였고, 이현(李賢)은 주(注)에서 "승려로서 뽕나무 아래에 기숙하는 사람은 사흘이 지나지 않아 곧 떠나가니, 이로써 애련(愛戀)의 마음이 없다는 것을 보임을 말한 것이다.[言浮屠之人寄桑下者 不經三宿便卽移去 示無愛戀之心也]"라고 하였다.

50 서법 : 원문의 '임지(臨池)'는 서법(書法)을 익히는 것 또는 서법을 말한다. 후한(後漢)의 장지(張芝)가 못 가에서 글씨 연습을 하고 벼루를 씻어 못물이 새까맣게 되었다는 고사가 있다.

자봉이 말하였다. "저의 성은 김(金)이고 이름은 천수(天壽), 자는 군실(君實)이며 호는 자봉(紫峯)입니다. 관직은 2품입니다. 필력이 비록 거칠고 졸렬하지만 족하께서 달라고 하시니, 조금 써드리는 거야 무엇이 아깝겠습니까?"

난대가 말하였다. "'홍의(弘毅)' 두 글자는 가로로 써서 주시면 매우 다행이겠습니다. '극락당(極樂堂)' 세 글자 역시 번거로우시겠지만 큰 글씨로 써서 주십시오. 모두 편액(扁額)으로 쓸 것이니, 감히 청합니다." 이날 밤 자봉이 글씨를 써서 객관에 있는 사람에게 맡겨 전해주도록 하였다.

해고가 말하였다. "네 분 현사(賢士)의 연세를 감히 묻습니다. 저의 나이는 서른다섯입니다."

난대가 말하였다. "청봉(青峯)의 나이는 마흔여섯이고 형석(荊石)의 나이는 꽉 찬 쉰입니다. 서애(西涯)는 스물여섯이고, 저는 병술생(丙戌生)입니다."

또 말하였다. "이것은 제 친구의 두 아이가 쓴 것입니다. 선생께서 한 말씀 해주시기를 바랍니다."

구헌이 다음과 같이 제(題)하였다. "이름난 망아지 걷고 뛰는 모습, 멀리 속진(俗塵)을 뛰어넘으니 근골(筋骨)이 굳세도다. 창파와 같은 서체 점점이 새로워, 지어내기 어려운 솜씨로다. 열 살 왕씨 아이의 필력과 같아, 세상에 알려졌다면 응당 위부인(衛夫人)[51] 울렸으리라."

해고가 말하였다. "열두 살 아이의 글씨인데도 이미 종요(鍾繇)·왕희지(王羲之)의 유의(遺意)가 담겨 있고, 팔 아래에는 속기(俗氣)가 없으니 기이하군요! 기이합니다!"

난대가 말하였다. "성대한 모임에서 다시 여러분을 모시고 아름다운 시들을 얻었습니다. 저희들은 훗날 기쁘게 만나 뵙기를 도모하겠습니다. 그저 밤이 짧은 것이 한스럽습니다. 이만 물러가겠습니다."

---

51 위부인(衛夫人) : 진(晉)나라의 서예가로, 자는 무의(茂猗). 왕희지(王羲之)가 그에게서 서법을 배웠다고 전한다.

牛窓錄

井通凞 編次

延享五年戊辰四月十六日，朝鮮國信使，抵備前州牛窓港。正使，吏曹參議，洪公啓禧，遣譯官問焉，曰:“此土，緣何有牛窓之名耶?”本州督學使某，修其答辭曰:“古者，我神皇過海時，有牛妖，其臣多力，拔牛角而轉去，故曰‘牛轉’，後世爲牛窓，蓋以本邦訓詁之相近也。”

是夜唱酬筆語如左

奉呈製述官三書記列位案下 蘭臺

建牙吹角出東韓，豈憚山河跋涉難。制度猶存周禮樂，文章並屬漢衣冠。使臣啣命珪璋色，賓幕傾杯琥珆寒。聞道國風論欲遍，當年縞苧待君看。

王事靡監，賢勞何加?方抵於期，曷勝懽慶?僕姓井，名通凞，字子叔，號蘭臺，備前州文學。玆承州命啓接杖履，獲奉盛範，爲幸多矣。謹錄鄙律，聊敍下懷，第念諸大人一芟潤之，莫以荒拙見棄也。倘蒙採納，伏希和教。

井通凞頓首拜稟。

奉酬蘭臺惠韻 矩軒 朴學士

得遂生平願識韓，人生休道會心難。魚龍蜿蜿迎紅旆，牛斗垂垂滿竹冠。天入滄波帆影遠，詩成獨夜雨聲寒。孤舟漠漠春光盡，西北歸雲倚棹看。

再用前韻 奉酬矩軒朴學士吟次 蘭臺

扶桑海路隔三韓，箕子流風欲見難。玉帛千年修聘地，館臺群客進賢冠。卽今傾蓋交初定，此處乘槎興不寒。更與慇懃堪勸酒，座中誰似故人看。

奉和蘭臺惠贈韻 濟菴

筆力那能踵杜韓，褭雲潮颶路何難。三山草色侵棕纜，四月花陰潤錦冠。邂逅浮萍滄海大，蒼茫脩竹畫樓寒。相携苦恨芳雪短，一別惟應夢裏看。

再用前韻 奉酬濟菴先生吟吹 蘭臺

仙曲詩家表大韓，方知白雪和歌難。蓬萊交映金銀樹，滄海偏勞獬豸冠。夜雨侵燈波影濶，客窓揮筆月陰寒。皇華兼屬東遊意，好是浮萬湘里看。

席上奉贈矩軒朴學士 蘭臺

大帆如月映波濤，彩筆相輝氣象高。此去青霄仙路遠，到時應熟海東桃。

又步蘭臺席上韻 矩軒

詩書汗漫犯風濤，寄宿鰲山畫燭高。片語何能窮造詣，奇才元似不言桃。

又依前韻 奉酬矩軒先生 蘭臺

畫舫東來萬里濤，十州佳氣綵雲高。那知賓館青燈下，更有瓊琚報木桃。

席上奉贈濟菴詞伯 同

翩哉書記筆含花，詞賦新篇耀國華。忽見虹霓千丈氣，不知誰摘海天霞。

奉和蘭臺 濟菴

錦纜炯洲拾石花，故園歸夢只京華。三山咫尺犁然笑，一幅青箋蔡少霞。

又押前韻 奉酬濟菴詞伯 蘭臺

高筵陪遊剪燭花，海邦詩興慕東華。看君燦爛文章色，何讓天台山上霞。

奉和 濟菴

高樓微雨剔燈花，萬里東來見鬓華。欲記人生萍水會，扶桑咫尺醉流霞。

此詩但有奉和二字，未知與誰某也。某乃援筆曰："謹承高和，未有與僕之意，似是泛應，敢請。"

濟菴卽書呈蘭臺三字。

朴學士曰: "萬里間關得入仙境, 而又蒙諸大雅賁顧, 兼以瓊貺, 何幸加之? 僕姓朴, 名敬行, 字仁則, 號矩軒, 年三十九。"

濟菴曰: "萬里航海, 無異, 十九人之隨來, 一席班荊, 獲蒙二三子之臨顧。山川秀異之氣, 固知, 炳靈有人, 翰墨淋漓場, 何幸以文相會。僕姓李, 名鳳煥, 字聖章, 號濟菴。惟庚寅以吾降。"

蘭臺曰: "僕聞諸道路, 足下以正使道書記來, 果然否?"

濟菴曰: "然。"

蘭臺曰: "登科以來, 歷官見任, 委詳見示。前輩諸公, 抵此皆然, 故請。"

濟菴曰: "登癸丑, 進士, 歷官大理丞, 見任大倉郎。"

蘭臺曰: "副使道、從事道二記室, 姓字尊號未審聞, 敢見敎示。"

濟菴曰: "副使記室, 醉雪柳公, 名逅, 字子相。從事記室, 海皐李公, 名命啓, 字子文。"

蘭臺曰: "韓韻疊和, 勿勞高念, 唯是近作鄙稿, 伏乞敎誨。是夜將闌, 謹竢他日賜。"

玉井樓 春望 得霞字

仙人樓閣映烟霞, 此處春風日欲斜。聞道天壇雲五色, 朝來結作玉蓮花。

三月晦日牛窓口號

浦口長(長字恐梗)雲雨色愁, 歸心日夜寄東流。誰知客裏春將盡, 極目天涯萬里舟。

過平納言舊故

空山明月憶長安, 峽水應憐千里看。遷客離憂顏色改, 佳人消息淚痕寒。蒺藜風雨蒼崖斷, 鴆酒杯盤白露乾。片石雲深荒隴上, 楚囚何處泣南冠。

登鹿浦賓光寺閣

豁達千山路, 蒼茫萬里潮。仙蹤棲鳥雀, 梵宇雜漁樵。備聽風濤壯, 攀跡雲樹遙。窓陰臨下界, 晚色正蕭條。

國城後苑寓目 苑中有臨漪軒望湖閣

城樓高擁白雲涯, 河水林塘晚氣賒。一自芻蕘隨雨露, 能令苑囿駐烟霞。巖泉半落漪軒水, 嶺樹平臨湖閣花。聞說省耕遊豫地, 春來瑞雉逸行車。

牛窓客舍 寄友人

臺樹下瞰海氣重, 矯首秀出千萬峯。夜來桂罇邀明月, 碣石雄篇盪人胸。東南諸島地相接, 潮水來往不可涉。君有仙骨蹈長風, 輕擧直向蓬萊宮。指點虛無縹緲路, 獨弄瑤笙五雲中。自誇意氣製千鯨, 歸時不覺玉壺傾。

金剛精舍小集 次友人韻

香刹高臨積水開, 諸天縹緲彩雲隈。濤聲萬疊垂風落, 帆影千群至岸廻。瓊嶋人驅秦帝石, 金鰲月滿梵王臺。同游作賦東林會, 偏羨當時陶令才。

溫泉詞三首 贈友人

溫泉宮樹數峯開, 輦路依然日月廻。碧瀾春蒸仙液色, 流霞應瀉故人杯。

山氣晴搖百尺潭, 白雲千疊樹如藍。不知何處題名地, 花滿琉瑠古佛龕。

憶昔宸遊駐翠峯, 曾經承寵內園花。至今瓊樹千行色, 更屬山中父老家。

牛窓雨中偶題

蒼茫藍浦(雨), 不辨遠帆移。客舍臨南岸, 櫓聲無時。

右近作拙稿, 錄奉求正。 倘蒙諸公之一語, 則又至幸也。 惶竦不次。

製述官三書記列位, 均此及之。

備前州文學 井通熈

頓首再拜稿奉。

濟菴評曰: "瑠璃瓶裡一枝梅花。"

"貴作佳鍊, 有逸氣, 再三披玩, 不能釋手。來路多見諸諸詩人作, 而皆淸警有余, 而氣則稍遜。今足下, 獨得一世不傳之氣, 可以生色扶桑。秖恨夜漏甚短, 無以畢此衷曲明, 若留此, 則可繼此而得見否?"

矩軒題。

矩軒曰: "鴆卽毒酒, 未知以何裁用之也。"

蘭臺曰: "在昔, 平納言成親, 謫本州中山, 仰鴆尙薄, 遂墮深谷, 蒺藜所刺而終, 故有是聯。"

又曰: "此獸皮, 何名也?" 或携一皮囊來, 令其問之。

矩軒曰: “是似水獺皮也。”

又曰: “此州文學之士, 此座上諸大雅之外, 更有幾人? 足下傳業於何門而所成就如彼卓爾也? 貴居去此幾何? 歸路, 可以更續餘懽耶?”

蘭臺曰: “本州文學, 有若干員, 皆在本府學校及鄕學。如僕固陋寡聞, 何足與議也? 先生推賞, 深覺赧顔。僕東都人, 受業林祭酒二十年矣。庚申釋褐本州, 卽爲文學林氏之學, 專唱性理, 海宇嚮風。世業百年奉職。朝廷祭酒, 名信充, 字士僖 從五位大學頭。辛卯己亥, 以經筵講官與貴邦前輩諸公周旋闕下。 方今公等抵東都之日, 必當來館中, 敢煩致意。其令嗣信言, 字子恭, 見任從五位圖書頭。此人亦入館中來, 講致吾意。”

矩軒曰: “果如教。”

濟菴取某扇書, ‘渭北春天樹江東日暮雲’ 十字, 而還之。

蘭臺曰: “扇面之貺, 如獲拱璧交情之感。伏謝厚意。”

又曰: “酬唱疊疊, 不覺夜闌。切辭去, 更謀異日之奉耳。然明晨發船千里奉違, 是可恨也, 亦惟竢回程之時耳。”

矩軒曰: “逢場別筵, 餘懷黯然。準擬歸路, 以畢素蘊耳。”

十七日, 客行阻雨, 不能發船。此夕, 亦有唱酬。

筆語如左。

席上奉贈諸先生 蘭臺

萬里烟波靑翰舟, 群仙亭駕海門流。寧論七聖襄城轍, 錦纜風高拂斗牛。

奉酬蘭臺席上惠韻 矩軒

淸尊多意訪孤舟，人是扶桑第一流。筆下恢恢解地臆，諸君因已目無牛。

奉酬蘭臺 濟菴

蒼茫風雨又停舟，瑤海千岑翠欲流。回笑花溪斑鬓叟，牽江百丈過黃牛。

奉和蘭臺席上韻 海皐

三島烟霞此繫舟，覊心如海日東流。行裝已信輕鮫鱷，文軌何論風馬牛。

用心字詠燈 矩軒

孤村晚色敎峯陰，明滅紗籠一院深。海外相親千里夢，樽前各助兩鄕心。

門前 濟菴

高樓無月雨陰陰，一點微明錦帳深。等閑結作孤花影，難慰雲濤故國心。

賦燈 海皐

黃昏影出橘花陰，明暗樓臺有淺深。通霄旅館難成夢，留助行人萬里心。

詠燈一首求正 蘭臺

青燈一點紙窓陰，獨夜蕭條雨聲深。海氣茫茫侵夢後，偏憐萬里客中心。

又疊 矩軒

點點鯨膏破夕陰，異鄉文酒兩情深。相看脈脈垂殘淚，似解愁人獨夜心。

席上用人韻錄奉紫峯先生 蘭臺

萬里行遊夕，誰堪聽雨聲。知君揮彩筆，暫客中情。

又次學士韻

百尺臺前繫六舟，茫茫海水自空流。曾聞此地多奇絶，山勢依然似臥牛。

奉四賢 濟菴

環海茫茫又九州，流鶯啼盡上高樓。雲深瑤草不知處，風滿仙舟時自留。一宿那無桑佛戀，重逢惟佇橘香秋。晁監去後今千載，誰領三山花鳥遊。

五律一首 奉要異日覯和 海皐

天長風氣濶，南北一歸墟。瑤草三山處，金烏萬國初。町人多橘樹，峒客好樓居。諳俗煩相問，燈前夜雨踈。

矩軒曰："今日阻雨，又奉淸儀，似是天公會意。"

蘭臺曰: "謹領厚意。舟行阻雨, 獲繼見淸範, 僕之至幸也。起居珍廸可賀。"

矩軒曰: "旅客阻雨, 懷緖無聊, 得此良會, 可置此寂寥耳。"

海皐曰: "昨夕適有賤疾, 不能接諸賢儀範, 殊以爲恨。今幸少愈, 得一同席, 多喜。"

蘭臺曰: "先生, 昨夕有貴志恙, 僕等不獲奉盛範, 卽今陪接杖屨, 多幸。"

海皐曰: "四賢氏名稱號奉覽矣。僕姓李, 名命啓, 字子文, 號海皐。留章感領。業已罷會, 不得卽和, 往還間, 豈敢終孤盛意?"

蘭臺曰: "謹領厚意, 感佩何罄?"

海皐曰: "昨夜筆談, 有釋褐二字, 此乃登科之名, 而貴邦本無科第, 不知緣何有此名耶。"

蘭臺曰: "釋褐二字, 泛用耳。"

西涯, 求詩題於學士。

矩軒, 書示曰: "燈卽題之七言絶句, 陰深心。"

蘭臺曰: "詠燈七絶三首, 各用侵韻乎?"

矩軒曰: "何必三首耶? 以三字滾押一篇也。"

蘭臺曰: "諸公冠名云何? 放請敎示。"

矩軒曰: "俺之所着, 卽高後冠, 濟菴海皐所着, 卽東波冠也。"

蘭臺曰: "席上律詩, 有一宿那無桑佛戀句, 不知何謂。"

矩軒曰: "浮屠不三宿桑下。"

席上, 寫字官紫峯入來, 此人善華音, 朗誦某等詩。

蘭臺曰: "紫峯君姓字, 未曾聞, 放請見示。嘗聞足下工臨池之技, 倘蒙寫賜, 則又至幸也。僕姓井, 名通熙, 字子叔, 號蘭臺。"

紫峯曰: "僕姓金, 名天壽, 字君實, 號紫峯, 官職二品。筆雖荒拙, 足下有求, 何惜多少?"

蘭臺曰: "弘毅二字, 橫排一幅以賜之, 則幸甚。極樂堂三字, 亦要煩大筆, 皆係扁額, 敢請。" 是夜 紫峯, 書以付人而致之。

海皐曰: "敢問四賢年紀。僕年三十五耳。"

蘭臺曰: "青峯年四十六, 荊石年盈五十, 西涯二十六, 僕以丙戌生。"

又曰: "此是僕友人二兒所書也。伏希先生之一語。"

矩軒題曰: "名駒步驟, 逈超塵, 筋骨勁。滄波點新, 難製手。王兒十歲筆, 世聞應泣衛夫人。"

海皐曰: "十二歲兒心畫, 已有鍾王遺意, 腕下無俗氣, 奇哉奇哉!"

蘭臺曰: "再陪盛會, 辱惠佳律。僕等謀他日之和奉耳, 但恨短宵。切欲辭去。"

【영인자료】

善隣風雅・牛窓錄

善隣風雅

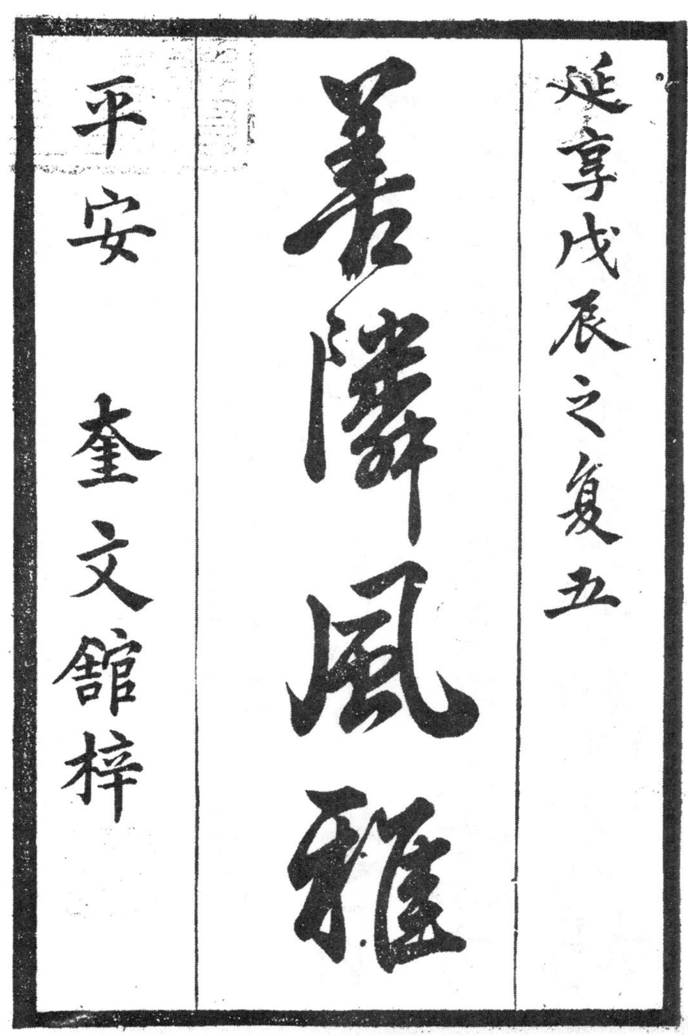
延享戊辰之夏五
善隣風雅
平安　奎文館梓

善隣風雅集序

以集之叢於善隣風雅集○焉

大東治化之隆○亦可以見矣○乃

至瀧西寺鄰和尚○及老人士四方

之人○韓客相遇酬詠○瀬氏始

而刻之。同存余也。卑又以余叙

於亞陵李子之子。既集也。

矣。大東治化之逢。亦不

以見也。萬李子之世祿也。當若

古稱孫子八公是之。故李子先陵日安子等

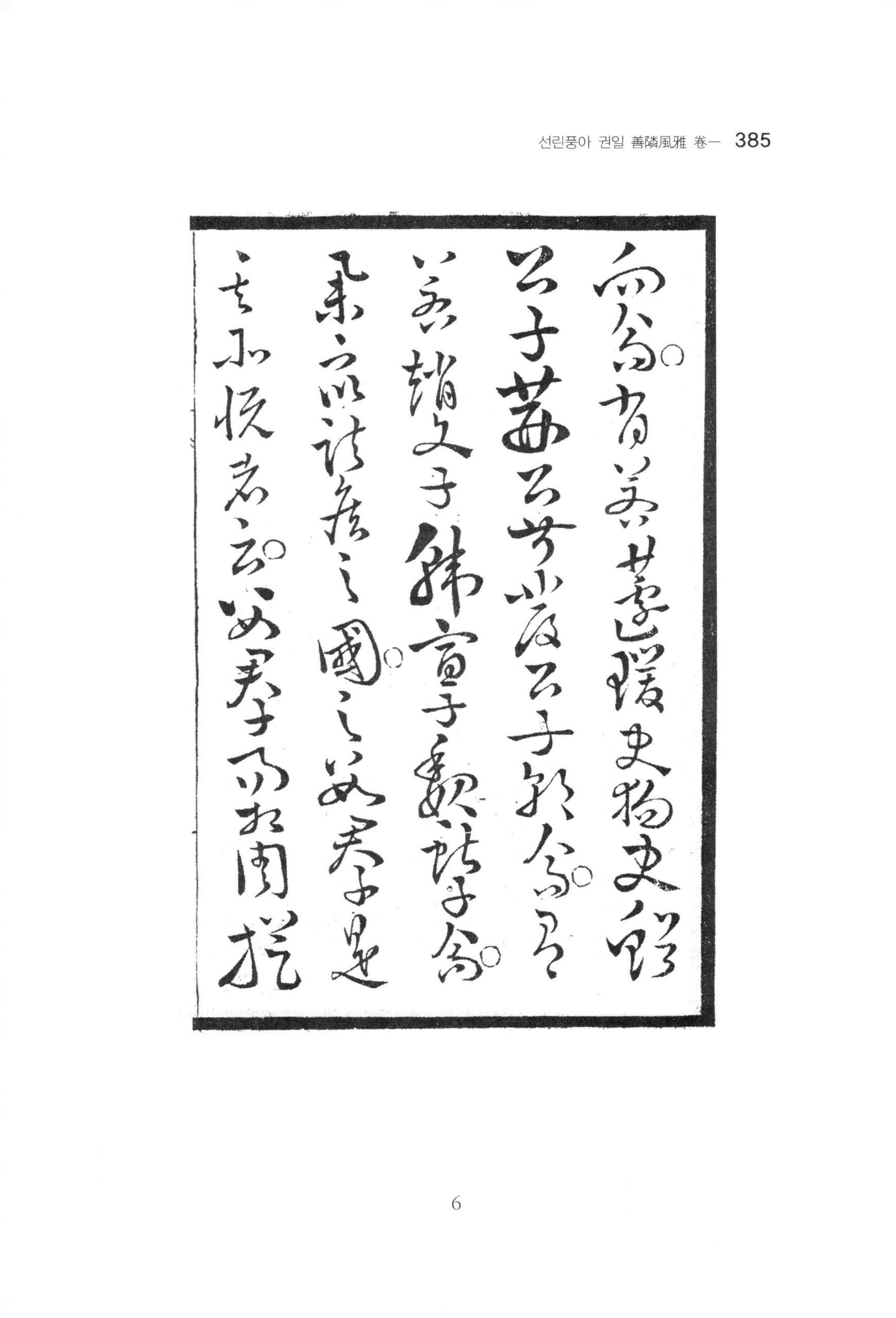

季子於禮文也。出於其君之是。
美之稱之觀樂魯也。果者
之也。諸死者之言之於季子於
其君也。以稱季子之觀於魯也。
望之其君子則不也。改史司見之也。此城者

時當春秋之時。擇乎善於之
公室。遠時之而生於此。然君子畏爾。
詩以字聘之事。亦之於歸。
之人之至於詩也。使以修搢人焉。於
是也。其習斷如尚。而其斷之禮。

象胥之學。僻封人以觀。必以之者
至於郊也。有此僕輩。當備之
亦見於此集。亦以擬季子之觀
周魯之樂。謠之辰之。吾 大東
治化之盛。亦以聲而以見表風雅。

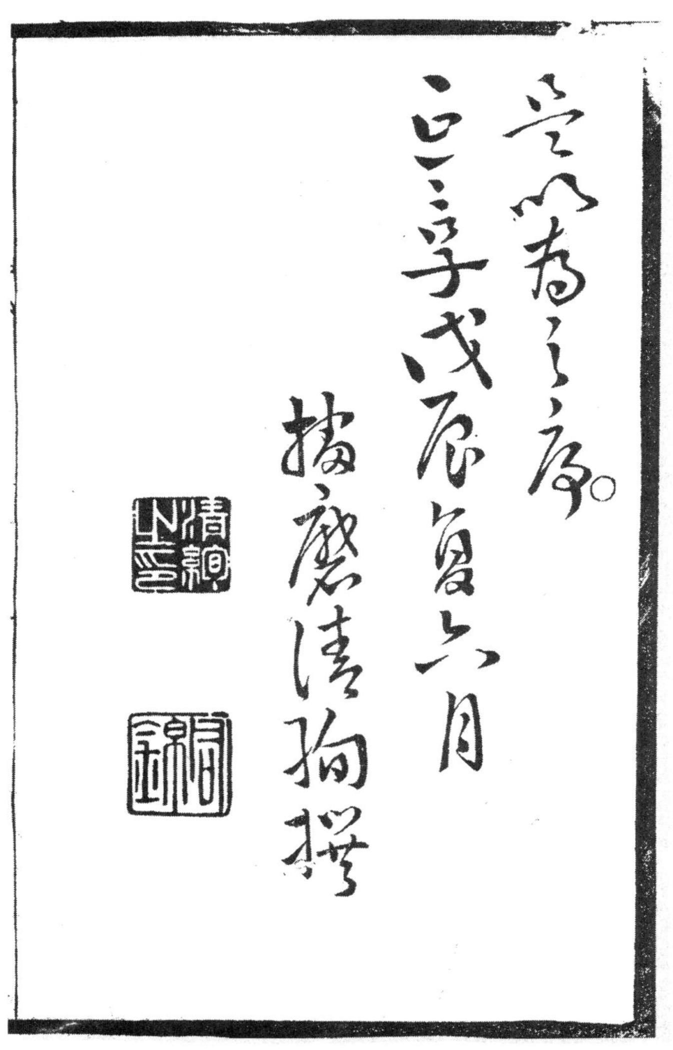

是以為之序。
延享戊辰夏六月
播磨清絢撰

通信使一行座目

正使通政大夫吏曹叅議知製教洪啓禧字純甫號澹窩本南陽年四十六

副使通訓大夫行弘文館典翰知製教兼經筵侍讀官春秋館編修官南泰耆字洛叟號竹東本宜寧年五十

從事官通訓大夫行弘文館校理知製教兼經筵侍讀官春秋館記注官曹命采字疇卿號蘭谷本昌寧年四十九

上々官三員

僉知朴尙淳字子淳號竹窓年四十九
僉知玄德淵字季深號踈窩年五十五
僉知洪聖龜字大年號壽菴年五十一
上判事三負
僉知鄭道行字汝一號靜菴年五十五
訓導李昌基字大卿號廣灘年五十三
主簿金弘喆字聖叟號蓀真齊年三十四
製述官
典籍朴敬行字仁則號矩軒年三十九
書記三負

奉事李鳳煥字聖章號濟菴年三十七
奉事柳逅字子相號醉雪年五十九
進士李命啓字子文號海皐年三十五
次上判事二員
主簿黃大中字正叔號蒼崖年三十四
副司猛玄泰衡字稱久
押物判事四員
判官黃垕成字大而號敬菴年五十四
僉正崔鶴齡字君聲號芳洲年三十九
主簿崔壽仁字大來號美谷年四十

判官崔嵩齊字汝高號水菴年五十九

良醫一員

幼學趙崇壽字崇哉號活菴年三十四

醫員二員

主簿趙德祚字聖哉號松齊年四十

主簿金德崙字子潤號探玄年四十六

寫字官二員

同知金天壽字君實號紫峯年四十

護軍玄文龜字耆叔號東巖年三十八

畫員

主簿李聖麟字德厚號蘇齋年三十一

正使軍官七員

副使軍官七員

從事官軍官七員

別破陣二人

馬上才二人

理馬一人

典樂二人

伴倘三人

騎船將三人

以上自上々官至上官次官五十二員人

都訓導三人

卜舡將三人

禮單直三人

廳直三人

盤纏直三人

小通事十人

小童十六人

三使臣奴子六人

一行奴子四十六人
吸唱六人
使令十八人
吹手十八人
刀尺六人
炮手六人
纛奉持二人
形名旗奉持二人
節鉞奉持四人
旗手八人

以上中官一百六十三人
下官二百六十二名内
騎卜舡沙工二十四各一依中官例支供事
沙門兼堅號曻巖別稱洪崖又曰芝林現住龜山
天龍子院三秀
櫻井良翰字子顯但州出石人
小林浚字文泉號福浦播磨人
狹山菅榮浪華人
瀨尾維德字士恭號桂軒平安人
千良重字鼎臣號夢澤尾州名古屋人 附男井知亮 文詩

善隣風雅第一集

小徒 周省 録

延享五年戊辰二月既望朝鮮國通信使釜山浦開帆卽日晡時到對馬州鰐浦而下碇同廿四日船着于府城之濱太守暨予各駕樓船出迎希崎三月五日予偕太守初訪三使賓館饗接最款迎送奏樂其翌羞錙作申謝之次呈拙什於三使并學士等

奉呈 正使大人閣下莞削 翠巖

両邦齊是泰和春使節堂々自善隣箕聖遺風儀表

盛檀君大業典刑遵旌旗影映卿雲美冠蓋輝含瑞
日新勝會何圖接高範賓筵氣色笑相親

奉呈 副使大人閣下笑正 同

千里王程國信通日華晴上榑桑東錦帆隨浪入津
口鏞節和霞輝府中海晏祲今修典禮隣交振古共
誠東逢迎異域青雲客迺識車書本自同

奉呈 從事大人閣下莞正 同

奉命軺車出漢城威儀濟ゝ一朝榮大溟波穩帆檣影
二月風微管籥聲標致知君元逸格瓜投愧我欲同盟
情洲山水頗多勝到處揮毫寫景情 三使無和有下他日可和呈之辭

贈製述官朴詞伯 同

箕邦詞客特超倫文旆翩来桒域濱花木風香供綺
席柳條煙燄占青春樽前業與襟期解筆下抽才藻
思新大禮元由誠信篤殷勤同賀是良辰

奉和 洪崖長老惠贈韵却寄 矩軒朴仁則

高笑廬山慧遠倫何年盃渡日生濱情通萬里波中
棹詩帶千花齊後春鼓吹聲連清磬近袈裟色照錦
筵新王程渺々無時了南極明還望北辰

再酬 矩軒詞伯二首 翠巖

筵隨使節幾同倫書劍淹留白鳥濱才敏名譽衛極

斗詩成格調類陽春虎崎波静風煙羨鶴嶺雨過桃
李新對酒只當消客況勿言枌里阻參辰
才士風情絶等倫倚欄遊目大溟濱飛花冉々雨中
色芳草青々野外春隣睦已知通信久夙縁且喜結
交新須勞彤管分明記盛事今年在戊辰

奉和 洪崖長老再疊韻二首 雉軒朴仁則

空門不肯舍天倫王事關身住海濱梵唄遠穿蓬島
雨蒲團坐看橘林春低回南浦花初落怊悵西峯月
欲新漫把詩愁淹節序敢言行色動星辰
方丈誰言禮有倫形骸欲忘大瀛濱檀煙松飯蕉無

劫柏岸棕籬別有春滄海眼窮千界幻東風詩到十洲新羈愁兀々難消泊又退殊方百五辰

贈記室濟菴李詞伯　　翠巖

星槎千里御風來海面潮平晴色開今有雞林文物盛翩々書記不群才

奉和芝林光師惠贈韻　　濟菴李理章

春山梵響海潮來曉起雲箋幾幅開流水落花無色界遠公禪趣浪仙才

銀浦春星錦颿來桃花初落惠雲開滄海應添三笑畫係毫贏得八叉才

東樓曉磬有時来說法春林亂石開薝蔔花中身未到碧雲先歎惠休才

再酬濟菴詞伯　翠巖

新詩時落案邊来浣手焚香忽展開玉振金聲風調別初知唐後有奇才

聲價方馳日域来詞華蔟錦勃然開豈將綿力堪相敵可謂令時繡虎才

異客慇懃寄字来不知青眼幾時開吾曹從是傲風月堪愧元非休已才

奉和芝林長老惠贈韻　濟菴李聖章

清水芙蓉雨帶来客愁春逐佛香開石泉槐火經寒
食夢起臨皐憶辮才
鮫人錦杼夜剪来南國春雪雨不開拈起鏡中花一
朶崚嶒佛骨貯僊才
身似孤雲度海来東林何日攢眉開木犀香下瘗無
隱萬象森羅八斗才
天花終日遶菴来淨水楊枝貝葉開蠹心惠識玲瓏
處風氣分明不圓才
扶桑隣誼百年来縞紵神交翰墨開未到巳公茅屋
下客茶林枕總詩才

神融名字各忘來意到形骸點撥開俗禮休論南北
國天機且問漢唐才

贈記室醉雪柳詞伯　翠巖

箕域英才詩賦雄駸々筆勢拂煙虹今隨星使來修
睦千載隣交在此中

和呈　芝林禅伯方丈　醉雪柳子相

詩有高奇筆自雄華函照日欲生虹東天笑指虛無
路三島煙霞嘯傲中

再酬醉雪詞伯　翠巖

馬州勝槩地形雄遠客來槎氣作虹從此東行宜極

月芙蓉雪色半天中

和呈　芝林禪伯方丈　醉雪柳子相

掃却筍蔬句語雄橫空百道看晴虹詩家脫略元常

事尚在禪翁默識中

贈記室海臯李詞伯　翠巖

渤澥去潮逐曉生風帆一日度千程隣封雅客此相

會翰墨場中樂泰平

奉和　芝林老師惠贈韵　海臯李子文

隔岸春宵遠磬生雨中冠珮滯王程虎溪三笑臨滄

海芳草萋々望欲平

茶煙裊旭湍樓生飛錫天風問水程春院詩来嵐翠
濕晝鐘鳴後遠潮平

再酬海皐詞伯　　翠巖

東方雲散日華生幾疊關山隔道程喜得隣交修大
禮春風無處不和平
客裡有時詩興生回頭故國白雲程鶯花撩亂春陰
半何日相逢襟宇平

奉和　洪崖長老惠贈韵　　海皐李子文

恒沙千刼了無生詩酒參禪豈有程翰墨不知春雨
隔朗唫相望緣蕪平

滄海殊明暖靄生隔林連日作詩程空山花水閑禪韵旗鼓東来我罢平

錦席相看道韻生畫船高揖記榜程穿花金石声〻到争慰羈人恨未平

投報瓊瓜已半生詩家款識有常程文字各應存國俗雅交終不有難平

又以一律要和

瓊林卓錫杳前身錦衲華冠暫肅賓詩自去来寒食雨人令惆悵異方春梅檀火冷花先悟龍象錘横石已神祇許齋鐘時度峤不堪雲塢隔煙濱

和呈海皐記室贈韻　翠巖

四友城中曾委身隨軺今作大方賓衣沾空底愁聽
雨花落風前惜減春已識金鷗躍名字故看緑筆著
精神鷗盟日々漸當熟旅館近憑滄海濱

贈僉知壽菴洪詞伯　同

連年解逅異邦人笑結眉毛情最親爲賀公程總無
恙千山萬水一般春

謹次　芝林老師惠贈韻　壽菴洪大年

今年人是去年人再涉雲波意更親王事關心文墨
裡不知風雨已殘春

再酬壽菴詞伯　　翠巖

方外詩盟有此人聲音通解足相親長亭短堠東關
路到處吟哦賞晩春

贈寫字官金玄二士　　翠巖

雞林存妙手海外大名傳多得伯英肉擬來張旭顛
筆端雄氣象紙上起雲煙令見一雙璧騰輝日國天

和呈　斫菴長老道案　　金天壽君實

閑門山館雨佳什忽來傳公豈浪僊瘦吾慚海岳顛
東槎間日月南國好風煙為客驚春晩鶯花老各天

和呈　斫菴長老道案　　玄文龜耆叔

菴後雲外望詩自雨中傳筆力觀懷素禪機悟大顛
千花寒食曉一帆十洲煙愧乏古釵脚交輝色相天

呈 三使詩小引 翠巖

疇昔之集再接儀範飽沐款眷宛如在于和氣一
團之中而觸並蘭蕙草之馥郁分外至幸不可以
加焉 不惠 林下檮杌人間贅疣不意叨奉
國命獲與於千載睦
隣之勝會恭喜之餘席上詩成退而塗抹不顧醜陋
聊以奉呈 三使大人閣下切仰電矚兼希莞正

善隣通信太平年三鳳齊飛臨綺筵闔國春風多美

瑞筵歌筵沸百花前三使無和有他日可和呈之辭

奉呈 洪崖長老方丈 矩軒朴仁則

月色泉聲繞上方袈裟獨擁滿林香嵬々禪榻臨滄
海高並鍾山太守堂
花落雲飛祇自知松茶一碗磬聲遲歸心不印方池
月空是禪宗色是詩

和呈 矩軒學士惠韵 翠巖

劍佩棄春客異方旅亭花落殘香吾詩多似佛離語
一見知君咲哄堂
法界煙霞知不知虛窓獨坐日遲々分明造物元無

畫寫作禪餘一片詩

奉呈 芝林老師方丈 濟菴李聖章

青棕紫竹隱鐘聲寒食樓臺燕子輕三島煙霞徐市遠九僧蔬筍皎然清鉢龍噓雨濛々積崖石鬪經點々橫看畫桃花無一語佛緣詩道兩圓成

和呈濟菴記室贈韻 翠巖

衆鳥喃々求友聲微風淌院半簾輕老來偏覺詩脾渴睡後只丹茶氣清靜坐佛樓空翠藹頻望賓館暮雲橫彩牋一幅投吾去句格天然唐味成

超溟即事贈呈矩軒學士及三記室 翠巖

大瀛令利涉風須一天晴煙際蜃樓湧波間鼉鼓鳴
九州還杳渺五島漸分明経歷半千里下帆日影傾

奉和　芝林和尚惠寄韻　矩軒朴仁則

王室通萬里落々六帆晴鯨沫欄頭迴鮫機枕上鳴
青天花嶼出南紀畫旗明古寺春猶在維舟且細傾

奉和　芝林長老惠贈韻　濟菴李聖章

萬里鋪青縠天公會事晴飄然曉纜去泊處午鐘鳴
蛟蜃雲連黑珊瑚日射明千花春佇客帆外半欹傾

奉和　芝林長老惠贈韻　醉雪柳子相

僊舟齊榜出雲日十分晴浩々風波靜嘈々皷笛鳴

山憐蓬外翠鷗愛棹前明一唱還三歎詩來意每傾

奉和 芝林長老惠贈韻 李子文

何限淹春雨開颿積水晴不知山雖静猶似杞樓鳴
潮落村如迴花飄岸失明鄉心日以遠吟望曙河頃

岐島雨中共蘭菴拈唐詩 矩軒

獨立天風滿渚蘋洪濤猶貸一島巾殘書可續三山
夢白酒能知萬里人舟楫千家陵麥雨衣冠十日島
花春百宦已喜迎行李兩境今無報點塵

又疊 同

前村煙氣幕洲蘋異域東風滿竹巾蓬島瑤花迎使

節薩州竊叙映詩人幽篁古寺長鳴雨短棹南天不
記春何幸同文成永好蟠桃欲老海生塵

同　　　　　　　　　　　濟菴

南征舟檝渺登蘋孤島蒸霞邑幅巾雲際樓臺淹使
節雨中茶酒浔詩人風煙信美非吾土花樹無情已
晩春洛浦僊蹤空入羨凌波羅襪不生塵

又　　　　　　　　　　　同

鳴潮衰々沒青蘋宿瘴依々滿角巾雨院留成連日
語雲波歸作各天人憐吾夢落莱州岸知子愁長馬
島春欲識班荊千古意喜看芝宇淨無塵

同　海皐

風潮一任打芳蘋病起天涯不整巾多少雕梁通燕子尋常眯霧隱鮫人草香蓬島初移纜花落桃源偶洩春笑問詩家三昧境金篦刮眼煙無塵

又　同

浦溆多風不定蘋落花深院滿衣巾茶烟隨意空留客樓櫓無情詎記人海上忽来何處雨天涯相遇異方春舟連館路閒来往青竹欄邊不起塵

同　五好堂李士迪

東風海岸客愁蘋半醉高吟不用巾舟楫可尋方丈

路文章堪愧異邦人桃花落地還成土松翠依山每
得春煙雨愽津回首望孤忠已作百年塵
岐島雨中雜林群英同蘭菴賦因用其韻二首
翠巖
落日和煙汀上蘋又看柳絮點紗巾青眸相喜論詩
客白首何愁對酒人雁去長天空帶雨花飛孤島漸
過春風流勝集偏堪羨拂盡九衢名利塵
浦口潮收風動蘋東遊異客醉歌巾疎鍾時響迷煙
島小艇晚歸侵雨人旅況縱堪悲故國豪吟且可貴
殘春詩中自有渾然氣識得襟懷脫世塵

疊依原韻自攄　　　　翠巖

吾生亦似泛波蘋寄傲船窓小葛巾詩癖從來嘆薄
俗閑懷每自慕高人海天漠漠未晴雨烟景蕭蕭欲
盡春連日抱痾添放懶空教筆硯委埃塵

壹岐舟中五首贈呈學士三記室僉榻下　翠巖

壹島停橈久船窓午影長東南時縱目肥筑海茫茫
風腥天欲雨舟子忽眠穩蓬底窮無爭暮鐘何自來
細雨花空褪客中春已深何時驂雅輩相適奏吟襟
萍踪飄然碧海間神馳迢遞舊家山不知何日風帆

力破浪行過赤馬關

大韓槎客此留行西顧鄉關隔杳程春事闌珊落花雨想應不耐官遊情

舟中卧病二首贈呈學士三記室僉案下　翠巖

自憐客裡抱微痾伏枕蓬窓日已多海路悠々幾千里夢魂飄忽入嵯峨

生涯元不繫行止任風波力疾強題句奈君好事何

奉和　芝林和尚惠贈韻七首　矩軒朴仁則

枕席霏微風海間磬聲先霽一岐山滄洲昔夢饒鳧鷺眼慣塵中倚伏關

詩書顚倒浪中行卧數銀河月裡程萬里殘燈風雨
夜孤琴猶保故鄕情
瘴雨孤舟遠春風故國長夢魂勝眼力一夜度微茫
南船五色幔北船千丈桅中有小紅艇雨裡載詩来
孤棹遅〻蓬詩来春雨深君應花滿榻我欲月爲襟
瘴衣孤舘卧吟病南海杯舟厚意多靈隱菴中無色
相東林笑裡有洋哉
十日滂沱雨北風狂倒波桃李已無奈將如躑躅何

奉和　芝林長老俯贈韵七首　濟菴李聖章

黃錦褁裳綵帳間折蘆行色度銀山東院燒香留弟

子白雲深處掩禪關
煙波打鼓畫船行天際山横不計程青樱彩壓桃花
岸又作春燈幾夜情
隔海望僊嶠僅如眉黛長斯須身忽到回顧又蒼茫
翠壁殷晴鼓春雲濕畫槎雪山千萬疊應是步虛來
晚下浮橋去晴雲一院深邃緣絲繡佛花氣潛春襟
觀濤無計起沉痾板屋飛花藥最多春鳴南國雲千
疊三峽歸心月在哉
葳蕤花上雨前路阻雲波故菴春有夢芝草問如何
奉和　芝林長老惠贈之韻七首　醉雪柳子相

閣着征舟傍渚蘋濛々煙瘴墊烏巾明珠百解談詩
座旅榻三宵卧病人孤島雲愁滄海雨故山花落子
規春扶桑此去無多路惆悵齊州隔幾塵
笙簫響徹紫雲間春盡蟠桃海上山却恨塵埃緣未
了頹然一枕夢鄉閑
連旬風雨滯舟行東望烟波萬里程何幸　禅翁留
好偈辛勤慰此倦遊情
熏人瘴氣若沉痾添得霜毛兩鬢多天外富山差強
意何時黛色對峩々
雲海幾千疊迢々歸夢長天西時矯首落日下蒼茫

客意瞻雲逈春愁隱几深多謝東林老詩來悅對襟
雨暗雲圍島風馳雪捲波樓船回泛泛今日意如何

奉和　芝林長老惠贈韵七首　李子文

微茫一島始人間花麥參差忽辨山山外魚龍波萬
疊眉教去夢到鄉關

十日淹留一日行春宵不寐計前程禪家瓶鉢隨緣
在應笑根塵未忘情

三月扶桑雨千花海日長家鄉時暫忘意到一蒼茫

浪靜還翻日風微不動艣時時海上雨如自北方萊

老師禪誦處春雲深復深長風同渡海山月隔踈襟

客愁春坐復成痾枕上雲波落日多身似坡翁曾謫
海可憐無盡寄岷峨

一年來往路萬古積滄波惆悵花全落歸鴻柰爾何

再用原韻酬矩軒學士及三記室僉床下　翠巖

滄海魚龍出沒間珞層影落雨餘山此行萬里因王
命何憚衝波度二關

風逆客舟難進行海雲萬疊是鵬程蓬窓忽有詩筒
接方外深知繾綣情

濡滯空連日客心萬丈長〻鯨吹浪處眼界雪山茫

風濤愁遠客何日豎高桅汀上白鷗鷺相親去又來

詩窮身亦困春晩恨偏深瓊報連翩至明輝透客襟
堪謝群賢為起痾滿箋佳句慰情多何圖教我許相
識徽外清音洋且峩
僊槎依島嶼維纜對煙波有待班荊話諸君意奈何

奉和　芝林長老再疊韵八首　矩軒朴仁則

明信元來可薦蘋皇華南國映綸巾海雲涵日明殘
雨岸樹留花照遠人列島解遮千里眼孤舟坐送一
番春問君頂上摩尼色閲盡宗門幾劫塵
故國猶存指點間病眸無力記青山長垂瞑雨東南
海不借長風上下關

雨裡南船不肯行春雲漠漠滿遙程西峰夜夜花間
磬猶作殷懃十日情
羈愁寥落轉添病酒榼登高落照多是日西岑新物
色青羅傘下竹冠峩
落日雲生席孤村春映波高歌與盡管日日醉無何
旅宿孤花落家書白浪長殘春餘數日客轉蒼茫
橋煙雙棹遠蓬屋一燈深滿眼春波色三山映素襟
截浪如奔馬風旗掣半桅帰時團作隊柁後曳鯨來

奉和　芝林長老再疊韻　　濟菴李聖章

西舫東船錦浪開百室相送度三山碧桃花下仙家

出鼉吼龍吟始不關
天海相爭日月行雨帆強半滯雲程金盤笑見鯨魚
膾多少三山震盪情
孤蓬霧雨抱春痾逐水僊花曉更多看楔題詩俱畫
裡鳥飲一顧岸峩々
異域傷花鳥煙暉浸積波支頤思故國春睡入無何
日覺桃花少春隨風雨深欲知身遠近南斗近人襟
花雲渾一氣春纜紫厓長故國山幾點亭午夢微茫
花近三春佩雲傳萬里桅篙工曉相報晚霽有風来
奉酬　芝林長老再疊韻七首　海阜李子文

虚菴遥隔白雲間畫舫来依一片山人世佛恩猶未
報百年鄰幣每相關
春畫東行々復行扶桑拂日水為程幾家同作風波
夢嵩雒浮雲夜々情
客愁自如海春宵不可長西風催解纜故國日茫々
悠々滯風雨春港久連橈小艇常通岸詩處白去来
同来雲漢々相望雨深々易識馬州舫桐花滿作襟
殊方衾枕日吟病高麥層坡見穗多愁裡起看天際
路浪花今古白嵯峨
梵傳息鮫鰐杯渡任風波前夜廉神社搏扶意若何

壹島客亭漫成寫呈矩軒學士三記室僉榻

翠巖

天今何不止陰雲日夜連焉更時作崇巽二亦有權
積雨春翻凜洪濤打客船客船頻搖動争禁蓬底眠
當似宿醒者坐臥眼將眩命駕急登岸儐接禮最虔
客舍賀而稚花樹列檻前一夜高枕寐夢裡意安然
忽忘風波險躹々到曉天曉來天始霽海嶠斂雲煙
願言百靈護布帆不日懸

奉酬芝林長老惠贈韵

矩軒朴仁則

蓬窓報夕霽星河森相連風水互成文花鳥孰争權

明燈布港口不分南北舩樓雨裡行錄山鐘寄孤眠
奇遊定窮源冥觀欲透玄放眼中幅廣獻心王事處
春風入絲管魚龍舞我前不敢計帰日前程尚渺然
東絳羅帳分此萬里天吾欲倩龍眠畫月兼畫煙弁
寫今夜詩終身卧內懸

同　　　　　　　　　　　濟菴李聖章

上天下無地積氣青相連剗剗聖人智凌奪造化權
但見赤日昇流光南北船回瞻陽雲寺不信滯雨眠
瑤岑靈草紫赤水僊珠玄王靈亂鱗讋佛力香火處
各將歡喜緣落成千花前栽詩付金鯉擲地何鏗然

蘭苕翡翠影輝映兜率天大界一浮萍共此滄洲煙

朗誦六如偈恵月為誰懸瓊韻中眩字考貴國韻書則杲在先韻而我國韻書無此字故代押他字悚甚

同

海臯李子文

文幣通南化禪門得恵連花鳥入三昧海嶠泰無權

曾聞隔雲磬壽僊出洋船風濤夜滿岸春舫寄孤眠

檀香與茶雨寶偈妙通去一笑臨虎溪三絶愧鄭虔

羈愁忽相失詩到每花前菩樹長幾許尼珠一烱然

萍水本無定萬里各分天何當一拍肩共問三山煙

他時明鏡臺相望月長懸

古體一首贈呈 矩軒學士三記室僉榻下

翠巖

箕域文章鵬舉才圖南萬里雙〻来春風得時齊展
翼垂天雲霞邪馬臺暘谷日華昡相映青山碧海影
裴徊顧告眇與斥鷃同長年安身一枝中如今偶覩
盛大狀且怪且驚意何窮勿笑強自呈小技矍然不
忍望高風

奉和芝林長老惠贈韵 矩軒朴仁則

道林神韻皎然才何年小杯東渡来蘭箋不帶蔬筍
氣雲月爛熳天花臺拄杖柴樹下一杯酒且為皇華暫

徘徊邂逅孤舟萬里同寄宿岐州寒雨中獨夜檣燈
耿相隣詩情未窮春先窮注目禪舟作指南明日落
帆何山風

同　　濟菴李聖章

水月禪心錦繡才三生惠業參如来笑摘扶桑五色
蘭奇紋陸離金銀臺窮源海客偶相遭赤岸畫檣春
徘徊山河大地佛性同落花游絮天機中蒲團幾時
許揮麈三峽詞源談不窮儒禪賓主汗漫遊在水中
央候天風

同　　酔雪柳子相

我是東遊欲論才聯翩但逐星槎来客舍寥寥或吟
詩春岡蕩蕩時登臺横笛一聲天空濶雲飛鶴盤中
徘徊芝林老師舟楫同有時詩騰汗漫中一唱三歎
有餘音令人俯仰吟不窮早晩天公倘借便泠然共
馭列子風

同　　海皐李子文

我慚華國本無才隨槎且復東南来暮投山舘愁風
雨朝從海市看樓臺異方風土多疾病坐擁衾枕休
裴徊喜得老師襟期同藹戕題詩春夜中南斗迢迢
北極深借問此路何時窮一日千里詔西皇明朝試

問棣花風

贈呈　矩軒學士三記室各榻下　翠巖

肥鸞島外一岐濵十日留連異域人瘴氣偏蒸山色濕韶華欲盡鳥聲頻前程闊遠愁窮目西極斟斜空慘神堪羨客中詩賦與王楊盧駱每相親

奉和　芝林長老惠韻　矩軒朴仁則

衣冠坐屬鵲河濵天際春雲解管人短笛東風花景暮孤蓬南極雨聲頻只將歲月供王事敢謂文章慴海神滄々波中留不去白沙鷗鷺日相親

同　濟菴李聖章

山似青蠔著水濵魚吹花氣故薰人高僧隔面詩猶
到遠客傷春雨劇頻晝舫桐紋知別島石門椒醑賽
何神浮萍偶漾空明界三秀異香喜獨親

同　　　　　　　　　醉雪柳子栢

浩蕩身浮鷗鷺濵那知不是水雲人滄洲向月停杯
久搖島看雲歎枕頻交自從成方外契詩應得助海
山神未曾一諾青蓮社未去鄲筒意默親

同　　　　　　　　　海皐李子文

千樹桃花淸漢濵天涯来作夢中人詩書絶域追隨
遠衣服經春改換頻鄰幣至今無大海　王靈終古

有眀神愁来送盡依々白雲在殊方不肯親

再用原韵答矩軒學士暨三記室見和二首

翠巖

雞林四傑具奇才大手妙揮彩毫来文字變作雲五色掩映蜃氣結樓臺樓乍滅雲未散蓬萊山頂且非細又不見儒釋元来絕異同俱在天覆載中萬慮相忘交唱和餘歡如湧何其窮華箋三復時擧首鳥鶴一聲入晚風

連舟空滯大洋濱方外幸遭騷雅人同癖只歎傾蓋晚厚情且喜遞筒頻才齊李杜元無歉字倣鍾王自

有神勿厭蕭葭叨倚玉新知何異舊知親

贈呈五好堂李高士　　翠巖

護衛三星使何辭向日東腰間橫寶劍手裡執彤弓
肅々威儀壯植々氣勢雄更驚襟度雅詞賦奪天工

和呈芝林長老詞案　　五好堂李士廸

望宸雲在北隨節海開東潮退催攙攬風鳴撫角弓
山河心共遠天地氣徒雄多荷禪翁意新詩更覺工

善隣風雅卷一終

善隣風雅
二

善隣風雅 卷二

客中送春二首贈呈學士三書記各案下

翠巖

澤國春云暮愁人誰與依花空山寂〻鐘濕雨霏〻
唯慣看漁艇未能拂客衣凌波青帝駕今日向何歸
天涯春已盡怊悵客留船蓬滴簾纖雨衣熏黯淡煙
九旬歸夢裡萬境落吟邊添得無窮恨暮雲叫杜鵑

奉和 芝林長老送春韵 矩軒朴仁則

春光舍我去萬象日依〻遠樹搖新綠殘花隱煙霏
尚淹波上棹翻換篋中衣臨水登山處那堪悵送歸

怊悵三春色支離萬里船空林怨花鳥古島減風煙
曉夢寄天末雨聲繞客邊前山有古廟停纜聽寃鵑

同　　　　　　濟菴李聖章

衆緑繁如許殘红遂不依啼禽凄院落芳草積烟霏
久帶愁蘭槳稍暄試紵衣奔濤與返照蕩漾只同歸
島麥高齊壠汀花落滿船悠〻瞻日月脉〻散雲煙
惆悵芳尊側緋細積水邊故鄉千萬里無奈夜寃鵑

同　　　　　　海阜李子文

水暖鳴曽別花飄蝶不依芳痕但萋緑餘怨尚煙霏
五滯浮溟檝三更向洛衣相將到殊域萬里悵先歸

莫恨春将去惟應秋返舩麥黄山度雨雲晚樹如煙
寄夢當天末憑愁到日邊不知人倚棹終夜有啼鵑

舟發一岐夜抵藍島賦呈學士三書記詞案

翠巖

天風驅宿雨海日照遐陬柁樓頻擊鼓港口炮作[illegible]
錦帆時齊桂片〻影潮頭脚底鮫人室靈彩其焉廋
風定正亭午艤興坐悠〻却顧一岐地漸已隔滄洲
行〻直指點雄勝是九州山怪碧屏列身疑畫裡浮
日落迫玄界蒼茫程且脩舟子偏盡力牽纜不暫休
乘夜依藍島景急堪冥捜自欲理行卷燒燭拭雙眸

願假四瀾筆分明記僊遊

到赤馬關舟中　翠巖

帆外雲連九筑山豊城樹色晩暉間大韓星使蔵難
渇彩氣光浮赤馬關

舟著上關又用前韵　同

峰巒對立幾青山影落大溟微渺間好是恩風吹[illegible]
盡千帆飛度兩雄關

奉呈芝林道案下　矩軒朴仁則

相望落〻日有注想意外惠以華翰兼有畫蓮之
貺披覩珍感曷佳區〻謹以兩絶庸寓鳴謝之懷

不腆之物唯乞笑領
彩箋幾續同文夢畫箑仍多却暑功鏃列舟中邀白
日箱根嶺上借清風
孤舟幾夜宿風瀾花落豊城客夢寒空館贈余明月
影歸時應驗七回團

和韻却謝　矩軒學士惠筆并墨二首　華巖

客鄕相伴管城子来鬪文房第一功盛貺殷勤兼藻
繪友情不減昔人風
浮杯萬里久家瀾鷺友鷗盟不寒多謝高人兩般
賜好同陶楮共成團

赤間關得芝林師便面之貺謹以詩謝

濟菴李聖章

迹供雲濤險情深錦簏貽團圓見明月披拂有清飔
花鳥描春色金銀爛綵絲西緘留篋笥每歲慰相思
上人還我指端月何以報之瓜報瓊愧無山谷龍蛇
筆潤草黃鸝空復情

次韻却謝濟菴記室贈五明　翠巖

此物偏宜夏勝他錦綺貽攜來遮赫日揮處引涼颸
談柄換毛拂詩媒撥髮絲荷君襟義厚標致轉堪思

又

異方扇子歸吾手似瀉崑山一片瓊明月清風塵外
贈詎庸可謝哲人情

芝林長先有五箑之惠謹以五絶三章奉謝

醉雪柳子相

窖々蓬房底蒸炎四月中白苧衣何力空思架壑松
雲蒸水氣熱床簟自無功但羨沙頭鷺難呼木杪風
山翁五使面何啻百朋金颯々臨生座灑然披我襟

次韵奉謝醉雪記室惠扇三首

翠巖

氣蒸南海路何耐坐舟中揮箑清人意猶如風入松
五明堪把玩長夏有奇功何料今親觸大韓儒士風

古今同一揆交道貴蘭金且喜忘機去言之遠素襟

謹謝　芝林長老惠贈便面　海皐李子文

匪以物爲美感其情甚長瓜瑙慚不敵裘帶願無忘

制謝蒲葵陋功參羽翮涼南方驚早熱時節客心傷

和韻兼謝海皐記室贈扇　翠巖

賢才隨使節同路海山長言語元雖異交盟何可忘

新詩任君賦輕蓮令吾涼只計榮旋日卿心休更傷

筆語

吾有芝林畧稿一冊向備 正使大人電覧他日可供清聨請作叙文則幸甚何如

翠巖

答

貴稿已從 正使大人所得一掛眼至於序文豈敢孤晟意而此等文異於詩章有難忽擾中搆得第當留意但恐拙文荒駁不足以茂得足下萬丈光奈何

矩軒朴仁則

曰

今聞足下之諾喜出望外

翠巖

曰

矩軒朴仁則

前後往還詩作俱已捴觀便同接席而情何間存焉
島晴全稿種々警語令人起敬路中諸作亦可誦未
知以唐詩中何人作為準也日東詩皆以唐為主而
足下則似是以宋諸家參用法門果然否

答 翠巖

納詩褒稱過實汗顏々々雖以唐明之才子用作準
繩天生不才未得成切如宋諸家素已避而不取觀
足下之詩句々豪爽真似有李青蓮之風調可敬可羨

曰 矩軒朴仁則

鄙拙之詩元無可取而青蓮豪氣太不襯實欲為足

下所避之宋諸家而猶不能耳詩固貴清爽而只以唐人為準恐難諱其氣淺而理薄自杜老餘派在於陳黄諸家貴國詩人皆以宋象為鄙薄不觀則過矣諸詩人許欲以此意相勉而無以盡接足下方主盟騷壇以鄙見為何如耶貴國詩頗得見之而其弊專在於不為宋耳

答

如是下所言是則似是於吾國亦偏有好宋之人蓋詩以言志尊貴風調如宋諸家唯以理為主不拘體裁以為失於言詩之本意是所以 衲避而不取也且

衲性癖自後初學詩時只要平易流暢而備寫事情是故動有至如彼白俗者中嵗幡然改志雖欲斂盛中之調而不得徒加驢齡投窮心折自以為可歎耳然舊癖未已花前月下漫遣其興如足下壯年多識非衲所及何如

問　翠巖

貴國諺文傳聞前王所作不知前王諡號何如

答　矩軒朴仁則

諺文即我世祖大王所撰

曰　翠巖

孤棹遲〻謾待来春雨深君應花滿欄我欲月爲襟

足下此作深適衲意請題扇面 矩軒朴仁則

答

筆甚荒拙不足以御拈便面奈何

曰 翠巖

逮揮斑管強勿峻拒

蒲川客亭喜 矩軒詞盟臨貺 同

廣陵山色雨中深此日萍逢解客襟他禁且對勸三

稚紗中恐有瘴烟侵

奉和 楚林長老席上韵 矩軒朴仁則

每竊山嵐一院深雨中籬冷映疎煙禪樓縱有如渴

酒難禁他鄉歲月侵

再酬　翠巖

崖寺連村竹樹深雨寒嵐氣透衣襟與君坐對心如

水清興全無塵事侵

又疊　矩軒朴仁則

到手閑盃不厭深棱林鐘歇爽生襟驪龍似忌探珠

會故意踈簾亂雨侵

同和　蘭菴 對州書記姓阿比留字伯麟

潮來港口萬潯深澹泊何如叔度襟雨後試看欄外

水玻璃那有點塵侵

以一絶用代筆語　矩軒朴仁則

竹館煙雲茶不開肩輿海岸踏泥田喜將來路詩中意共浮空門雨裏盃

酬　矩軒詞盟席上韻　翠巖

青眼相看懷抱開海天積雨不容回客中偏恨欠兼味冷澹家風茶滿盃

再疊　矩軒朴仁則

禪樓上月錦屏開繞島孤雲帶雨回松菊柴門歸路遠京林一笑惠公盃

再和　　　　　　　　　　翠巖

新晴何日布帆開遠客望雲知幾回有待東關千里路芙蓉峰下笑含盃

同和　　　　　　　　　　蘭菴

社盟適値白蓮開自此虎溪笑幾回擬洗煩襟塵萬斛葛巾爲許漉三盃

舟中寫懷贈呈　矩軒學士詞案　翠巖

廣陵客舍倚岸高雨中誰與俯覘濤有時擔鵲頻傳喜自起迎駕浩眉毛擊鉢一聲成韻語席上縱横走綵毫樗散老釋退三步踈然驚看謫仙豪從此方外

文更熟思君無日不斷陶裁字欲問平安去鰌潮激
處奈飛艘因修空已盡韶景津樹煙青早蟬號山色
漸知鄒陽近縱目足悲方寸勞計日只期巾萬寫浪
華城外再相遭

牛窓雨夜贈 矩軒學士 翠巖

年諸家〻滯雨舟風煙四月悅如秋蓬窻一夜無蟾
影其奈袁宏詩酒遊

四月廿日舟入攝城 同

畫舩齊滿港壯觀又應稀潮足棹歌緩風和旗影微
祥雲浮瑞彩津樹帶恩輝韓客停蘭槳浪華橋畔依

與 矩軒學士 翠巖

水道無難各自登岸欣忭之情無以休歇容舍雖近相接王事鞅掌不遑良晤想應近來繪句滿囊慰悶之次干冒匪贈之左右且拙作一二錄呈詞案併是笑領不備

復呈 芝林長老足下 矩軒朴仁則

孤舟萬里已了滄海緣山水樓臺到處皆詩而懶病相仍尚負如山債何嘗敢忌頃者赫蹄之貺可續向日餘懷而況是詩幅墓箱種種繾綣是何各天一涯此好因緣耶感荷感荷之瓜報庸寓鳴謝之忱宿債

容俟少間唯在恕悉不備戊辰四月念四日

次　芝林長老惠贈韻兼謝菓子之貺

矩軒朴仁則

结花村橋近孤舟待我滄波返棹秋數幅新詩如對
話一盤甘果記同遊

又次舟泊浪華韻　同

金舫行相照瑤花落已稀明燈波曲折畫鼓夜喜徽
錦繡千家岸衣冠萬里輝孤檣如我屋作別更依依

酬　芝林長老惠什

濟菴李聖章

竹旋清淺水四月浪花稀金色仙居近行裝容留徽

翬流浮錦幔龍躍閃金輝萬戶穿鰲樹靈山一枕依

奉復　芝林長老　　　　海皐李子文

忽見河流細遥憐海色稀虹連七橋倒星入萬燈微

粉屋林生白金船夜有輝居然浪華館詩到各依々

浪華　櫻良翰

延享戊辰夏四月廿有六日同芝林長老徒湛公見朝鮮學士朴矩軒於浪華賓舘

矩軒寫云芝林長老平安否　湛云平安　矩軒云詩債尚不能了可愧　翰寫云強為余賦否　矩軒云彼何人邪　翰云櫻良翰字子顯　矩軒云在何地有詩否　翰云在出石城好詩　矩軒云出石去此幾里屬何州　翰云距此三百里屬但馬州　矩軒云好詩何不來示也　翰云今因小冗而去期明日耳

二十有七日奉呈矩軒朴公

襄聞諸賢航海而東踊躍於懷切矣今也水陸無恙既抵此欣慰曷勝謹賦蕪詞一首以呈左右仰祈電矚

傳道西方有美人星軺指日度河津舊儀爭見衣裳會高德兼称社稷臣已用文章酬造化不妨杯酒解風塵雄飛本自丈夫事何厭遠遊勞此身

次櫻子顯惠韵　矩軒

寫云貴號如何
良翰云以字行

風煙窈窕擁詞人緲〻銀河欲問津勝區臺榭通仙客諸子文章肅使臣萬里詩情花作雨百年邦信海生塵也知古寺淋漓話稍慰滄濤出沒身

呈濟菴李公　櫻良翰

萬里風波不厭勞東征賦就氣何豪請看海上三山
色終日僊雲照彩毫

奉酬櫻子顯顯　濟菴

應接山河眼力勞天風錦帆倚雲豪龍堂萍水看詞
藻一朶櫻花五色毫

呈酔雪椰公　櫻良翰

當日金門侍從中翩々書記幾人同自非揮筆成天
象爭得陳詩見國風海上僊槎無遠近腰間龍劍有
雌雄壯遊一吐凌雲氣不用停車泣路窮

此日醉雪不出會粟海皐云僕有拙什欲呈柳公
而無繇就見焉因 煩 公能爲僕致之幸而有和
請附蘭陵來

呈海皐李公　　櫻良翰

詞臣隨使節萬里向遥天東海扶桑下南薰一葉前
國風詩東盡客跡畫中傳豈從秦方士蓬萊去學仙

奉和子顯瓊韻　　海皐

翳々將斜日蒼々不住天人煙板橋外舟楫橘花前
身喜名區過詩慚異域傳鵬池知不遠誰是漆園仙

奉要席上諸賢俯和　　同

橋葉交鳴雨氣多城頭落日暗長河酒酣欲作相思
曲詠復依〻記浪華

奉次海皐席上韻　櫻良翰

扶桑風物海中多槎客相逢酒似河處〻名山能記
否翩〻彩筆本含華

朝鮮大使来吾國賀新政修舊好典籍朴公博學
多才以學官從焉僕竊慕下風請謁浪華因賦蕪
詞奉呈榻下二首　林俊

時名誰似棄繻才白皙紅顏正壯哉韓海輕波鐘鼓
響扶桑初日羽旗回軺車奉使星先動子墨開林客

自来朝野仰瞻太平化聖明相荅萬年盃
韓國風才非子誰聲明相見即語師賦成司馬浮湘
後名著張騫犯斗時太史星應千里參真人氣向五
雲知勝緣幸作登龍客一別天涯奈再期

奉次福浦惠韻　矩軒

橘柚風煙錦繡才諸君相屬興悠哉經年客思■■
■幾日優遊踏浪回孤棹乍停龍偃卧新詩逸乃鶴
飛来斗牛萬古青虹在且■江山酹一盃

奉呈朝鮮奉車濟菴李公　林浚

紅顏三十幾專城持節擁旌事好盟萬里龍門誰執

御百年柱下獨知名曾聞西海仙舟泛久待東行朱
蓋傾此日延躋容咫尺躕躇聊述孔融情

奉和福禘　濟菴

仙槎四月浪華城積氷時從白鳥盟福地洞天看佛
氣晴川芳草挹詩名年深畫閣丹青動海舶南雲星
斗傾惆悵浮萍難再合等間棄下係深情

奉呈朝鮮奉事柳公　林浚

西海數千里東行幾許程遠瞻三島樹近過十洲瀛
春色舟中盡亥雩馬上生風流是何日相見浪華城

奉呈朝鮮進士海皐李公　同

風流邂逅浪華城幾度躕躇聊述情輝彩扶桑唐白
氏照書藜杖漢劉生乾坤新見龍虎氣天地長懸日
月盟聖主賢臣今際會頌成誰是子淵榮

浪華城下贈韓客　狹山菅榮

驛使翩翩書記才江南白雪動潮来一枝隔海重相
贈此地梅花為汝開

奉次菅公芳韻　朴矩軒

艤舟數識有文才萬里扶桑知已来客館復驚三疊
裏故鄉歸思笛聲開

奉呈制述官矩軒朴公　瀨尾維德

曾尊禮義擅君國德是有隣真善哉蛟穴鼉宮三萬
里不知何日復傾盃

奉酬桂軒韵　　矩軒

蓬海風煙萬里開[illegible]遊天外偶壯哉蔚盖寧解夷險
路山川空貴淺深盃

奉呈濟菴李公　　瀬尾維德

尋藥神州日出邊飛濤萬里泛樓船雲霞變幻凝還
散島樹蓊〻須覓仙

奉酬桂軒　　濟菴

圖書行色寄天邊白蝶虹橋繫畫船映座驪珠明月

影蓬萊萬里遇詩仙

奉呈醉雪桺公　　　瀨尾維德

治世千年盟豈寒驂人簪筆會吟壇因君應問金剛

勝今古圖書吾老看

奉呈海皐李公　　　同

人攜析木琴書劍囊入扶桑雪月花明發征驂向東

去芙蓉峰頂白雲賖

奉酬桂軒瓊韻　　　海皐

客到迢迢河水寺橋外倭舟落落橘花每恨萍逢同一

夢百年相憶海雲賖

尾州名護屋

贈矩軒朴君　千良重

文旆遙臨東海濱預知處〻送迎頻三千里外乘槎客一百年來通信人風雨天低望碣石雌雄劍合度延津想君竣事歸家日跋涉勞教白髮新

不佞姓源稱千村氏名良重字鼎臣號夢澤又稱潛夫十年前辭職歸故田廬今也聞文旆赴東都來于此會諸君耳　玉壺詩稿崐玉集各一部贈之寫曰此是僕門人所撰贈之以當千里面目耳笑留幸〻

矩軒謹領厚意　寫去

鼎臣

諸成所屬文及詩

若干看示學士寫曰此是家兒諸成所作之文詩也供公一覽以乞雌黃倘退賜一言以褒奬則非獨家兒衆耳抑僕之幸也 矩軒寫云 令郎詩頗有唐人口氣作之不已則其進何可量文亦有氣力有光燄頓挫豪宕讀之快人意

席上卒賦呈矩軒君及書記二君 三子各題詩於扇面贈

千鼎臣

磊落題詩處堪稱一世豪驚看便面字橫逸信揮毫

寄贈矩軒朴君 同

相逢忽相別似萍浮水面人生渾如斯別後奈戀々

奉次夢澤君　　　　　　　　矩軒

岐江數篇詩先吐燈前面解逅萍逢迹慇懃柰宿戀

和答夢澤君　　　　　　　　海皐

諸天聞夜雨明燭揖詩豪無由當盛意爲子一濡毫

和答夢澤君　　　　　　　　濟菴

俗腕無仙氣繩牀愧墨豪慈恩多柿葉風雨入形毫

率賦呈良醫活菴君　　　　　鼎臣

駐節城南蓬島隈儒才邂逅客中盃曾聞君妙盧扁

術肘後奇方傳我來

奉和夢澤君　　　　　　　　活菴

遠客繫船江水隈寧期相値共啣杯只寛旅況無如酒冒雨謝君尋討来

貴邦亦有回環顛倒之讀法耶 答無 曾聞次韻有害於詩道因以別韻奉答 鼎臣

揮洒縦横自在移乞来寫字字尤奇怪看紙上龍蛇走墨妙筆才非爾誰

贈畫人 未詳姓名 同

紙上山川随手開丹青如此實奇哉想君得意揮毫處頓使傍人驚歎来 右無和答

君能詩耶尊姓号如何 作五律一篇以贈其稿席上烏有因不録于此

金啓升寫云龍門山人也玩義齋主人金啓升字君日
別真狂叹僕以畧于醫名使相率来年衰無才長
程勞身不能奉和可嘆〻〻鼎臣云眎寫字官其曰
君揮椽筆書三亘亭三大字以惠寫字官答曰雖麤如
是懇請大字數丈當書磨墨且大筆印朱盆持来
鼎臣云君能詩耶寫字官答曰唫詠麤而久矣今行以筆
名来此而困病時甚亦麤
傍有人寫字官其指
示諸余〻即把筆寫曰君以何職来耶姓字如何
其人答曰偶入次官舍處故尊即来知耳今者
持紙筆墨隨我在處則當書書也其人云日本草書

鄙國未知以楷字書示（鼎臣云）君方今露腹肚而卧豈得無感冷濕乎請保護（其人）荅曰愛僕一何至此感々（鼎臣云）君以何題取甲第乎（海皐荅曰）圯上贈書期穀城山下以此題申年白司馬（鼎臣曰）夜将五更余亦當辭去諸公等安置（海皐曰）明朝願與相接

贈矩軒朴君及書記二君　井知亮

奇遇誰期千載歡相看況又臭如蘭送迎匆遽倒衣走跋涉労疲勸酒寛征旆影連津樹動使星氣射扶桑寒傳聞雨露君邊滿慎命何論行路難

得省菴君寫字不堪喜卒賦謝報　同

劍寫蓬迎旅舍中百年盛事與無窮投來手裏明珠
色照坐鷺看揮筆雄

奉和岐山瓊韻　海臬

異域頻成傾蓋歡相看眉宇得芝蘭蟬聲入樹雲新
熱山色浮天海獨寬半日開愁茶屋淨新詩有籟竹
林寒棄東奇士知多少隨處忘吾行路難

奉酬岐山　濟菴

萬里班荊一席歡汀洲亭午掇芳蘭樓臺邂逅文章
在山海蒼茫境界寬畫角三吹將啓路長松五月尚
知寒蛛帰香橘侵金掌奠恨離筵作穩難

奉和岐山　　　　　　矩軒

江城邂逅接新歡滿袖新詩氣若蘭壯矚不知車馬
遠佳辰况復酒杯寬画[illegible]路是經蓬島金艇身疑在
廣寒萬里行裝王事重滄波休道去来難

托人奉贈矩軒朴君　　　　千諸成

一去釜山花照袞到来東海夏雲稠明時奉使槎無
蓋異域傳名筆豈投應似張騫攀崑嶠画同司馬泛
湘流不唯遇合難重得鳴鯉何論沈與浮

贈韓學士矩軒朴君序　　　　同

禮云樂云是何云哉黼黻文章衣裳尉晃之美謂之

禮也乃先王之所作爲君子不欲觀之哉鐘皷管磬
琴瑟竽笙之音謂之樂也乃先王之所作爲君子不
欲聞之哉予亦苟志君子之道者則豈得不欲觀聞
之哉蓋吾　日本治平百餘年文化漸興西則四國
九州東則奥羽諸州人民稍々嚮禮樂之化云雖然
蕞爾海外之國縱非無方異類之流亦以如朝鮮者
觀之則安得免爲断髮文身之俗也哉是乃君子之
所嘆惜也矣今歳戊辰之冬朝鮮使其大臣通信爲
大臣之駕臨　日本也無君子無小人無耆老垂髫
無婦人處女遠者數百里近者十餘里包糧重趼来

湊其過路而觀之予亦在東湊中一望觀之則嘆曰
雖吾 日本治平百餘年文化漸興人民稍々嚮禮
學之化而亦其地海外其俗剛毅一切武斷控弦負
劍是其常云今望觀大臣之駕其人溫雅列隊肅莊
而不持尺寸刀戟畫旌颺風文旆照日實千載壯觀
哉而其進退揖讓未嘗不依禮也入館舍則奏雅樂
以暢舒其旅思也於是黼黻文章衣裳冠冕之美鐘
鼓管磬琴瑟竽笙之音足以觀太平文化之隆也矣
三代之治亦是而已苟志君子之道者一得觀聞之
也豈得不踴躍而喜乎而吾 日本素非無方異類

之流也觀聞之而後愈倍靡靡有鬻禮樂之化則不
亦說乎不亦樂乎予也不堪其喜因書此言以陳矩
軒朴君之左右爾　日本延享戊辰夏

善隣風雅後序

今茲高句驪聘使寔來矣而我東方之士扣其容儀贈寄麗酬於詩牋筆語捴一匹享保之年云墳塲間彙粲上之末而捴唱和塤篪忝集而需予題卷端曰

異哉此舉也夫人志之深至詩亦至
焉此篇所載雖僅僅乎其亦足
見二邦志哉然而不可以謂優劣
於吉宥也何則蓋泛乎海內人士
幾何其多如林而會為者不唯
萬而一之果謂邦之彥於此乎

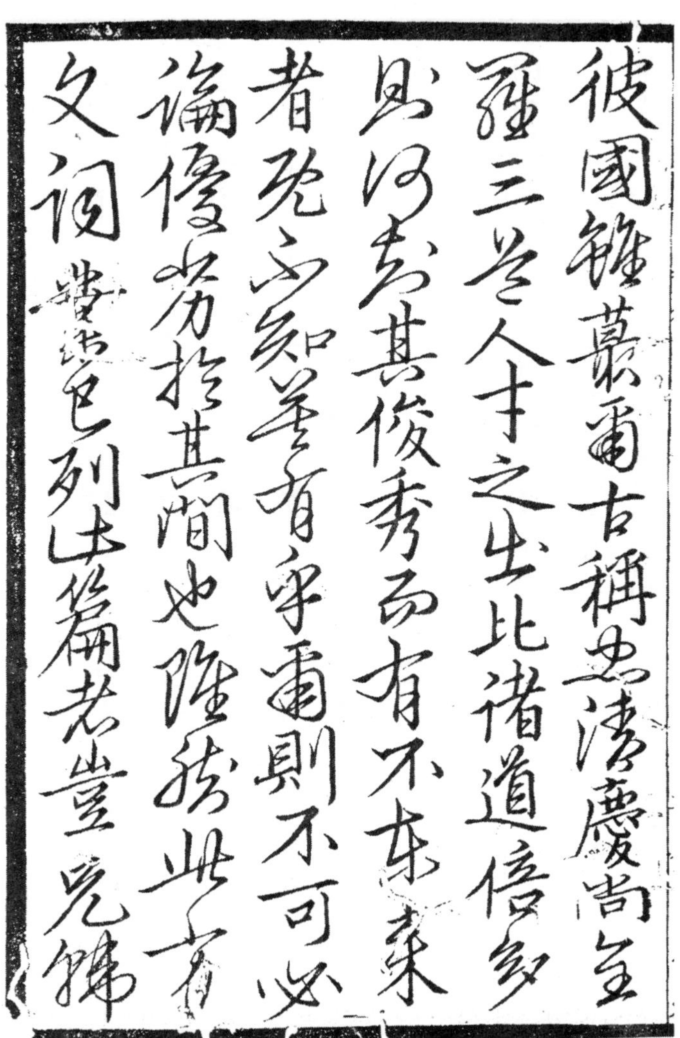

彼國雖蕞爾古稱忠清慶尙全羅三道人才之出比諸道倍多[illegible][illegible][illegible]其俊秀而有不來者[illegible]亦知[illegible]有乎爾則不可必論優劣於其間也雖然此等文詞[illegible]已列於編者豈足錄

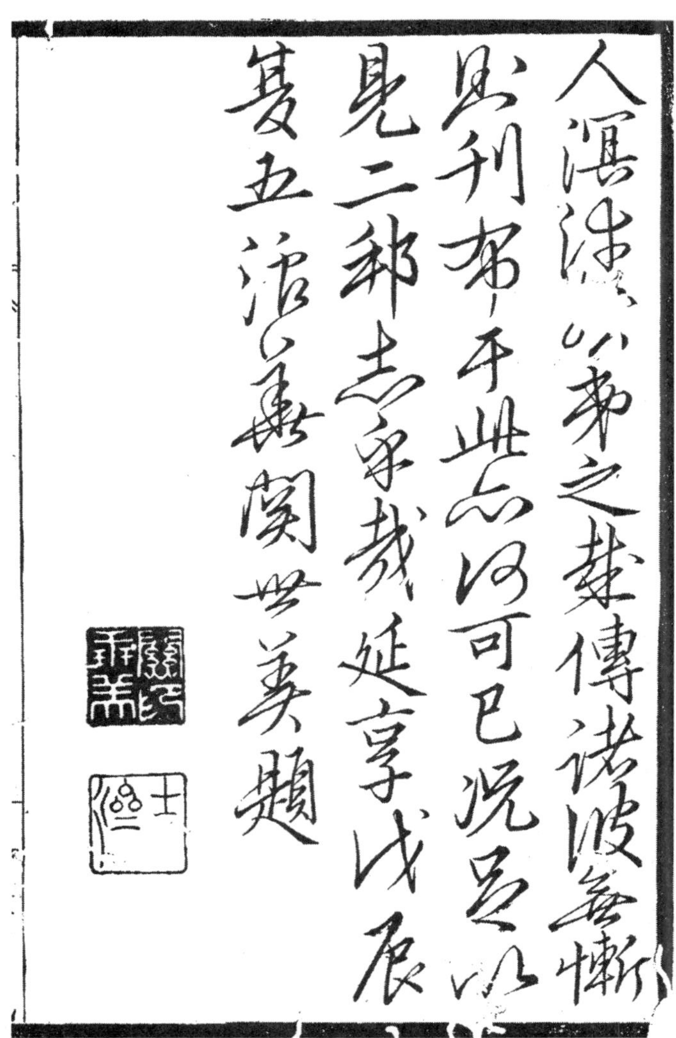

人[illegible]以弟之楚傳諸彼無慚
然刊布乎世亦何可已況其以
見二邦志乎哉延享戊辰
夏五浪華桃閣世英題

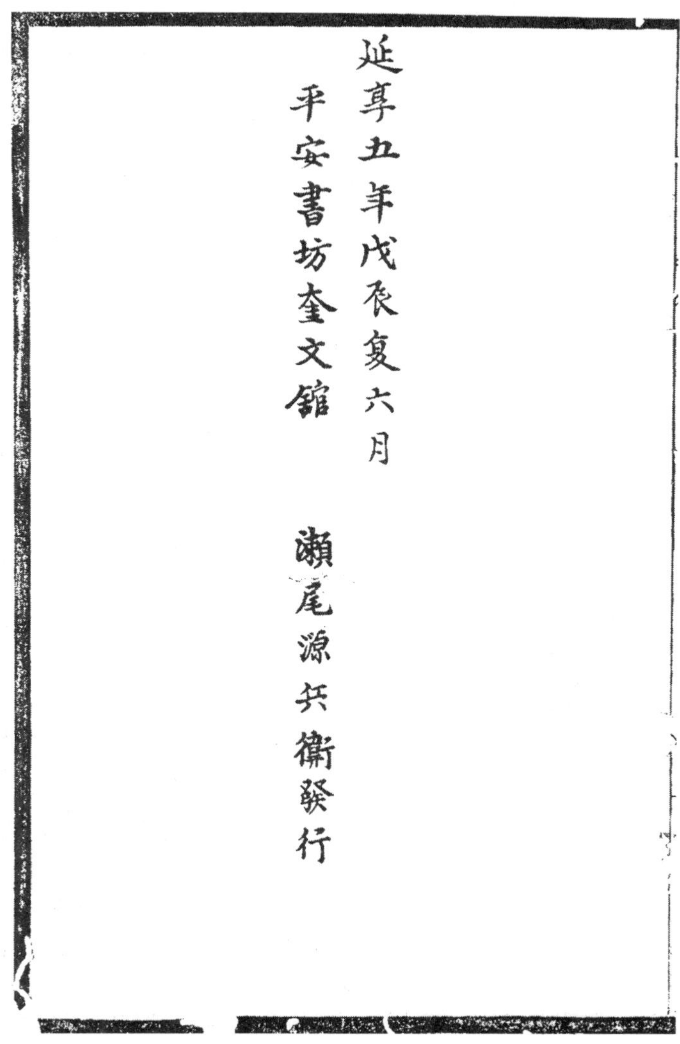
延享五年戊辰夏六月
平安書坊奎文舘
瀬尾源兵衛發行

牛窻録
全

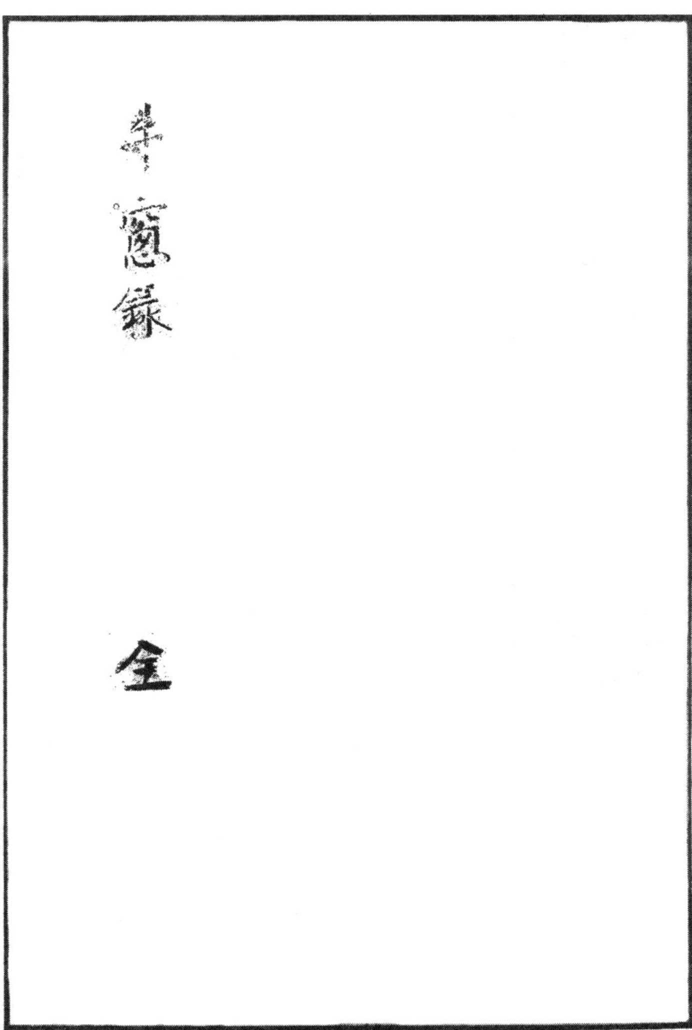
牛窓錄
全

牛窓録

井通熈 編次

延享五年戊辰四月十六日朝鮮國信使抵備前
州牛窓港正使吏曹参議洪公啓禧遣譯官問焉
曰此土緣何有牛窓之名耶
本州督學使某脩其答辭曰
古者我
神皇過海時有牛妖其臣多力拔牛角而轉去故曰
牛轉後世為牛窓蓋以
本邦訓詁之相近也

是夜唱酬筆語如左

奉呈製述官三書記列位案下　蘭臺

建牙吹角出東韓　宣憚山河跋涉難　制度猶存周礼樂
文章並屬漢衣冠　使臣御命珪璋色　賓幕傾杯琥珀寒
聞道國風論欲遍　當年縞紵待君看

王事靡盬賢勞何加　方抵於敝邑勝懽慶　僕姓井
名通熙字子叔號蘭臺備前州文学茲承州命啓
接杖履獲奉盛範為幸多矣謹錄鄙律聊叙下懷
等念諸大人一笑潤之莫以荒拙見棄也倘蒙採
紬伏希和敎　井通熙頓首拜稾

奉酬蘭臺惠韻　　矩軒朴學士

得遂生平願識韓人生休道會心難魚龍蜿々迎紅旆
牛斗叅々滿竹冠天入滄波帆影遠詩成獨夜雨聲寒
孤舟漠々春光盡西北歸雲倚棹看

再用前韻奉酬矩軒朴學士吟次　　蘭臺

扶桑海路隔三韓箕子流風欲見難玉帛千年修聘地
館臺群客進賢冠即今傾蓋交初定此處乘槎興不寒
更與慇懃堪勸酒座中誰似故人看

奉和蘭臺惠贈韻　　濟菴

筆力那能躔杜韓變雲潮颶路何難三山草色侵搖纜
四月花陰潤錦冠邂逅浮萍滄海大蒼茫脩竹畫樓寒
相携苦恨事短一別惟應夢裏看

再用前韻奉酬濟菴先生哂吹

蘭臺

仙曲詩家表大韓方知白雪和歌難蓬萊交映金銀樹
滄海偏勞攤易冠夜雨侵燈波影瀾客窓揮筆月陰寒
皇華兼屬東遊意好是浮湘萬里看

席上奉贈炬軒朴學士

蘭臺

大帆如月映波濤彩筆相攜氣象高此去青霄仙路遠
到時應熟海東桃

又步蘭臺席上韻　　矩軒

詩書訏謨把風清　寄宿鰲山畫燭高　片語何能窮造詣
奇才元似不言桃

又依前韻奉酬矩軒先生　　蘭臺

畫舫東來萬里濤　十州佳氣絳雲高　那知賓館青燈下
更有瓊琚報木桃

席上奉贈濟菴詞伯　　仝

瀾裁書訖筆含花　詞賦新篇燿(國)華　忽見虹霓千丈氣　不
知誰摘海天霞

奉和蘭臺　濟菴

錦纜桐洲拾石花故園歸夢只京華三山咫尺猶悲笑
一幅靑鞵萬步霞

又押前韻奉酬濟菴詞伯　蘭臺

高蹤隱遁剪燭花海邦詩興慕東華看君燦爛文章色
何讓天台山上霞

奉和　濟菴

高樓微雨剔燈花万里東來見鬢華欲記人生萍水會
扶桑咫尺醉流霞

此詩但有奉和二字未知與誰某也某乃援筆

曰謹承高和未有與僕之意似是泛應敢請
濟菴印書呈蘭臺三字
朴学士曰万里間關得入仙境而又蒙諸大雅眷顧兼
以獲覩何幸加之僕姓朴名敬行字仁則號矩軒年三
十九
濟菴曰萬里航海無恙十九人之隨來一席班荊獲蒙
二三子之臨顧山川秀異之氣固知炳靈有人翰墨淋
漓場何幸以文相會僕姓李名鳳煥字聖章號濟菴惟
庚寅以吾降
蘭臺曰僕聞諸道路足下以正使道書記來果然否

霽菴曰然

蘭臺曰登科以來歷官見任委詳見示前輩諸公抵此

皆然放語

濟菴曰登癸丑進士歷官大理丞見任大倉郎

蘭臺曰副使道從吏道二記室姓字尊號未審聞敬見

教示

濟菴曰副使記室解雪柳公名逅字子相從事記室海

皐李公名令啓字子文

蘭臺曰韓韻疊和勿勞高念唯是近作鄙稿伏乞教誨

是夜將闌謹俟他日賜

玉井樓春望得霞字

仙人樓閣映烟霞
此處春風日欲斜
聞道天壇雲五色
朝來結作玉蓮花

三月晦日牛窓口號 長孚走筆

浦口長雲雨色愁
歸心日夜寄東流
誰知客裏春將盡
極目天涯萬里舟

過平納言舊故

空山明月憶長安
峽水應憐千里看
遷客謫憂顏色改
佳人消息淚痕寒
蒹葭風雨蒼崖斷
濁酒杯盤白露乾
片石雲深荒隴上
楚囚何處泣南冠

登鹿浦寶光寺閣

躋達千山路蒼茫萬壑潮鉛縱樓鳴簷挽宇雜漁樵俯
聽風濤壯攀躋雲樹逢寥際臨下界脫色正蕭條

國城後苑寓目 苑中有臨漪軒望湖閣

城樓高擁白雲涯河水林塘脫氣賖一自蜀莖隨雨露
能令苑囿駐烟霞巖泉半落漪軒水嶺樹平臨湖閣花
聞說首耕遊豫地春來瑞雉遶行車

牛窓客舍寄友人

臺樹下瞰海氣重稿首秀出千萬峰夜来桂尊邀明月
碣石雄篇盪人胸東南諸島地相接潮水來往不可涉

君有仙骨踏長風輕舉直向蓬萊宮指點虛無縹緲路
獨尋瑤室五雲中自誇意氣製千觥歸時不覺玉壺傾

金剛精舍小集次友人韻

香刹高臨積水開諸天縹緲彩雲隈濤声萬壑窗風落
帆影千群至岸迴瓊島人驅秦帝石金鰲月滿梵王臺
同游作賦東林會倫義當時陶令才

溫泉詞三首贈友人

溫泉宮樹數峯開輦路依然日月廻碧洞春藂仙液色
流霞應瀉故人杯
山氣晴搖百丈潭白雲千疊樹如藍不知何処嶺名地

花滿殘燭古佛龕

憶昔宸遊駐翠華曾經羨麗內園花至今變樹千行色

更屬山中父老家

牛窓雨中偶題

蒼茫藍浦雨不辨遠帆移客舍臨南岸檣声無時

右近作拙稾錄奉求正倚蒙諸公之一語則又至

幸也惶悚不次

製述官三書記列位均此及之

備前州文学井通熙
頓首再拜 臺奉

淞菴評曰 琉璃瓶裡一枝梅花

貴作佳鍊有遠氣再三披玩不能釋手來路多見諸諸
詩人作而皆清警有余而氣則稍遜今足下獨得一世
不傳之氣可以壓倒扶桑祇恨夜漏甚短無以畢此衷
曲明若留此則可繼此而得見否

雉軒題

雉軒曰 鴆卽毒酒 未知以何裁用之也

蘭臺曰右首平納言成親議奈州中山御鴻尚薦遂題
深谷蒹葭形刺而終致有是聯
又曰此戲皮何名也 或攜一皮囊來令其問之
北軒曰是似水獺皮也
又曰此州文学之士此座上諸大雅之外更有幾人足
下傳業於何門而所成就如彼卓爾也貴君去此幾何
歸路可以更續餘懽耶
蘭臺曰本州文学有若干員皆在本府学校及鄉学如
僕固陋寡聞何足與議也先生推賞深覺靦顏 僕 東都
人受業林祭酒二十年矣庚申釋褐本州即為文学林

氏之學專唱性理海宇獨凨世業百年奉職
朝廷祭酒名信充字士信從五位大学頭辛卯已亥以
經筵講官與洪邦翦華諸公周旋　閣下方今公等抵
東都之日必當來館中敢煩致意其令嗣信言字子恭
見任從五位圖書頭此人亦入館中來講致吾意
矩軒曰果如教
涵菴取其扇書渭北春天樹江東日暮雲十字而還之
蘭臺曰扇面之貺如獲拱璧文情之感伏謝尊意
又曰酬唱疊々不覺夜闌切辭亥更謀異日之奉耳然
明晨發船千里奉違是可恨也亦惟竢囬程之時耳

矩軒留逢場別選館慷慨然準擬歸路以畢素蘊耳

十七日客行阻雨不能發船此夕亦有唱酬

筆語如左

席上奉贈諸先生　蘭臺

萬里烟波青翰舟群仙停駕海門流亭論七聖襄城轍

錦纜風高拂斗牛

奉酬蘭臺席上惠韻　矩軒

請尊多意羨孤舟人是扶桑第一流筆下娓娓能把贈

諸君何已目無牛

奉酬蘭臺　濟菴

蒼茫風雨又停舟 瑤海千岑翠欲流 回笑花溪斑鬢叟
牽江百丈過黃牛

奉和蘭臺席上韻　海皐

三島烟霞此繫舟 羈心如海日東流 行裝已信輕敷麵
文軌何論風馬牛

用心字詠燈　矩軒

孤村晚色數峯陰 明滅紗籠一院深 海外相親千里夢
樽前各助湖鄉心

門前　濟菴

高樓無月雨陰々 一點微明錦帳深 等閑結作孤花影

難慰雲濤故國心

賦燈　海峯

黃昏影出樯花陰明暗樓臺有淺深通霄旅館難成夢
留助行人萬里心

詠燈一首求正　蘭臺

青燈一點紙窓陰秋夜[illegible]聽雨声深海氣茫々侵夢後
偏憐萬里客中心

又疊　矩軒

點々鷄音破夕陰異鄉文酒兩情深相看脉々無殘淚
似觧愁人秋夜心

席上用人韻錄奉紫峯先生　蘭臺

萬里行邊夕雜堪聽雨声知君揮彩筆寫客中情

又次学士韻

百尺臺前繫六舟茫〻海水自空流曾聞此地多奇絶

山擬依然似臥牛

奉四賢　濟菴

環海茫〻又九列流鶯啼盡上高樓雲深瑤草不知秋

風滿仙舟晴自留一宿那無桑佛戀重逢惟佇橋香秋

鼎盛云後今千載誰領三山花鳥遊

右律一首奉尋巽日韻和　海峯

天長風氣洞南北十倍墟琛華三山外金烏萬國初明
人多橋樹洞客好樓居講俗頗相同燈前夜雨珠
雉軒曰今日聽雨又奉請儀似是天公會意
蘭臺曰謹領厚意再荷盥雨獲繼見清範僕之至幸也
起居珍建可愛
雉軒曰旅客阻雨懷緖無聊得此良會可遣此寂寥耳
海皐曰昨夕適有賤疾不能接諸賢儀範殊以為恨今
幸又愈得一同席多喜
蘭臺曰先生昨夕有貴恙僕等不獲奉盥範即今隱
接杖屨多幸

海皐曰四賢氏名稱号奉覽矣僕姓李名命啓字子文
号海皐留章感領業已罷會不得即和徃還間寔敬終
孤盛意
蘭臺曰謹領厚意感佩何罄
海皐曰昨夜筆談有釋褐二字此乃登科之名而貴邦
本無科第不知緣何有此名耶
蘭臺曰釋褐二字泛用耳
西涯求詩贈於學士
雉山書示曰
燈下賦七言絶句

陰澤心

蘭臺曰詠燈七絶三首各用侵韻手

雅軒曰何以三首耶以三字滚押一篇也

蘭臺曰諸公冠名云何敢請教示

雅軒曰俺之所着即高後冠蔣菴海舟所着即東坡冠也

蘭臺曰席上律詩有一宿那無桑佛戀句不知何謂

雅軒曰浮屠不三宿桑下

席上写字官紫峯入來此人善華音朗誦某等詩

蘭臺曰紫峯君姓字未嘗聞故請見示嘗聞足下工臨池之枝倘蒙寫賜則又幸也僕姓井名通邇字子叔号蘭臺

紫峯曰 僕姓金名天壽字君實号紫峯官職二品筆雖荒拙足下有求何惜多少

蘭臺曰弘毅二字橫排一幅以賜之賜則幸甚極樂堂三字所要傾大筆皆係扁額故請是夜紫峯書以付館人而致之

海皐曰敢問四賢年紀僕年三十五年

蘭臺曰青峯年四十六荊石年盈五十西涯二十六僕以丙戌生

又日此是僕友人二兒所書也伏希先生之一語

矩軒題曰名駒步驟迴超塵筋骨勁蒼波點勒難製手

王兒十歲筆世間應泣衛夫人

海皐曰十二歲兒心畫已有鍾王遺意腕下無俗氣奇

哉々々

蘭臺曰再陪盛會辱惠佳律僕等謀他日之和奉耳但

恨短霄切欲詩云

【영인자료】

善隣風雅・牛窓錄

여기서부터 영인본을 인쇄한 부분입니다. 이 부분부터 보시기 바랍니다.

조선후기 통신사 필담창화집 번역총서를 간행하면서

20세기 초까지 한자(漢字)는 동아시아 사회의 공동문자였다. 국경의 벽이 높아서 사신 외에는 국제적인 교류가 불가능했지만, 문자를 통한 교류는 활발했다. 중국에서 간행된 한문 전적이 이천년 동안 계속 한국과 일본을 비롯한 주변 나라에 전파되었으며, 사신의 수행원들은 상대방 나라의 말을 못해도 상대방 문인들에게 한시(漢詩)를 창화(唱和)하여 감정을 전달하거나 필담(筆談)을 하며 의사를 소통했다.

동아시아 삼국이 얽혀 싸웠던 임진왜란이 7년 만에 끝난 뒤, 조선에 군대를 파견하였던 중국과 일본은 각기 왕조와 정권이 바뀌었다. 중국에는 이민족인 청나라가 건국되고 일본에는 도쿠가와 막부가 세워졌다. 조선과 일본은 강화회담이 결실을 맺어 포로도 쇄환하고 장군이 계승할 때마다 통신사를 파견하여 외교를 회복했지만, 청나라와 에도 막부는 끝내 외교를 회복하지 못하고 단절상태가 계속되었다. 일본은 조선을 통해서 대륙문화를 받아들일 수밖에 없었고, 그 방법 중 하나가 바로 통신사를 초청할 때 시인, 화가, 의원 등의 각 분야 전문가를 초청하는 것이었다.

오백 명 규모의 문화사절단 통신사

연암 박지원은 천재시인 이언진(李彦瑱, 1740~1766)이 11차 통신사 수행원으로 일본에 다녀온 지 2년 만에 세상을 뜨자, 이를 애석히 여겨 「우상전」을 지었다. 그 첫머리에 일본이 조선에 다양한 전문가들로 구성된 문화사절단을 파견해 달라고 요청한 사연이 실려 있다.

> 일본의 관백(關白)이 새로 정권을 잡자, 그는 저축을 늘리고 건물을 수리했으며, 선박을 손질하고 속국의 각 섬들에서 기재(奇才) · 검객(劍客) · 궤기(詭技) · 음교(淫巧) · 서화(書畵) · 여러 분야의 인물들을 샅샅이 긁어내어, 서울로 모아들여 훈련시키고 계획을 갖추었다. 그런 지 몇 달 뒤에야 우리나라에 사신을 파견해 달라고 요청하였는데, 마치 상국(上國)의 조명(詔命)을 기다리는 것처럼 공손하였다.
>
> 그러자 우리 조정에서는 문신 가운데 3품 이하를 골라 뽑아서 삼사(三使)를 갖추어 보냈다. 이들을 수행하는 사람들도 모두 말 잘하고 많이 아는 자들이었다. 천문 · 지리 · 산수 · 점술 · 의술 · 관상 · 무력으로부터 퉁소 잘 부는 사람, 술 잘 마시는 사람, 장기나 바둑 잘 두는 사람, 말을 잘 타거나 활을 잘 쏘는 사람에 이르기까지, 한 가지 기술로 나라 안에서 이름난 사람들은 모두 함께 따라가게 되었다. 그런데 이들 가운데서도 문장과 서화를 가장 중요하게 여기지 않을 수가 없었다. 왜냐하면 그들은 조선 사람의 작품 가운데 한 글자만 얻어도 양식을 싸지 않고 천리 길을 갈 수 있기 때문이었다.

도쿠가와 이에하루(德川家治)가 쇼군을 계승하자 일본 각 분야의 대표적인 인물들을 에도로 불러들여 조선 사절단 맞을 준비를 시킨 뒤, “마치 상국의 조서를 기다리는 것처럼 공손하게” 조선에 통신사를 요청하였다. 중국과 공식적인 외교가 단절되었으므로, 대륙문화를 받아들이기 위해 조선을 상국같이 모신 것이다. 사무라이 국가 일본에는 과거제도가 없기 때문에 한문학을 직업삼아 평생 파고든 지식인들이 적어서, 일본인들은 조선 문인의 문장과 서화를 보물같이 여겼다.

조선에서도 국위를 선양하기 위해 여러 분야의 문화 전문가들을 선발하여 파견했는데, 『계림창화집(鷄林唱和集)』이 출판된 8차 통신사(1711년) 때에는 500명을 파견했다. 당시 쓰시마에서 에도까지 왕복하는 동안 일본인들이 숙소마다 찾아와 필담을 나누거나 한시를 주고받았는데, 필담집이나 창화집은 곧바로 출판되어 널리 읽혔다. 필담 창화에 참여한 일본 지식인은 대륙의 새로운 지식을 얻었을 뿐만 아니라, 일본 사회에서 전문가로서의 위상도 획득하였다.

8차 통신사 때에 출판된 필담 창화집은 현재 9종이 확인되었으며, 필담 창화에 참여한 일본 문인은 250여 명이나 된다. 이는 7차까지 출판된 필담 창화집을 모두 합한 것보다 훨씬 많은 수인데, 통신사 파견이 100년 가까이 되자 일본에서도 한문학 지식인 계층이 두터워졌음을 알 수 있다. 8차 통신사에 참여한 일행 가운데 2명은 기행문을 남겼는데, 부사 임수간(任守幹)이 기록한 『동사록(東槎錄)』이나 역관 김현문(金顯門)이 기록한 또 하나의 『동사록』이 조선에 돌아와 남에게 보여주기 위해 일방적으로 쓴 글이라면, 필담 창화집은 일본에서 조선과 일본의 지식인들이 마주앉아 함께 기록한 글이다. 그러기에 타인의 눈을 통해 자신의 모습을 객관적으로 볼 수 있다.

16권 16책의 방대한 분량으로 다양한 주제를 정리한 『계림창화집』

에도막부 초기의 일본 지식인은 주로 승려였기에, 당연히 승려들이 통신사를 접대하고, 필담에 참여하였다. 그 다음으로 유자(儒者)들이 있었는데, 로널드 토비는 이들을 조선의 유학자와 비교해 "일본의 유학자는 국가에 이용가치를 인정받은 일종의 전문 지식인에 지나지 않았다"고 규정하였다. 그 가운데 상당수는 의원이었으므로 흔히 유의(儒醫)라고 하는데, 한문으로 된 의서를 읽다보니 유학에도 관심을 가지게 된 것이다. 이노 작스이(稻生若水)가 물고기 한 마리를 가지고 제술관 이현과 서기 홍순연 일행을 찾아가서 필담을 나눈 기록이 『계림창화집』 권5에 실려 있다.

> 이 현 : 이 물고기는 우리나라의 송어입니다. 조령의 동남 지방에 많이 있어, 아주 귀하지는 않습니다.
>
> 홍순연 : 이 물고기는 우리나라의 농어와 매우 닮았습니다. 귀국에도 농어가 있는지 모르겠지만, 이것과 같지 않습니까? 농어가 아니라면 내가 아는 물고기가 아닙니다.
>
> 남성중 : 이 물고기는 우리나라 송어입니다. 연어와 성질이 같으나 몸집이 작으며, 우리나라 동해에서 납니다. 7~8월 사이에 바다에서 떼를 지어 강으로 올라가는데, 몸이 바위에 갈려 비늘이 다 떨어져 나가 죽기까지 하니 그 성질을 모르겠습니다.

그는 일본산 물고기의 습성을 자세히 설명하고 조선에도 있는지 물었지만, 조선 문인들은 이 방면의 전문가들이 아니어서 이름 정도나

추정했을 뿐이다. 홍순연은 농어라고 엉뚱하게 대답하기까지 하였다. 조선 문인이라면 모든 것을 알 수 있을 것이라고 기대했기에 생긴 결과인데, 아직 의학필담으로 분화되기 이전의 형태다. 이 필담 말미에 이노 작스이는 이런 기록을 덧붙여 마무리했다.

> 『동의보감』을 살펴보니 "송어는 성질이 태평하고 맛이 달며 독이 없다. 맛이 진기하고 살지다. 색은 붉으면서 선명하다. 소나무 마디 같아서 이름이 송어이다. 동북쪽 바다에서 난다"고 하였다. 지금 남성중의 대답에 『동의보감』의 설명을 참고하니, '鮏'은 송어와 같은 것이다. 그러나 '송어'라는 이름은 조선의 방언이지, 중화에서 부르는 이름이 아니다. 『팔민통지(八閩通志)』(줄임) 『해징현지(海澄縣志)』 등의 책에 모두 송어가 실려 있으나, 모습이 이것과 매우 다르다. 다른 종류인데, 이름이 같을 뿐이다.

기록에서 보듯, 이노 작스이는 다수의 의견에 따라 이 물고기를 '송어'라고 추정한 후, 비교적 자세한 남성중의 대답과 『동의보감』의 기록을 비교하여 '송어'로 결론 내렸다. 그런 뒤에 조선의 '송어'가 중국의 송어와 같은 것인지 확인하기 위해 중국의 여러 지방지를 조사한 후, '송어'는 정확한 명칭이 아니라 그저 조선의 방언인 것으로 결론지었다. 양의(良醫) 기두문(奇斗文)에게는 약초를 가지고 가서 필담을 시도하였다.

> 稻生若水 : 이 나뭇잎은 세 개의 뾰족한 끝이 있고 겨울에 시들지 않으며, 봄에 가느다란 꽃이 핍니다. 열매의 크기는 대두만하고, 모여서 둥글게 공처럼 되며, 생길 때는 파랗고, 익으면 자흑색이 됩니다. 나무

에 진액이 있어 엉기면 향이 나고, 색이 붉습니다. 이름은 선인장 나무입니다. (줄임)

기두문 : 이것이 진짜 백부자(白附子)입니다.

제술관이나 서기들이 경험에 의존해 대답한 것과 달리, 기두문은 의원이었으므로 자신의 지식을 바탕으로 확실하게 대답하였다. 구지현박사의 연구에 의하면 이노 작스이는 『서물류찬(庶物類纂)』이라는 박물지를 편찬하기 위해 방대한 자료를 수집·고증하고 있었는데, 문화 선진국 조선의 문인에게 서문을 부탁하여, 제술관 이현이 써 주었다. 1,054권이나 되는 일본 최대의 백과사전에 조선 문인이 서문을 써 주어 권위를 얻게 된 것이다.

출판사 주인이 상업적인 출판을 위해 직접 필담에 참여하다

초기의 필담 창화집은 일본의 시인, 유학자, 의원 등 전문 지식인이 번주(藩主)의 명령이나 자신의 정보욕, 명예욕에 따라 필담에 나선 결과물이지만, 『계림창화집』 16권 16책은 출판사 주인이 직접 전국 각 지역에서 발생한 필담 창화 원고들을 수집하여 출판한 것이다. 따라서 필담 창화 인원도 수십 명에 이르며, 많은 자본을 들여서 출판하였다. 막부(幕府)의 어용 서적을 공급하던 게이분칸(奎文館) 주인 세오겐베이(瀬尾源兵衛, 1691~1728)가 21세 청년의 몸으로 교토지역 필담에 참여해 『계림창화집』 권6을 편집하고, 다른 지역의 필담 창화 원고까지 모두 수집해 16권 16책을 출판했을 뿐 아니라, 여기에 빠진 원고들까지 수집해 『칠가창화집(七家唱和集)』 10권 10책을 출판하였다.

『칠가창화집』은 『계림창화속집』이라고도 불렸는데, 7차 사행 때의 최대 필담 창화집인 『화한창수집(和韓唱酬集)』 4권 7책의 갑절 규모에 해당한다. 규모가 이러하니 자본 또한 막대하게 소요되어, 고쇼모노도코로(御書物所)인 이즈모지 이즈미노조(出雲寺 和泉掾) 쇼하쿠도(松栢堂)와 공동 투자하여 출판하였다. 게이분칸(奎文館)에서는 9차 사행 때에도 『상한창화훈지집(桑韓唱和塤篪集)』 11권 11책을 출판하여, 세오겐베이(瀬尾源兵衛)는 29세에 이미 대표적인 출판업자로 자리매김하게 되었다. 그러나 안타깝게도 38세에 세상을 떠나, 더 이상의 거질 필담창화집은 간행되지 못했다.

필담창화집 178책을 수집하여 원문을 입력하고 번역한 결과물

나는 조선시대 한문학 연구가 조선 국경 안의 한문학만이 아니라 국경 너머를 오가며 외국인들과 주고받은 한자 기록물까지 연구해야 한다는 생각으로, 첫 번째 박사논문을 지도하면서 '통신사 필담창화집'을 과제로 주었다. 구지현 선생은 1763년에 파견된 11차 통신사 구성원들이 기록한 사행록 9종과 필담창화집 30종을 수집하여 분석했는데, 박사학위를 받은 뒤에도 필담창화집을 계속 수집하여 2008년 한국학술진흥재단의 토대연구에 『조선후기 통신사 필담창수집의 수집, 번역 및 데이터베이스 구축』이라는 과제를 신청하였다. 이 과제를 진행하면서 우리 팀에서 수집한 필담창화집 178책의 목록과, 우리가 예상

한 작업진도 및 번역 분량은 다음과 같다.

1) 1차년도(2008. 7.~2009. 6.) : 1607년(1차 사행)에서 1711년(8차 사행)까지

연번	필담창화집 책 제목	면 수	1면 당 행수	1행 당 글자 수	예상되는 원문 글자 수
001	朝鮮筆談集	44	8	15	5,280
002	朝鮮三官使酬和	24	23	9	4,968
003	和韓唱酬集首	74	10	14	10,360
004	和韓唱酬集一	152	10	14	21,280
005	和韓唱酬集二	130	10	14	18,200
006	和韓唱酬集三	90	10	14	12,600
007	和韓唱酬集四	53	10	14	7,420
008	和韓唱酬集(결본)				
009	韓使手口錄	94	10	21	19,740
010	朝鮮人筆談幷贈答詩(國圖本)	24	10	19	4,560
011	朝鮮人筆談幷贈答詩(東京都立本)	78	10	18	14,040
012	任處士筆語	55	10	19	10,450
013	水戶公朝鮮人贈答集	65	9	20	11,700
014	西山遺事附朝鮮使書簡	48	9	16	6,912
015	木下順菴稿	59	7	10	4,130
016	鷄林唱和集1	96	9	18	15,552
017	鷄林唱和集2	102	9	18	16,524
018	鷄林唱和集3	128	9	18	20,736
019	鷄林唱和集4	122	9	18	19,764
020	鷄林唱和集5	110	9	18	17,820
021	鷄林唱和集6	115	9	18	18,630
022	鷄林唱和集7	104	9	18	16,848
023	鷄林唱和集8	129	9	18	20,898
024	觀樂筆談	49	9	16	7,056
025	廣陵問槎錄上	72	7	20	10,080
026	廣陵問槎錄下	64	7	19	8,512
027	問槎二種上	84	7	19	11,172

028	問槎二種中	50	7	19	6,650
029	問槎二種下	73	7	19	9,709
030	尾陽倡和錄	50	8	14	5,600
031	槎客通筒集	140	10	17	23,800
032	桑韓醫談	88	9	18	14,256
033	辛卯唱酬詩	26	7	11	2,002
034	辛卯韓客贈答	118	8	16	15,104
035	辛卯和韓唱酬	70	10	20	14,000
036	兩東唱和錄上	56	10	20	11,200
037	兩東唱和錄下	60	10	20	12,000
038	兩東唱和後錄	42	10	20	8,400
039	正德韓槎諭禮	16	10	18	2,880
040	朝鮮客館詩文稿(내용 중복)	0	0	0	0
041	坐間筆語附江關筆談	44	10	20	8,800
042	七家唱和集－班荊集	74	9	18	11,988
043	七家唱和集－正德和韓集	89	9	18	14,418
044	七家唱和集－支機閒談	74	9	18	11,988
045	七家唱和集－朝鮮客館詩文稿	48	9	18	7,776
046	七家唱和集－桑韓唱酬集	20	9	18	3,240
047	七家唱和集－桑韓唱和集	54	9	18	8,748
048	七家唱和集－賓館縞紵集	83	9	18	13,446
049	韓客贈答別集	222	9	19	37,962
예상 총 글자수					589,839
1차년도 예상 번역 매수 (200자원고지)					약 8,900매

2) 2차년도(2009. 7.~2010. 6.) : 1719년(9차 사행)에서 1748년(10차 사행)까지

연번	필담창화집 책 제목	면수	1면 당 행수	1행 당 글자 수	예상되는 원문 글자 수
050	客館璀璨集	50	9	18	8,100
051	蓬島遺珠	54	9	18	8,748
052	三林韓客唱和集	140	9	19	23,940
053	桑韓星槎餘響	47	9	18	7,614

054	桑韓星槎答響	106	9	18	17,172
055	桑韓唱酬集1권	43	9	20	7,740
056	桑韓唱酬集2권	38	9	20	6,840
057	桑韓唱酬集3권	46	9	20	8,280
058	桑韓唱和塤箎集1권	42	10	20	8,400
059	桑韓唱和塤箎集2권	62	10	20	12,400
060	桑韓唱和塤箎集3권	49	10	20	9,800
061	桑韓唱和塤箎集4권	42	10	20	8,400
062	桑韓唱和塤箎集5권	52	10	20	10,400
063	桑韓唱和塤箎集6권	83	10	20	16,600
064	桑韓唱和塤箎集7권	66	10	20	13,200
065	桑韓唱和塤箎集8권	52	10	20	10,400
066	桑韓唱和塤箎集9권	63	10	20	12,600
067	桑韓唱和塤箎集10권	56	10	20	11,200
068	桑韓唱和塤箎集11권	35	10	20	7,000
069	信陽山人韓館倡和稿	40	9	19	6,840
070	兩關唱和集1권	44	9	20	7,920
071	兩關唱和集2권	56	9	20	10,080
072	朝鮮人對詩集1권	160	8	19	24,320
073	朝鮮人對詩集2권	186	8	19	28,272
074	韓客唱和/浪華唱和合章	86	6	12	6,192
075	和韓唱和	100	9	20	18,000
076	來庭集	77	10	20	15,400
077	對麗筆語	34	10	20	6,800
078	鳴海驛唱和	96	7	18	12,096
079	蓬左賓館集	14	10	18	2,520
080	蓬左賓館唱和	10	10	18	1,800
081	桑韓醫問答	84	9	17	12,852
082	桑韓鏘鏗錄1권	40	10	20	8,000
083	桑韓鏘鏗錄2권	43	10	20	8,600
084	桑韓鏘鏗錄3권	36	10	20	7,200
085	桑韓萍梗錄	30	8	17	4,080
086	善隣風雅1권	80	10	20	16,000
087	善隣風雅2권	74	10	20	14,800
088	善隣風雅後篇1권	80	9	20	14,400

089	善隣風雅後篇2권	74	9	20	13,320
090	星軺餘轟	42	9	16	6,048
091	兩東筆語1권	70	9	20	12,600
092	兩東筆語2권	51	9	20	9,180
093	兩東筆語3권	49	9	20	8,820
094	延享五年韓人唱和集1권	10	10	18	1,800
095	延享五年韓人唱和集2권	10	10	18	1,800
096	延享五年韓人唱和集3권	22	10	18	3,960
097	延享韓使唱和	46	8	14	5,152
098	牛窓錄	22	10	21	4,620
099	林家韓館贈答1권	38	10	20	7,600
100	林家韓館贈答2권	32	10	20	6,400
101	長門戊辰問槎상권	50	10	20	10,000
102	長門戊辰問槎중권	51	10	20	10,200
103	長門戊辰問槎하권	20	10	20	4,000
104	丁卯酬和集	50	20	30	30,000
105	朝鮮筆談(元丈)	127	10	18	22,860
106	朝鮮筆談1권(河村春恒)	44	12	20	10,560
107	朝鮮筆談1권(河村春恒)	49	12	20	11,760
108	韓客對話贈答	44	10	16	7,040
109	韓客筆譚	91	8	18	13,104
110	韓人唱和詩	16	14	21	4,704
111	韓人唱和詩集1권	14	7	18	1,764
112	韓人唱和詩集1권	12	7	18	1,512
113	和韓文會	86	9	20	15,480
114	和韓唱和錄1권	68	9	20	12,240
115	和韓唱和錄2권	52	9	20	9,360
116	和韓唱和附錄	80	9	20	14,400
117	和韓筆談薰風編1권	78	9	20	14,040
118	和韓筆談薰風編2권	52	9	20	9,360
119	鴻臚傾蓋集	28	9	20	5,040
예상 총 글자수					723,730
2차년도 예상 번역 매수 (200자원고지)					약 10,850매

3) 3차년도(2010. 7.~ 2011. 6.) : 1763년(11차 사행)에서 1811년(12차 사행)까지

연번	필담창화집 책 제목	면수	1면당 행수	1행당 글자수	예상되는 원문 글자수
120	歌芝照乘	26	10	20	5,200
121	甲申槎客萍水集	210	9	18	34,020
122	甲申接槎錄	56	9	14	7,056
123	甲申韓人唱和歸國1권	72	8	20	11,520
124	甲申韓人唱和歸國2권	47	8	20	7,520
125	客館唱和	58	10	18	10,440
126	鷄壇嚶鳴 간본 부분	62	10	20	12,400
127	鷄壇嚶鳴 필사부분	82	8	16	10,496
128	奇事風聞	12	10	18	2,160
129	南宮先生講餘獨覽	50	9	20	9,000
130	東渡筆談	80	10	20	16,000
131	東槎餘談	104	10	21	21,840
132	東游篇	102	10	20	20,400
133	問槎餘響1권	60	9	20	10,800
134	問槎餘響2권	46	9	20	8,280
135	問佩集	54	9	20	9,720
136	賓館唱和集	42	7	13	3,822
137	三世唱和	23	15	17	5,865
138	桑韓筆語	78	11	22	18,876
139	松菴筆語	50	11	24	13,200
140	殊服同調集	62	10	20	12,400
141	快快餘響	136	8	22	23,936
142	兩東鬪語乾	59	10	20	11,800
143	兩東鬪語坤	121	10	20	24,200
144	兩好餘話상권	62	9	22	12,276
145	兩好餘話하권	50	9	22	9,900
146	倭韓醫談(刊本)	96	9	16	13,824
147	倭韓醫談(寫本)	63	12	20	15,120
148	栗齋探勝草1권	48	9	17	7,344
149	栗齋探勝草2권	50	9	17	7,650
150	長門癸甲問槎1권	66	11	22	15,972

151	長門癸甲問槎2권	62	11	22	15,004
152	長門癸甲問槎3권	80	11	22	19,360
153	長門癸甲問槎4권	54	11	22	13,068
154	萍遇錄	68	12	17	13,872
155	品川一燈	41	10	20	8,200
156	表海英華	54	10	20	10,800
157	河梁雅契	38	10	20	7,600
158	和韓醫談	60	10	20	12,000
159	韓客人相筆話	80	10	20	16,000
160	韓館應酬錄	45	10	20	9,000
161	韓館唱和1권	92	8	14	10,304
162	韓館唱和2권	78	8	14	8,736
163	韓館唱和3권	67	8	14	7,504
164	韓館唱和續集1권	180	8	14	20,160
165	韓館唱和續集2권	182	8	14	20,384
166	韓館唱和續集3권	110	8	14	12,320
167	韓館唱和別集	56	8	14	6,272
168	鴻臚摭華	112	10	12	13,440
169	鷄林情盟	63	10	20	12,600
170	對禮餘藻	90	10	20	18,000
171	對禮餘藻(明遠館叢書 57)	123	10	20	24,600
172	對禮餘藻(明遠館叢書 58)	132	10	20	26,400
173	三劉先生詩文	58	10	20	11,600
174	辛未和韓唱酬錄	80	13	19	19,760
175	接鮮瘖語(寫本)1	102	10	20	20,400
176	接鮮瘖語(寫本)2	110	11	21	25,410
177	精里筆談	17	10	20	3,400
178	中興五侯詠	42	9	20	7,560
예상 총 글자수					786,791
3차년도 예상 번역 매수 (200자원고지)					약 11,800매

1차년도에는 하우봉(전북대) 교수와 유경미(일본 나가사키국립대학) 교수를 공동연구원으로 하여 고운기, 구지현, 김형태, 허은주, 김용흠 박

사가 전임연구원으로 번역에 참여하였다. 3년 동안 기태완, 이지양, 진영미, 김유경, 김정신, 강지희 박사가 연구원으로 교체되어, 결국 35,000매나 되는 번역원고를 마무리하였다.

일본식 한문이 중국식 한문과 달라서 특히 인명이나 지명 번역이 힘들었는데, 번역문에서는 독자들이 읽기 쉽도록 한국식 한자음으로 표기하고, 첫 번째 각주에서만 일본식 한자음을 표기하였다. 원문을 표점 입력하는 방법은 고전번역원에서 채택한 방법을 권장했지만, 번역자마다 한문을 교육받고 번역해온 과정이 다르기 때문에 재량을 인정하였다. 원본 상태를 확인하려는 연구자를 위해 영인본을 뒤에 편집하였는데, 모두 국내외 소장처의 사용 승인을 받았다.

원문과 번역문을 합하여 200자원고지 5만 매 분량의『조선후기 통신사 필담창화집 번역총서』를 12,000면의 이미지와 함께 편집하고 4차에 나누어 10책씩 출판하는 과정이 복잡하고 힘들었기에, 연세대학교 정갑영 총장에게 편집비 지원을 신청하였다.『조선후기 통신사 필담창수집 번역본 30권 편집』 정책연구비(2012-1-0332)를 지원해주신 정갑영 총장에게 감사드린다.

『조선후기 통신사 필담창화집 번역총서』를 편집하는 과정에 문화재청으로부터『통신사기록 조사 및 번역, 데이터베이스 구축』 연구용역을 발주받게 되어, 필담창화집을 비롯한 통신사 관련 기록을 세계기록유산으로 등재하는 작업에 참여하게 된 것도 기쁜 일이다. 통신사 관련 기록들이 모두 데이터베이스로 구축되어 국내외 학자들이 한일문화교류, 나아가서는 동아시아문화교류 연구에 손쉽게 참여하게 된다면『통신사 필담창화집 번역총서』의 사명을 다하는 것이라고 생각한다.

조선후기 통신사가 동아시아 문화교류 연구에 중요한 이유는 임진왜란 이후에 중국(청나라)과 일본의 단절된 외교를 통신사가 간접적으로 이어주었기 때문이다. 통신사 필담창화집 번역총서 60권 출판이 마무리되면 조선후기에 한국(조선)과 중국(청나라) 지식인들이 주고받은 척독집 40여 권도 데이터베이스로 구축하여, 일본에서 조선을 거쳐 청나라로 이어지는 '동아시아 문화교류의 길' 데이터베이스를 국내외 학자들에게 제공하고자 한다.

▒ 강지희(姜志喜)
1973년 서울 출생.
성균관대학교 한문학과 및 동 대학원 졸업. 문학박사.
민족문화추진회 국역연수원 수료.
현재 성균관대학교 겸임교수, 한림대학교 강사.
논저로는 『국역 당시삼백수(唐詩三百首)』(공역, 전통문화연구회, 2008), 「퇴계의 '화도집음주이십수'에 나타난 도연명 수용 양상」(동방한문학 제44집, 2010), 「조선시대 통신사들의 포은 정몽주 인식」(포은학연구 제11집, 2013) 등이 있다.

조선후기 통신사 필담창화집 번역총서 26
善隣風雅 · 牛窓錄

2014년 8월 28일 초판 1쇄 펴냄

역 자 강지희
발행인 김흥국
발행처 도서출판 보고사

등록 1990년 12월 13일 제6-0429호
주소 서울특별시 성북구 보문동7가 11번지 2층
전화 922-5120~1(편집), 922-2246(영업)
팩스 922-6990
메일 kanapub3@naver.com
http://www.bogosabooks.co.kr

ISBN 979-11-5516-301-6
979-11-5516-055-8 94810 (세트)

정가 28,000원

이 도서의 국립중앙도서관 출판예정도서목록(CIP)은 서지정보유통지원시스템 홈페이지(http://seoji.nl.go.kr)와 국가자료공동목록시스템(http://www.nl.go.kr/kolisnet)에서 이용하실 수 있습니다. (CIP제어번호 : CIP2014024681)